MARCEL PROUST

A LA RECHERCHE DU TEMPS PERDU

TOME VI

LA PRISONNIÈRE

(SODOME ET GOMORRHE III)

nrf

PARIS
ÉDITIONS DE LA
NOUVELLE REVUE FRANÇAISE
3, RUE DE GRENELLE. 1923

S. P.

LA PRISONNIÈRE

(Sodome et Gomorrhe iii)

ÉDITIONS DE LA NOUVELLE REVUE
FRANÇAISE

ŒUVRES DE MARCEL PROUST

MARCEL PROUST

A LA RECHERCHE DU
TEMPS PERDU

TOME VI

LA PRISONNIÈRE

(SODOME ET GOMORRHE III)

★

PARIS
ÉDITIONS DE LA
NOUVELLE REVUE FRANÇAISE
3, RUE DE GRENELLE, 1923

Le texte dactylographié du présent ouvrage, qui forme le tome VI d'A la recherche du temps perdu, nous avait été remis par Marcel Proust peu de temps avant sa mort. La maladie ne lui ayant pas laissé la force de corriger complètement ce texte, une révision très soigneuse sur le manuscrit en fut entreprise après sa mort par le Dr Robert Proust et par Jacques Rivière. C'est le résultat de ce travail, où nous espérons qu'un minimum d'imperfections se laissera découvrir, que nous publions aujourd'hui.

L'ÉDITEUR.

LA PRISONNIÈRE

CHAPITRE PREMIER

Vie en commun avec Albertine.

Dès le matin, la tête encore tournée contre le mur, et avant d'avoir vu, au-dessus des grands rideaux de la fenêtre, de quelle nuance était la raie du jour, je savais déjà le temps qu'il faisait. Les premiers bruits de la rue me l'avaient appris, selon qu'ils me parvenaient amortis et déviés par l'humidité ou vibrants comme des flèches dans l'aire résonnante et vide d'un matin spacieux, glacial et pur ; dès le roulement du premier tramway, j'avais entendu s'il était morfondu dans la pluie ou en partance pour l'azur. Et, peut-être, ces bruits avaient-ils été devancés eux-mêmes par quelque émanation plus rapide et plus pénétrante qui, glissée au travers de mon sommeil, y répandait une tristesse annonciatrice de la neige, ou y faisait entonner, à certain petit personnage intermittent, de si nombreux cantiques à la gloire du soleil que ceux-ci finissaient par amener pour moi, qui encore endormi commençais à sourire, et dont les paupières closes se préparaient à être éblouies, un étourdissant réveil en musique. Ce fut, du reste, surtout de ma chambre que je perçus la vie extérieure pendant cette période. Je sais que Bloch raconta

9

que, quand il venait me voir le soir, il entendait
comme le bruit d'une conversation ; comme ma
mère était à Combray et qu'il ne trouvait jamais
personne dans ma chambre, il conclut que je parlais tout seul. Quand, beaucoup plus tard, il apprit
qu'Albertine habitait alors avec moi, comprenant
que je l'avais cachée à tout le monde, il déclara
qu'il voyait enfin la raison pour laquelle, à cette
époque de ma vie, je ne voulais jamais sortir.
Il se trompa. Il était d'ailleurs fort excusable, car
la réalité même, si elle est nécessaire, n'est pas
complètement prévisible. Ceux qui apprennent sur
la vie d'un autre quelque détail exact en tirent
aussitôt des conséquences qui ne le sont pas et voient
dans le fait nouvellement découvert l'explication
de choses qui précisément n'ont aucun rapport avec
lui.

Quand je pense maintenant que mon amie était
venue, à notre retour de Balbec, habiter à Paris
sous le même toit que moi, qu'elle avait renoncé
à l'idée d'aller faire une croisière, qu'elle avait sa
chambre à vingt pas de la mienne, au bout du
couloir, dans le cabinet à tapisseries de mon père,
et que chaque soir, fort tard, avant de me quitter,
elle glissait dans ma bouche sa langue, comme un
pain quotidien, comme un aliment nourrissant
et ayant le caractère presque sacré de toute chair
à qui les souffrances, que nous avons endurées
à cause d'elle, ont fini par conférer une sorte de
douceur morale, ce que j'évoque aussitôt par comparaison, ce n'est pas la nuit que le capitaine de
Borodino me permit de passer au quartier, par une
faveur qui ne guérissait en somme qu'un malaise
éphémère, mais celle où mon père envoya maman

dormir dans le petit lit à côté du mien. Tant la vie, si elle doit une fois de plus nous délivrer d'une souffrance qui paraissait inévitable, le fait dans des conditions différentes, opposées parfois jusqu'au point qu'il y a presque sacrilège apparent à constater l'identité de la grâce octroyée !

Quand Albertine savait par Françoise que, dans la nuit de ma chambre aux rideaux encore fermés, je ne dormais pas, elle ne se gênait pas pour faire un peu de bruit, en se baignant, dans son cabinet de toilette. Alors, souvent, au lieu d'attendre une heure plus tardive, j'allais dans une salle de bains contiguë à la sienne et qui était agréable. Jadis, un directeur de théâtre dépensait des centaines de mille francs pour consteller de vraies émeraudes le trône où la diva jouait un rôle d'impératrice. Les ballets russes nous ont appris que de simples jeux de lumières prodiguent, dirigés là où il faut, des joyaux aussi somptueux et plus variés. Cette décoration déjà plus immatérielle n'est pas si gracieuse pourtant que celle par quoi, à huit heures du matin, le soleil remplace celle que nous avions l'habitude d'y voir quand nous ne nous levions qu'à midi. Les fenêtres de nos deux salles de bains, pour qu'on ne pût nous voir du dehors, n'étaient pas lisses, mais toutes froncées d'un givre artificiel et démodé. Le soleil tout à coup jaunissait cette mousseline de verre, la dorait et, découvrant doucement en moi un jeune homme plus ancien qu'avait caché longtemps l'habitude, me grisait de souvenirs, comme si j'eusse été en pleine nature devant des feuillages dorés où ne manquait même pas la présence d'un oiseau. Car j'entendais Albertine siffler sans trêve :

A LA RECHERCHE DU TEMPS PERDU

Les douleurs sont des folles,
Et qui les écoute est encore plus fou.

Je l'aimais trop pour ne pas joyeusement sourire de son mauvais goût musical. Cette chanson du reste avait ravi, l'été passé, Mme Bontemps, laquelle entendit dire bientôt que c'était une ineptie, de sorte que, au lieu de demander à Albertine de la chanter, quand elle avait du monde, elle y substitua :

Une chanson d'adieu sort des sources troublées,

qui devint à son tour « une vieille rengaine de Massenet, dont la petite nous rabat les oreilles ».

Une nuée passait, elle éclipsait le soleil, je voyais s'éteindre et rentrer dans une grisaille le pudique et feuillu rideau de verre.

Les cloisons, qui séparaient nos deux cabinets de toilette (celui d'Albertine tout pareil était une salle de bains que maman, en ayant une autre dans la partie opposée de l'appartement, n'avait jamais utilisée pour ne pas me faire de bruit), étaient si minces que nous pouvions parler tout en nous lavant chacun dans le nôtre, poursuivant une causerie qu'interrompait seulement le bruit de l'eau, dans cette intimité que permet souvent à l'hôtel l'exiguité du logement et le rapprochement des pièces mais qui, à Paris, est si rare.

D'autres fois, je restais couché, rêvant aussi longtemps que je le voulais, car on avait ordre de ne jamais entrer dans ma chambre avant que j'eusse sonné, ce qui, à cause de la façon incommode dont avait été posée la poire électrique au-dessus de mon lit, demandait si longtemps, que,

12

souvent, las de chercher à l'atteindre et content
d'être seul, je restais quelques instants presque
rendormi. Ce n'est pas que je fusse absolument
indifférent au séjour d'Albertine chez nous. Sa séparation d'avec ses amies réussissait à épargner à mon
cœur de nouvelles souffrances. Elle le maintenait
dans un repos, dans une quasi-immobilité qui
l'aideraient à guérir. Mais, enfin, ce calme que me
procurait mon amie était apaisement de la souffrance plutôt que joie. Non pas qu'il ne me permît
d'en goûter de nombreuses, auxquelles la douleur
trop vive m'avait fermé, mais ces joies, loin de les
devoir à Albertine, que d'ailleurs je ne trouvais
plus guère jolie et avec laquelle je m'ennuyais,
que j'avais la sensation nette de ne pas aimer,
je les goûtais au contraire pendant qu'Albertine
n'était pas auprès de moi. Aussi, pour commencer
la matinée, je ne la faisais pas tout de suite appeler,
surtout s'il faisait beau. Pendant quelques instants,
et sachant qu'il me rendait plus heureux qu'Albertine, je restais en tête à tête avec le petit personnage intérieur, salueur chantant du soleil et dont
j'ai déjà parlé. De ceux qui composent notre indi-
vidu, ce ne sont pas les plus apparents qui nous sont
le plus essentiels. En moi, quand la maladie aura
fini de les jeter l'un après l'autre par terre, il en res-
tera encore deux ou trois qui auront la vie plus
dure que les autres, notamment un certain philo-
sophe qui n'est heureux que quand il a découvert,
entre deux œuvres, entre deux sensations, une partie
commune. Mais le dernier de tous, je me suis quelquefois demandé si ce ne serait pas le petit bon-
homme fort semblable à un autre que l'opticien
de Combray avait placé derrière sa vitrine pour

indiquer le temps qu'il faisait et qui, ôtant son capuchon dès qu'il y avait du soleil, le remettait s'il allait pleuvoir. Ce petit bonhomme-là, je connais son égoïsme ; je peux souffrir d'une crise d'étouffements que la venue seule de la pluie calmerait, lui ne s'en soucie pas et aux premières gouttes si impatiemment attendues, perdant sa gaîté, il rabat son capuchon avec mauvaise humeur. En revanche, je crois bien qu'à mon agonie, quand tous mes autres « moi » seront morts, s'il vient à briller un rayon de soleil, tandis que je pousserai mes derniers soupirs, le petit personnage barométrique se sentira bien aise, et ôtera son capuchon pour chanter : « Ah ! enfin, il fait beau. »

Je sonnais Françoise. J'ouvrais le *Figaro*. J'y cherchais et constatais que ne s'y trouvait pas un article, ou prétendu tel, que j'avais envoyé à ce journal et qui n'était, un peu arrangée, que la page récemment retrouvée, écrite autrefois dans la voiture du Dr Percepied, en regardant les clochers de Martinville. Puis, je lisais la lettre de maman. Elle trouvait bizarre, choquant, qu'une jeune fille habitât seule avec moi. Le premier jour, au moment de quitter Balbec, quand elle m'avait vu si malheureux et s'était inquiétée de me laisser seul, peut-être ma mère avait-elle été heureuse en apprenant qu'Albertine partait avec nous et en voyant que, côte à côte avec nos propres malles (les malles auprès desquelles j'avais passé la nuit à l'Hôtel de Balbec en pleurant), on avait chargé sur le tortillard celles d'Albertine, étroites et noires, qui m'avaient paru avoir la forme de cercueils et dont j'ignorais si elles allaient apporter à la maison la vie ou la mort. Mais je ne me l'étais

14

même pas demandé étant tout à la joie, dans le
matin rayonnant, après l'effroi de rester à Balbec,
d'emmener Albertine. Mais, à ce projet, si au début
ma mère n'avait pas été hostile (parlant gentiment
à mon amie comme une maman dont le fils vient
d'être gravement blessé, et qui est reconnaissante
à la jeune maîtresse qui le soigne avec dévouement), elle l'était devenue depuis qu'il s'était trop
complètement réalisé et que le séjour de la jeune
fille se prolongeait chez nous, et chez nous en l'absence de mes parents. Cette hostilité, je ne peux
pourtant pas dire que ma mère me la manifestât
jamais. Comme autrefois, quand elle avait cessé
d'oser me reprocher ma nervosité, ma paresse,
maintenant elle se faisait un scrupule — que je
n'ai peut-être pas tout à fait deviné au moment
ou pas voulu deviner — de risquer, en faisant
quelques réserves sur la jeune fille avec laquelle
je lui avais dit que j'allais me fiancer, d'assombrir
ma vie, de me rendre plus tard moins dévoué pour
ma femme, de semer peut-être, pour quand elle-
même ne serait plus, le remords de l'avoir peinée
en épousant Albertine. Maman préférait paraître
approuver un choix sur lequel elle avait le sentiment qu'elle ne pourrait pas me faire revenir.
Mais tous ceux qui l'ont vue à cette époque m'ont
dit qu'à sa douleur d'avoir perdu sa mère, s'ajoutait
un air de perpétuelle préoccupation. Cette conten-
tion d'esprit, cette discussion intérieure, donnait
à maman une grande chaleur aux tempes et elle
ouvrait constamment les fenêtres pour se rafraî-
chir. Mais, de décision, elle n'arrivait pas à en prendre
de peur de « m'influencer » dans un mauvais sens
et de gâter ce qu'elle croyait mon bonheur. Elle

15

ne pouvait même pas se résoudre à m'empêcher de garder provisoirement Albertine à la maison. Elle ne voulait pas se montrer plus sévère que Mme Bontemps que cela regardait avant tout et qui ne trouvait pas cela inconvenant, ce qui surprenait beaucoup ma mère. En tous cas, elle regrettait d'avoir été obligée de nous laisser tous les deux seuls, en partant juste à ce moment pour Combray où elle pouvait avoir à rester (et en fait resta) de longs mois, pendant lesquels ma grand'tante eut sans cesse besoin d'elle jour et nuit. Tout, là-bas, lui fut rendu facile, grâce à la bonté, au dévouement de Legrandin qui, ne reculant devant aucune peine, ajourna de semaine en semaine son retour à Paris, sans connaître beaucoup ma tante, simplement d'abord parce qu'elle avait été une amie de sa mère, puis parce qu'il sentit que la malade, condamnée, aimait ses soins et ne pouvait se passer de lui. Le snobisme est une maladie grave de l'âme, mais localisée et qui ne la gâte pas tout entière. Moi, cependant, au contraire de maman, j'étais fort heureux de son déplacement à Combray, sans lequel j'eusse craint (ne pouvant pas dire à Albertine de la cacher) qu'elle ne découvrît son amitié pour Mlle Vinteuil. C'eût été pour ma mère un obstacle absolu, non seulement à un mariage dont elle m'avait d'ailleurs demandé de ne pas parler encore définitivement à mon amie et dont l'idée m'était de plus en plus intolérable, mais même à ce que celle-ci passât quelque temps à la maison. Sauf une raison si grave et qu'elle ne connaissait pas, maman, par le double effet de l'imitation édifiante et libératrice de ma grand'mère, admiratrice de George Sand, et qui faisait consister la

vertu dans la noblesse du cœur, et, d'autre part,
de ma propre influence corruptrice, était maintenant indulgente à des femmes pour la conduite de
qui elle se fût montrée sévère autrefois, ou même
aujourd'hui, si elles avaient été de ses amies bourgeoises de Paris ou de Combray, mais dont je lui
vantais la grande âme et auxquelles elle pardon-
nait beaucoup parce qu'elles m'aimaient bien. Malgré tout et même en dehors de la question convenance, je crois qu'Albertine eût insupporté maman
qui avait gardé de Combray, de ma tante Léonie,
de toutes ses parentes, des habitudes d'ordre, dont
mon amie n'avait pas la première notion.

Elle n'aurait pas fermé une porte et, en revanche, ne se serait pas plus gênée d'entrer quand
une porte était ouverte que ne fait un chien ou un
chat. Son charme un peu incommode était ainsi
d'être à la maison moins comme une jeune fille,
que comme une bête domestique qui entre dans une
pièce, qui en sort, qui se trouve partout où on ne
s'y attend pas et qui venait — c'était pour moi
un repos profond — se jeter sur mon lit à côté de
moi, s'y faire une place d'où elle ne bougeait plus,
sans gêner comme l'eût fait une personne. Pourtant, elle finit par se plier à mes heures de sommeil,
à ne pas essayer non seulement d'entrer dans ma
chambre, mais à ne plus faire de bruit avant que
j'eusse sonné. C'est Françoise qui lui imposa ces
règles.

Elle était de ces domestiques de Combray sachant
la valeur de leur maître et que le moins qu'elles
puissent est de lui faire rendre entièrement ce
qu'elles jugent qui lui est dû. Quand un visiteur
étranger donnait un pourboire à Françoise à parta-

17

ger avec la fille de cuisine, le donateur n'avait pas
le temps d'avoir remis sa pièce que Françoise avec
une rapidité, une discrétion et une énergie égales,
avait passé la leçon à la fille de cuisine qui venait
remercier non pas à demi mot, mais franchement,
hautement, comme Françoise lui avait dit qu'il
fallait le faire. Le curé de Combray n'était pas un
génie, mais, lui aussi, savait ce qui se devait. Sous
sa direction, la fille de cousins protestants de
Mme Sazerat s'était convertie au catholicisme et la
famille avait été parfaite pour lui : il fut question
d'un mariage avec un noble de Méséglise. Les
parents du jeune homme écrivirent pour prendre
des informations une lettre assez dédaigneuse et
où l'origine protestante était méprisée. Le curé de
Combray répondit d'un tel ton que le noble de
Méséglise, courbé et prosterné, écrivit une lettre
bien différente, où il sollicitait comme la plus précieuse faveur de s'unir à la jeune fille.

Françoise n'eut pas de mérite à faire respecter
mon sommeil par Albertine. Elle était imbue de la
tradition. A un silence qu'elle garda, ou à la réponse
péremptoire qu'elle fit à une proposition d'entrer
chez moi ou de me faire demander quelque chose,
qu'avait dû innocemment formuler Albertine, celle-
ci comprit avec stupeur qu'elle se trouvait dans
un monde étrange, aux coutumes inconnues, réglé
par des lois de vivre qu'on ne pouvait songer à
enfreindre. Elle avait déjà eu un premier pressentiment de cela à Balbec, mais, à Paris, n'essaya
même pas de résister et attendit patiemment chaque
matin mon coup de sonnette pour oser faire du
bruit.

L'éducation que lui donna Françoise fut salutaire

18

d'ailleurs à notre vieille servante elle-même, en calmant peu à peu les gémissements que depuis le retour de Balbec elle ne cessait de pousser. Car, au moment de monter dans le tram, elle s'était aperçue qu'elle avait oublié de dire adieu à la « gouvernante » de l'Hôtel, personne moustachue qui surveillait les étages, connaissait à peine Françoise, mais avait été relativement polie pour elle. Françoise voulait absolument faire retour en arrière, descendre du tram, revenir à l'Hôtel, faire ses adieux à la gouvernante et ne partir que le lendemain. La sagesse, et surtout mon horreur subite de Balbec, m'empêchèrent de lui accorder cette grâce, mais elle en avait contracté une mauvaise humeur maladive et fiévreuse, que le changement d'air n'avait pas suffi à faire disparaître et qui se prolongeait à Paris. Car, selon le code de Françoise, tel qu'il est illustré dans les bas-reliefs de Saint-André-des-Champs, souhaiter la mort d'un ennemi, la lui donner même n'est pas défendu, mais il est horrible de ne pas faire ce qui se doit, de ne pas rendre une politesse, de ne pas faire des adieux avant de partir, comme une vraie malotrue, à une gouvernante d'étage. Pendant tout le voyage, le souvenir à chaque moment renouvelé qu'elle n'avait pas pris congé de cette femme, avait fait monter aux joues de Françoise un vermillon qui pouvait effrayer. Et si elle refusa de boire et de manger jusqu'à Paris, c'est peut-être parce que ce souvenir lui mettait un « poids réel » « sur l'estomac » (chaque classe sociale a sa pathologie) plus encore que pour nous punir.

Parmi les causes qui faisaient que maman m'envoyait tous les jours une lettre, et une lettre d'où n'était jamais absente quelque citation de Mme de Sévigné, il y avait le souvenir de ma grand'mère. Maman m'écrivait : « Mme Sazerat nous a donné un de ces petits déjeuners dont elle a le secret et qui, comme eût dit ta pauvre grand'mère, en citant Mme de Sévigné, nous enlèvent à la solitude sans nous apporter la société. » Dans mes premières réponses, j'eus la bêtise d'écrire à maman : « A ces citations, ta mère te reconnaîtrait tout de suite. » Ce qui me valut, trois jours après, ce mot : « Mon pauvre fils, si c'était pour me parler de *ma mère* tu invoques bien mal à propos Mme de Sévigné. Elle t'aurait répondu comme elle fit à Mme de Grignan : « Elle ne vous était donc rien ? Je vous croyais parents. »

Cependant, j'entendais les pas de mon amie qui sortait de sa chambre ou y rentrait. Je sonnais, car c'était l'heure où Andrée allait venir avec le chauffeur, ami de Morel, et fourni par les Verdurin, chercher Albertine. J'avais parlé à celle-ci de la possibilité lointaine de nous marier ; mais je ne l'avais jamais fait formellement ; elle-même, par discrétion, quand j'avais dit : « Je ne sais pas, mais ce serait peut-être possible », avait secoué la tête avec un mélancolique sourire disant « mais non ce ne le serait pas », ce qui signifiait : « je suis trop pauvre ». Et, alors, tout en disant « rien n'est moins sûr », quand il s'agissait de projets d'avenir, présentement je faisais tout pour la distraire, lui rendre la vie agréable, cherchant peut-être aussi, inconsciemment, à lui faire par là désirer de m'épouser. Elle riait elle-même de tout ce luxe. « C'est la mère d'Andrée qui en ferait une tête de me voir devenue une dame riche comme elle, ce qu'elle appelle une dame qui a « chevaux, voitures, tableaux ». Comment ? Je ne vous avais jamais raconté qu'elle disait cela. Oh ! c'est un type ! Ce qui m'étonne, c'est qu'elle élève les tableaux à la dignité des chevaux et des voitures. » On verra plus tard que, malgré les habitudes de parler stupides qui lui étaient restées, Albertine s'était étonnamment développée, ce qui m'était entièrement égal, les supériorités d'esprit d'une compagne m'ayant toujours si peu intéressé, que si je les ai fait remarquer à l'une ou à l'autre, cela a été par pure politesse. Seul, le curieux génie de Françoise m'eût peut-être plu. Malgré moi, je souriais pendant quelques instants, quand, par exemple, ayant profité de ce qu'elle avait appris qu'Albertine n'était pas là, elle m'abordait par ces mots : « Divinité du ciel déposée sur un lit ! » Je disais : « Mais, voyons, Françoise, pourquoi « divinité du ciel ? » — Oh, si vous croyez que vous avez quelque chose de ceux qui voyagent sur notre vile terre, vous vous trompez bien ! — Mais pourquoi « déposée » sur un lit, vous voyez bien que je suis couché. — Vous n'êtes jamais couché. A-t-on jamais vu personne couché ainsi ? Vous êtes venu vous poser là. Votre pyjama en ce moment, tout blanc, avec vos mouvements de cou, vous donne l'air d'une colombe. »

Albertine, même dans l'ordre des choses bêtes, s'exprimait tout autrement que la petite fille qu'elle était il y avait seulement quelques années à Balbec. Elle allait jusqu'à déclarer, à propos d'un événement politique qu'elle blâmait : « Je trouve ça formidable. » Et je ne sais si ce ne fut vers ce temps-là qu'elle apprit à dire pour signifier qu'elle trouvait un livre mal écrit : « C'est intéressant, mais, par exemple, c'est écrit *comme par un cochon.* »

La défense d'entrer chez moi avant que j'eusse sonné l'amusait beaucoup. Comme elle avait pris notre habitude familiale des citations et utilisait pour elle celles des pièces qu'elle avait jouées au couvent et que je lui avais dit aimer, elle me comparait toujours à Assuérus :

Et la mort est le prix de tout audacieux
Qui sans être appelé se présente à ses yeux.

Rien ne met à l'abri de cet ordre fatal
Ni le rang, ni le sexe ; et le crime est égal
Moi-même...
Je suis à cette loi comme une autre soumise :
Et sans le prévenir il faut pour lui parler
Qu'il me cherche ou du moins qu'il me fasse appeler.

Physiquement, elle avait changé aussi. Ses longs yeux bleus — plus allongés — n'avaient pas gardé la même forme ; ils avaient bien la même couleur, mais semblaient être passés à l'état liquide. Si bien que, quand elle les fermait, c'était comme quand avec des rideaux on empêche de voir la mer. C'est sans doute de cette partie d'elle-même que je me souvenais surtout, chaque nuit en la quittant. Car, par exemple, tout au contraire chaque matin, le crespelage de ses cheveux me causa longtemps la même surprise, comme une chose nouvelle que je n'aurais jamais vue. Et pourtant, au-dessus du regard souriant d'une jeune fille, qu'y a-t-il de plus beau que cette couronne bouclée de violettes noires. Le sourire propose plus d'amitié ; mais les petits crochets vernis des cheveux en fleurs, plus parents de la chair dont ils semblent la transposition en vaguelettes, attrapent davantage le désir.

À peine entrée dans ma chambre, elle sautait sur le lit et quelquefois définissait mon genre d'intelligence, jurait dans un transport sincère qu'elle aimerait mieux mourir que me quitter : c'était les jours où je m'étais rasé avant de la faire venir. Elle était de ces femmes qui ne savent pas démêler la raison de ce qu'elles ressentent. Le plaisir que leur cause un teint frais, elles l'expliquent par les qualités morales de celui qui leur semble pour leur avenir présenter une possibilité de bonheur, capable du reste de décroître et de devenir moins nécessaire au fur et à mesure qu'on laisse pousser sa barbe.

Je lui demandais où elle comptait aller.

« Je crois qu'Andrée veut me mener aux Buttes-Chaumont que je ne connais pas. »

Certes, il m'était impossible de deviner entre tant d'autres paroles si sous celle-là un mensonge était caché. D'ailleurs, j'avais confiance en Andrée pour me dire tous les endroits où elle allait avec Albertine.

A Balbec, quand je m'étais senti trop las d'Albertine, j'avais compté dire mensongèrement à Andrée : « Ma petite Andrée, si seulement je vous avais revue plus tôt ! C'était vous que j'aurais aimée. Mais, maintenant, mon cœur est fixé ailleurs. Tout de même, nous pouvons nous voir beaucoup, car mon amour pour une autre me cause de grands chagrins et vous m'aiderez à me consoler. » Or, ces mêmes paroles de mensonge étaient devenues vérité à trois semaines de distance. Peut-être, Andrée avait-elle cru à Paris que c'était en effet un mensonge et que je l'aimais, comme elle l'au-

23

rait sans doute cru à Balbec. Car la vérité change
tellement pour nous, que les autres ont peine à s'y
reconnaître. Et comme je savais qu'elle me raconterait tout ce qu'elles auraient fait, Albertine et
elle, je lui avais demandé et elle avait accepté de
venir la chercher presque chaque jour. Ainsi, je
pourrais, sans souci, rester chez moi.

Et ce prestige d'Andrée d'être une des filles
de la petite bande me donnait confiance qu'elle
obtiendrait tout ce que je voudrais d'Albertine.
Vraiment, j'aurais pu lui dire maintenant en toute
vérité qu'elle serait capable de me tranquilliser.

D'autre part, mon choix d'Andrée (laquelle se
trouvait être à Paris, ayant renoncé à son projet
de revenir à Balbec) comme guide de mon amie
avait tenu à ce qu'Albertine me raconta de l'affection que son amie avait eue pour moi à Balbec,
à un moment au contraire où je craignais de l'en-
nuyer, et si je l'avais su alors, c'est peut-être Andrée
que j'eusse aimée.

« Comment vous ne le saviez pas, me dit Albertine, nous en plaisantions pourtant entre nous.
Du reste, vous n'avez pas remarqué qu'elle s'était
mise à prendre vos manières de parler, de raison-
ner. Surtout, quand elle venait de vous quitter,
c'était frappant. Elle n'avait pas besoin de nous
dire si elle vous avait vu. Quand elle arrivait, si
elle venait d'auprès de vous, cela se voyait à la
première seconde. Nous nous regardions entre nous
et nous riions. Elle était comme un charbonnier
qui voudrait faire croire qu'il n'est pas charbonnier. Il est tout noir. Un meunier n'a pas besoin
de dire qu'il est meunier, on voit bien toute la farine
qu'il a sur lui; il y a encore la place des sacs qu'il

a portés. Andrée, c'était la même chose, elle tournait ses sourcils comme vous, et puis son grand cou, enfin je ne peux pas vous dire. Quand je prends un livre qui a été dans votre chambre, je peux le lire dehors, on sait tout de même qu'il vient de chez vous parce qu'il garde quelque chose de vos sales fumigations. C'est un rien, mais c'est un rien au fond qui est assez gentil. Chaque fois que quelqu'un avait parlé de vous gentiment, avait eu l'air de faire grand cas de vous, Andrée était dans le ravissement. »

Malgré tout, pour éviter qu'il y eût quelque chose de préparé à mon insu, je conseillai d'abandonner pour ce jour-là les Buttes-Chaumont et d'aller plutôt à Saint-Cloud, ou ailleurs.

Ce n'est pas certes, je le savais, que j'aimasse Albertine le moins du monde. L'amour n'est peut-être que la propagation de ces remous qui, à la suite d'une émotion, émeuvent l'âme. Certains avaient remué mon âme tout entière quand Albertine m'avait parlé à Balbec de Mlle Vinteuil, mais ils étaient maintenant arrêtés. Je n'aimais plus Albertine, car il ne me restait plus rien de la souffrance, guérie maintenant, que j'avais eue dans le tram, à Balbec, en apprenant quelle avait été l'adolescence d'Albertine, avec des visites peut-être à Montjouvain. Tout cela, j'y avais trop longtemps pensé, c'était guéri. Mais, par instant, certaines manières de parler d'Albertine me faisaient supposer — je ne sais pourquoi — qu'elle avait dû recevoir dans sa vie encore si courte beaucoup de compliments, de déclarations, et les recevoir avec plaisir, autant dire avec sensualité. Ainsi, elle disait, à propos de n'importe quoi : « C'est vrai ? C'est bien vrai ? » Certes, si elle avait dit comme une Odette : « C'est bien vrai ce gros mensonge-là ! » je ne m'en fusse pas inquiété, car le ridicule de la formule se fût expliqué par une stupide banalité d'esprit de femme. Mais son air interrogateur : « C'est vrai ? » donnait d'une part l'étrange impression d'une créature qui ne peut se rendre compte des choses par elle-même, qui en appelle à votre témoignage, comme si elle ne possédait pas les mêmes facultés que vous (on lui disait : « Voilà une heure que nous sommes partis », ou : « Il pleut », elle demandait : « C'est vrai ? ») Malheureusement, d'autre part, ce manque de facilité à se rendre compte par soi-même des phénomènes extérieurs ne devait pas être la véritable origine de « C'est vrai ? C'est bien vrai ? » Il semblait plutôt que ces mots eussent été, dès sa nubilité précoce, des réponses à des « Vous savez que je n'ai jamais trouvé une personne aussi jolie que vous. » « Vous savez que j'ai un grand amour pour vous, que je suis dans un état d'excitation terrible. » Affirmations auxquelles répondaient, avec une modestie coquettement consentante, ces « C'est vrai ? C'est bien vrai ? », lesquels ne servaient plus à Albertine avec moi qu'à répondre par une question à une affirmation telle que : « Vous avez sommeillé plus d'une heure. » « C'est vrai ? »

Sans me sentir le moins du monde amoureux d'Albertine, sans faire figurer au nombre des plaisirs les moments que nous passions ensemble, j'étais resté préoccupé de l'emploi de son temps ; certes, j'avais fui Balbec pour être certain qu'elle ne pourrait plus voir telle ou telle personne, avec laquelle j'avais tellement peur qu'elle ne fît le mal en riant,

peut-être en riant de moi, que j'avais adroitement
tenté de rompre d'un seul coup, par mon départ,
toutes ses mauvaises relations. Et Albertine avait
une telle force de passivité, une si grande faculté
d'oublier et de se soumettre, que ces relations
avaient été brisées en effet et la phobie qui me han-
tait guérie. Mais elle peut revêtir autant de formes
que le mal incertain qui est son objet. Tant que ma
jalousie ne s'était pas réincarnée en des êtres nouveaux, j'avais eu après mes souffrances passées un
intervalle de calme. Mais à une maladie chronique
le moindre prétexte sert pour renaître, comme
d'ailleurs au vice de l'être qui est cause de cette
jalousie, la moindre occasion peut servir pour
s'exercer à nouveau (après une trêve de chasteté)
avec des êtres différents. J'avais pu séparer Albertine
de ses complices et, par là, exorciser mes hallucina-
tions ; si on pouvait lui faire oublier les personnes,
rendre brefs ses attachements, son goût du plaisir
était, lui aussi, chronique et n'attendait peut-être
qu'une occasion pour se donner cours. Or, Paris en
fournit autant que Balbec.

Dans quelque ville que ce fût, elle n'avait pas
besoin de chercher, car le mal n'était pas en Albertine seule, mais en 'dautres pour qui toute occasion
de plaisir est bonne. Un regard de l'une aussitôt
compris de l'autre rapproche les deux affamées.
Et il est facile à une femme adroite d'avoir l'air
de ne pas voir, puis cinq minutes après d'aller vers
la personne qui a compris et l'a attendue dans une
rue de traverse, et en deux mots, de donner un
rendez-vous. Qui saura jamais ? Et il était si simple
à Albertine de me dire, afin que cela continuât,
qu'elle désirait revoir tel environ de Paris qui

lui avait plu. Aussi suffisait-il qu'elle rentrât trop tard, que sa promenade eût duré un temps inexplicable, quoique peut-être très facile à expliquer sans faire intervenir aucune raison sensuelle pour que mon mal renaquît, attaché cette fois à des représentations qui n'étaient pas de Balbec, et que je m'efforcerais, ainsi que les précédentes, de détruire, comme si la destruction d'une cause éphémère pouvait entraîner celle d'un mal congénital. Je ne me rendais pas compte que dans ces destructions où j'avais pour complice, en Albertine, sa faculté de changer, son pouvoir d'oublier, presque de haïr, l'objet récent de son amour, je causais quelquefois une douleur profonde à tel ou tel de ces êtres inconnus avec qui elle avait pris successivement du plaisir, et que cette douleur, je la causais vainement, car ils seraient délaissés, remplacés, et parallèlement au chemin jalonné par tant d'abandons qu'elle commettrait à la légère, s'en poursuivrait pour moi un autre impitoyable à peine interrompu de bien courts répits ; de sorte que ma souffrance ne pouvait, si j'avais réfléchi, finir qu'avec Albertine ou qu'avec moi. Même les premiers temps de notre arrivée à Paris, insatisfait des renseignements qu'Andrée et le chauffeur m'avaient donnés sur les promenades qu'ils faisaient avec mon amie, j'avais senti les environs de Paris aussi cruels que ceux de Balbec et j'étais parti quelques jours en voyage avec Albertine. Mais partout l'incertitude de ce qu'elle faisait était la même ; les possibilités que ce fût le mal aussi nombreuses, la surveillance encore plus difficile, si bien que j'étais revenu avec elle à Paris. En réalité, en quittant Balbec, j'avais cru quitter Gomorrhe, en arracher

LA PRISONNIÈRE

Albertine ; hélas ! Gomorrhe était dispersé aux quatre coins du monde. Et moitié par ma jalousie, moitié par ignorance de ces joies (cas qui est fort rare), j'avais réglé à mon insu cette partie de cache-cache où Albertine m'échapperait toujours.

Je l'interrogeais à brûle-pourpoint : « Ah ! à propos, Albertine, est-ce que je rêve, est-ce que vous ne m'aviez pas dit que vous connaissiez Gilberte Swann ? » « Oui, c'est-à-dire qu'elle m'a parlé au cours, parce qu'elle avait les cahiers d'histoire de France, elle a même été très gentille, elle me les a prêtés et je les lui ai rendus aussitôt que je l'ai vue. » « Est-ce qu'elle est du genre de femmes que je n'aime pas ? » « Oh ! pas du tout, tout le contraire. » Mais plutôt que de me livrer à ce genre de causeries investigatrices je consacrais souvent à imaginer la promenade d'Albertine les forces que je n'employais pas à la faire, et parlais à mon amie avec cette ardeur que gardent intacte les projets inexécutés. J'exprimais une telle envie d'aller revoir tel vitrail de la Sainte-Chapelle, un tel regret de ne pas pouvoir le faire avec elle seule, que tendrement elle me disait : « Mais, mon petit, puisque cela a l'air de vous plaire tant, faites un petit effort, venez avec nous. Nous attendrons aussi tard que vous voudrez, jusqu'à ce que vous soyez prêt. D'ailleurs, si cela vous amuse plus d'être seul avec moi, je n'ai qu'à réexpédier Andrée chez elle, elle viendra une autre fois. » Mais ces prières même de sortir ajoutaient au calme qui me permettait de céder à mon désir de rester à la maison.

Je ne songeais pas que l'apathie qu'il y avait à se décharger ainsi sur Andrée ou sur le chauffeur du soin de calmer mon agitation en les laissant surveiller Albertine, ankylosait en noi, rendai inertes tous ces mouvements imaginatifs de l'inte ligence, toutes ces inspirations de la volonté qui aident à deviner, à empêcher, ce que va faire une personne ; certes, par nature le monde des possibles m'a toujours été plus ouvert que celui de la contingence réelle. Cela aide à connaître l'âme, mais on se laisse tromper par les individus. Ma jalousie naissait par des images, pour une souffrance, non d'après une probabilité. Or, il peut y avoir dans la vie des hommes et dans celle des peuples (et il devait y avoir un jour dans la mienne) un moment où on a besoin d'avoir en soi un préfet de police, un diplomate à claires vues, un chef de la sûreté, qui, au lieu de rêver aux possibles que recèle l'étendue jusqu'aux quatre points cardinaux, raisonne juste, se dit : « Si l'Allemagne déclare ceci, c'est qu'elle veut faire telle autre chose, non pas une autre chose dans le vague, mais bien précisément ceci ou cela qui est même peut-être déjà commencé. » « — Si telle personne s'est enfuie, ce n'est pas vers les buts a, b, d, mais vers le but c, et l'endroit où il faut opérer nos recherches est c. Hélas, cette faculté qui n'était pas très développée chez moi, je la laissais s'engourdir, perdre ses forces, disparaître en m'habituant à être calme du moment que d'autres s'occupaient de surveiller pour moi.

Quant à la raison de ce désir de ne pas sortir, cela m'eût été désagréable de la dire à Albertine. Je lui disais que le médecin m'ordonnait de rester couché. Ce n'était pas vrai. Et cela l'eût-il été que ses prescriptions n'eussent pu m'empêcher d'accompagner mon amie. Je lui demandais la permission de ne pas venir avec elle et Andrée. Je ne

dirai qu'une des raisons qui était une raison de
sagesse. Dès que je sortais avec Albertine, pour
peu qu'un instant elle fût sans moi, j'étais inquiet,
je me figurais que peut-être elle avait parlé à
quelqu'un ou seulement regardé quelqu'un. Si elle
n'était pas d'excellente humeur, je pensais que je
lui faisais manquer ou remettre un projet. La réalité n'est jamais qu'une amorce à un inconnu sur
la voie duquel nous ne pouvons aller bien loin. Il
vaut mieux ne pas savoir, penser le moins possible, ne pas fournir à la jalousie le moindre détail
concret. Malheureusement, à défaut de la vie extérieure, des incidents aussi sont amenés par la vie
intérieure ; à défaut des promenades d'Albertine,
les hasards rencontrés dans les réflexions que je
faisais seul me fournissaient parfois de ces petits
fragments de réel qui attirent à eux, à la façon
d'un aimant, un peu d'inconnu qui, dès lors,
devient douloureux. On a beau vivre sous l'équivalent d'une cloche pneumatique, les associations
d'idées, les souvenirs continuent à jouer. Mais ces
heurts internes ne se produisaient pas tout de
suite ; à peine Albertine était-elle partie pour sa
promenade que j'étais vivifié, fût-ce pour quelques
instants, par les exaltantes vertus de la solitude.

Je prenais ma part des plaisirs de la journée
commençante ; le désir arbitraire — la velléité
capricieuse et purement mienne — de les goûter
n'eût pas suffi à les mettre à portée de moi si le
temps spécial qu'il faisait ne m'en avait non pas
seulement évoqué les images passées, mais affirmé
la réalité actuelle, immédiatement accessible à tous
les hommes qu'une circonstance contingente et par
conséquent négligeable ne forçait pas à rester

31

chez eux. Certains beaux jours, il faisait si froid, on était en si large communication avec la rue qu'il semblait qu'on eût disjoint les murs de la maison et, chaque fois que passait le tramway, son timbre résonnait comme eût fait un couteau d'argent frappant une maison de verre. Mais c'était surtout en moi que j'entendais, avec ivresse, un son nouveau rendu par le violon intérieur. Ses cordes sont serrées ou détendues par de simples différences de la température, de la lumière extérieures. En notre être, instrument que l'uniformité de l'habitude a rendu silencieux, le chant naît de ces écarts, de ces variations, source de toute musique : le temps qu'il fait certains jours nous fait aussitôt passer d'une note à une autre. Nous retrouvons l'air oublié dont nous aurions pu deviner la nécessité mathématique et que pendant les premiers instants nous chantons sans le connaître. Seules, ces modifications internes, bien que venues du dehors, renouvelaient pour moi le monde extérieur. Des portes de communication, depuis longtemps condamnées, se rouvraient dans mon cerveau. La vie de certaines villes, la gaîté de certaines promenades reprenaient en moi leur place. Frémissant tout entier autour de la corde vibrante, j'aurais sacrifié ma terne vie d'autrefois et ma vie à venir, passée à la gomme à effacer de l'habitude, pour cet état si particulier.

Si je n'étais pas allé accompagner Albertine dans sa longue course, mon esprit n'en vagabondait que davantage et, pour avoir refusé de goûter avec mes sens cette matinée-là, je jouissais en imagination de toutes les matinées pareilles, passées ou possibles, plus exactement d'un certain type

de matinées dont toutes celles du même genre
n'étaient que l'intermittente apparition et que
j'avais vite reconnu ; car l'air vif tournait de lui-
même les pages qu'il fallait, et je trouvais tout indi‑
qué devant moi, pour que je pusse le suivre de mon
lit, l'évangile du jour. Cette matinée idéale com‑
blait mon esprit de réalité permanente, identique
à toutes les matinées semblables, et me communi‑
quait une allégresse que mon état de débilité ne
diminuait pas : le bien-être résultant pour nous
beaucoup moins de notre bonne santé que de l'excé‑
dent inemployé de nos forces, nous pouvons y
atteindre, tout aussi bien qu'en augmentant celles‑
ci, en restreignant notre activité. Celle dont je
débordais et que je maintenais en puissance dans
mon lit, me faisait tressauter, intérieurement bondir,
comme une machine qui, empêchée de changer de
place, tourne sur elle-même.

Françoise venait allumer le feu et pour le faire
prendre y jetait quelques brindilles, dont l'odeur,
oubliée pendant tout l'été, décrivait autour de la
cheminée un cercle magique dans lequel, m'aper‑
cevant moi-même en train de lire tantôt à Combray,
tantôt à Doncières, j'étais aussi joyeux, restant dans
ma chambre à Paris, que si j'avais été sur le point
de partir en promenade du côté de Méséglise, ou de
retrouver Saint-Loup et ses amis faisant du service
en campagne. Il arrive souvent que le plaisir qu'ont
tous les hommes à revoir les souvenirs que leur
mémoire a collectionnés est le plus vif, par exemple,
chez ceux que la tyrannie du mal physique et
l'espoir quotidien de sa guérison d'une part, pri‑
vent, d'aller chercher dans la nature des tableaux
qui ressemblent à ces souvenirs et, d'autre part,

33

laissent assez confiants qu'ils le pourront bientôt faire, pour rester vis-à-vis d'eux en état de
désir, d'appétit et ne pas les considérer seulement
comme des souvenirs, comme des tableaux. Mais,
eussent-ils du n'être jamais que cela pour moi
et eussé-je pu, en me les rappelant, les revoir seulement, que soudain ils refaisaient en moi, de moi
tout entier, par la vertu d'une sensation identique,
l'enfant, l'adolescent qui les avait vus. Il n'y avait
pas eu seulement changement de temps dehors,
ou dans la chambre modification d'odeurs, mais en
moi différence d'âge, substitution de personne.
L'odeur dans l'air glacé des brindilles de bois, c'était
comme un morceau du passé, une banquise invisible
détachée d'un hiver ancien qui s'avançait dans ma
chambre, souvent striée, d'ailleurs, par tel parfum,
telle lueur, comme par des années différentes, où je
me retrouvais replongé, envahi, avant même que
je les eusse identifiées, par l'allégresse d'espoirs
abandonnés depuis longtemps. Le soleil venait jusqu'à mon lit et traversait la cloison transparente
de mon corps aminci, me chauffait, me rendait brûlant comme du cristal. Alors, convalescent affamé
qui se repaît déjà de tous les mets qu'on lui refuse
encore, je me demandais si me marier avec Albertine ne gâcherait pas ma vie, tant en me faisant
assumer la tâche trop lourde pour moi de me consacrer à un autre être, qu'en me forçant à vivre
absent de moi-même à cause de sa présence conti-
nuelle et en me privant, à jamais, des joies de la
solitude.

Et pas de celles-là seulement. Même en ne demandant à la journée que des désirs, il en est certains — ceux que provoquent non plus les choses

34

mais les êtres — dont le caractère est d'être individuels. Si, sortant de mon lit, j'allais écarter un instant le rideau de ma fenêtre, ce n'était pas seulement comme un musicien ouvre un instant son piano, et pour vérifier si, sur le balcon et dans la rue, la lumière du soleil était exactement au même diapason que dans mon souvenir, c'était aussi pour apercevoir quelque blanchisseuse portant son panier à linge, une boulangère à tablier bleu, une laitière à bavette et manches de toile blanche, tenant le crochet où sont suspendues les carafes de lait, quelque fière jeune fille blonde suivant son institutrice, une image enfin que les différences de lignes, peut-être quantitativement insignifiantes, suffisaient à faire aussi différente de toute autre que pour une phrase musicale la différence de deux notes, et sans la vision de laquelle j'aurais appauvri la journée des buts qu'elle pouvait proposer à mes désirs de bonheur. Mais, si le surcroît de joie, apporté par la vue des femmes impossibles à imaginer *a priori*, me rendait plus désirables, plus dignes d'être explorés, la rue, la ville, le monde, il me donnait par là même la soif de guérir, de sortir et, sans Albertine, d'être libre. Que de fois, au moment où la femme inconnue dont j'allais rêver passait devant la maison, tantôt à pied, tantôt avec toute la vitesse de son automobile, je souffris que mon corps ne pût suivre mon regard qui la rattrapait et, tombant sur elle comme tiré de l'embrasure de ma fenêtre par une arquebuse, arrêter la fuite du visage dans lequel m'attendait l'offre d'un bonheur qu'ainsi cloîtré je ne goûterais jamais.

D'Albertine, en revanche, je n'avais plus rien à apprendre. Chaque jour, elle me semblait moins jolie. Seul, le désir qu'elle excitait chez les autres, quand l'apprenant je recommençais à souffrir et voulais la leur disputer, la hissait à mes yeux sur un haut pavois. Elle était capable de me causer de la souffrance, nullement de la joie. Par la souffrance seule subsistait mon ennuyeux attachement. Dès qu'elle disparaissait, et avec elle le besoin de l'apaiser, requérant toute mon attention comme une distraction atroce, je sentais le néant qu'elle était pour moi, que je devais être pour elle. J'étais malheureux que cet état durât et, par moments, je souhaitais d'apprendre quelque chose d'épouvantable qu'elle aurait fait et qui eût été capable, jusqu'à ce que je fusse guéri, de nous brouiller, ce qui nous permettrait de nous réconcilier, de refaire différente et plus souple la chaîne qui nous liait.

En attendant, je chargeais mille circonstances, mille plaisirs, de lui procurer auprès de moi l'illusion de ce bonheur que je ne me sentais pas capable de lui donner. J'aurais voulu, dès ma guérison, partir pour Venise, mais comment le faire, si j'épousais Albertine, moi, si jaloux d'elle que, même à Paris, dès que je me décidais à bouger c'était pour sortir avec elle. Même quand je restais à la maison toute l'après-midi, ma pensée la suivait dans sa promenade, décrivait un horizon lointain, bleuâtre, engendrait autour du centre que j'étais une zone mobile d'incertitude et de vague. « Combien Albertine, me disais-je, m'épargnerait les angoisses de la séparation si, au cours d'une de ces promenades, voyant que je ne lui parle plus de mariage, elle se décidait à ne pas revenir, et partait chez sa tante, sans que j'eusse à lui dire adieu ! » Mon cœur, depuis que sa plaie se cicatrisait, commençait à ne plus adhérer à celui de mon amie ; je pouvais par l'imagination la déplacer, l'éloigner de moi sans souffrir. Sans doute, à défaut de moi-même, quelque autre serait son époux, et libre elle aurait peut-être de ces aventures qui me faisaient horreur. Mais il faisait si beau, j'étais si certain qu'elle rentrerait le soir, que même, si cette idée de fautes possibles me venait à l'esprit, je pouvais, par un acte libre, l'emprisonner dans une partie de mon cerveau où elle n'avait pas plus d'importance que n'en auraient eue pour ma vie réelle les vices d'une personne imaginaire ; faisant jouer les gonds assouplis de ma pensée, j'avais, avec une énergie que je sentais, dans ma tête, à la fois physique et mentale comme un mouvement musculaire et une initiative spirituelle, dépassé l'état de préoccupation habituelle où j'avais été confiné jusqu'ici et commençais à me mouvoir à l'air libre, d'où tout sacrifier pour empêcher le mariage d'Albertine avec un autre et faire obstacle à son goût pour les femmes paraissait aussi déraisonnable à mes propres yeux qu'à ceux de quelqu'un qui ne l'eût pas connue.

D'ailleurs, la jalousie est de ces maladies intermittentes, dont la cause est capricieuse, impérative, toujours identique chez le même malade, parfois entièrement différente chez un autre. Il y a des asthmatiques qui ne calment leur crise qu'en ouvrant les fenêtres, en respirant le grand vent, un air pur sur les hauteurs, d'autres en se réfugiant au centre de la ville, dans une chambre enfumée. Il n'est guère de jaloux dont la jalousie n'admette certaines dérogations. Tel consent à être trompé pourvu qu'on le lui dise, tel autre pourvu qu'on

le lui cache, en quoi l'un n'est guère moins absurde
que l'autre, puisque si le second est plus véritable-
ment trompé en ce qu'on lui dissimule la vérité,
le premier réclame, en cette vérité, l'aliment, l'extension, le renouvellement de ses souffrances.

Bien plus, ces deux manies inverses de la jalousie
vont souvent au delà des paroles, qu'elles implorent
ou refusent les confidences. On voit des jaloux
qui ne le sont que des femmes avec qui leur maîtresse a des relations loin d'eux, mais qui permettent qu'elle se donne à un autre homme qu'eux,
si c'est avec leur autorisation, près d'eux, et sinon
même à leur vue, du moins sous leur toit. Ce cas
est assez fréquent chez les hommes âgés amoureux
d'une jeune femme. Ils sentent la difficulté de lui
plaire, parfois l'impuissance de la contenter, et,
plutôt que d'être trompés, préfèrent laisser venir
chez eux, dans une chambre voisine, quelqu'un
qu'ils jugent incapable de lui donner de mauvais
conseils, mais non du plaisir. Pour d'autres, c'est
tout le contraire ; ne laissant pas leur maîtresse
sortir seule une minute dans une ville qu'ils connaissent, ils la tiennent dans un véritable esclavage,
mais ils lui accordent de partir un mois dans un
pays qu'ils ne connaissent pas, où ils ne peuvent
se représenter ce qu'elle fera. J'avais à l'égard
d'Albertine ces deux sortes de manies calmantes.
Je n'aurais pas été jaloux si elle avait eu des plaisirs près de moi, encouragés par moi, que j'aurais tenus tout entiers sous ma surveillance, m'épar-
gnant par là la crainte du mensonge ; je ne l'aurais peut-être pas été non plus si elle était partie
dans un pays assez inconnu de moi et éloigné pour
que je ne puisse imaginer, ni avoir la possibilité

38

et la tentation de connaître son genre de vie. Dans les deux cas, le doute eût été supprimé par une connaissance ou une ignorance également complètes.

La décroissance du jour me replongeant par le souvenir dans une atmosphère ancienne et fraîche, je la respirais avec les mêmes délices qu'Orphée l'air subtil, inconnu sur cette terre, des Champs-Élysées.

Mais déjà la journée finissait et j'étais envahi par la désolation du soir. Regardant machinalement à la pendule combien d'heures se passeraient avant qu'Albertine rentrât, je voyais que j'avais encore le temps de m'habiller et de descendre demander à ma propriétaire, Mme de Guermantes, des indications pour certaines jolies choses de toilette que je voulais donner à mon amie. Quelquefois je rencontrais la duchesse dans la cour, sortant pour des courses à pied, même s'il faisait mauvais temps, avec un chapeau plat et une fourrure. Je savais très bien que pour nombre de gens intelligents elle n'était autre chose qu'une dame quelconque, le nom de duchesse de Guermantes ne signifiant rien, maintenant qu'il n'y a plus de duchés ni de principautés, mais j'avais adopté un autre point de vue dans ma façon de jouir des êtres et des pays. Tous les châteaux des terres dont elle était duchesse, princesse, vicomtesse, cette dame en fourrure bravant le mauvais temps me semblait les porter avec elle, comme des personnages sculptés au linteau d'un portail tiennent dans leur main la cathédrale qu'ils ont construite, ou la cité qu'ils ont défendue. Mais ces châteaux, ces forêts, les yeux de mon esprit seuls pouvaient

les voir dans la main gauche de la dame en fourrures, cousine du roi. Ceux de mon corps n'y distinguaient, les jours où le temps menaçait, qu'un
parapluie dont la duchesse ne craignait pas de
s'armer. « On ne peut jamais savoir, c'est plus
prudent, si je me trouve très loin et qu'une voiture
me demande des prix trop *chers* pour moi. » Les mots
« trop chers », « dépasser mes moyens », revenaient
tout le temps dans la conversation de la duchesse
ainsi que ceux : « Je suis trop pauvre », sans qu'on
pût bien démêler si elle parlait ainsi parce qu'elle
trouvait amusant de dire qu'elle était pauvre,
étant si riche, ou parce qu'elle trouvait élégant,
étant si aristocratique, tout en affectant d'être
une paysanne, de ne pas attacher à la richesse l'importance des gens qui ne sont que riches et qui
méprisent les pauvres. Peut-être était-ce plutôt
une habitude contractée d'une époque de sa vie
où déjà riche, mais insuffisamment pourtant, eu
égard à ce que coûtait l'entretien de tant de pro-
priétés, elle éprouvait une certaine gêne d'argent
qu'elle ne voulait pas avoir l'air de dissimuler.
Les choses dont on parle le plus souvent en plaisan-
tant sont généralement, au contraire, celles qui
ennuient, mais dont on ne veut pas avoir l'air d'être
ennuyé, avec peut-être l'espoir inavoué de cet
avantage supplémentaire que justement la personne
avec qui on cause, vous entendant plaisanter de cela,
croira que cela n'est pas vrai.

Mais le plus souvent, à cette heure-là, je savais
trouver la duchesse chez elle, et j'en étais heureux
car c'était plus commode pour lui demander lon-
guement les renseignements désirés par Albertine.
Et j'y descendais sans presque penser combien

LA PRISONNIÈRE

il était extraordinaire que chez cette mystérieuse
Mᵐᵉ de Guermantes de mon enfance j'allasse
uniquement afin d'user d'elle pour une simple
commodité pratique, comme on fait du téléphone,
instrument surnaturel devant les miracles duquel
on s'émerveillait jadis, et dont on se sert maintenant
sans même y penser, pour faire venir son tailleur
ou commander une glace.

Les brimborions de la parure causaient à Albertine de grands plaisirs. Je ne savais pas me refuser
de lui en faire chaque jour un nouveau. Et chaque
fois qu'elle m'avait parlé avec ravissement d'une
écharpe, d'une étole, d'une ombrelle, que par la
fenêtre, ou en passant dans la cour, de ses yeux
qui distinguaient si vite tout ce qui se rapportait
à l'élégance, elle avait vu au cou, sur les épaules,
à la main de Mᵐᵉ de Guermantes, sachant que le
goût naturellement difficile de la jeune fille (encore
affiné par les leçons d'élégance que lui avait été
la conversation d'Elstir) ne serait nullement satisfait par quelque simple à peu près, même d'une
jolie chose, qui la remplace aux yeux du vulgaire,
mais en diffère entièrement, j'allais en secret me
faire expliquer par la duchesse où, comment, sur
quel modèle, avait été confectionné ce qui avait plu
à Albertine, comment je devais procéder pour obtenir exactement cela, en quoi consistait le secret du
faiseur, le charme (ce qu'Albertine appelait « le
chic », « le genre ») de sa manière, le nom précis —
la beauté de la matière ayant son importance —
et la qualité des étoffes dont je devais demander
qu'on se servît.

Quand j'avais dit à Albertine, à notre arrivée
de Balbec, que la duchesse de Guermantes habitait

41

en face de nous, dans le même hôtel, elle avait pris,
en entendant le grand titre et le grand nom, cet
air plus qu'indifférent, hostile, méprisant, qui est
le signe du désir impuissant chez les natures fières
et passionnées. Celle d'Albertine avait beau être
magnifique, les qualités qu'elle recélait ne pouvaient
se développer qu'au milieu de ces entraves que sont
nos goûts, ou ce deuil de ceux de nos goûts auxquels nous avons été obligés de renoncer — comme
pour Albertine le snobisme — et qu'on appelle
des haines. Celle d'Albertine pour les gens du monde
tenait du reste très peu de place en elle et me plaisait par un côté esprit de révolution — c'est-à-dire
amour malheureux de la noblesse — inscrit sur la
face opposée du caractère français où est le genre
aristocratique de Mme de Guermantes. Ce genre
aristocratique, Albertine, par impossibilité de l'atteindre, ne s'en serait peut-être pas souciée, mais
s'étant rappelée qu'Elstir lui avait parlé de la duchesse comme de la femme de Paris qui s'habillait
le mieux, le dédain républicain à l'égard d'une
duchesse fit place chez mon amie à un vif intérêt
pour une élégante. Elle me demandait souvent
des renseignements sur Mme de Guermantes et
aimait que j'allasse chez la duchesse chercher des
conseils de toilette pour elle-même. Sans doute
j'aurais pu les demander à Mme Swann et même
je lui écrivis une fois dans ce but. Mais Mme de
Guermantes me semblait pousser plus loin encore
l'art de s'habiller. Si, descendant un moment chez
elle, après m'être assuré qu'elle n'était pas sortie
et ayant prié qu'on m'avertît dès qu'Albertine
serait rentrée, je trouvais la duchesse ennuagée
dans la brume d'une robe en crêpe de Chine gris,

j'acceptais cet aspect que je sentais dû à des causes
complexes et qui n'eût pu être changé, je me laissais
envahir par l'atmosphère qu'il dégageait, comme la
fin de certaines après-midi ouatées en gris-perle
par un brouillard vaporeux ; si, au contraire, cette
robe de chambre était chinoise avec des flammes
jaunes et rouges, je la regardais comme un cou-
chant qui s'allume ; ces toilettes n'étaient pas un
décor quelconque remplaçable à volonté, mais une
réalité donnée et poétique comme est celle du temps
qu'il fait, comme est la lumière spéciale à une certaine heure.

De toutes les robes ou robes de chambre que
portait Mme de Guermantes, celles qui semblaient
la plus répondre à une intention déterminée, être
pourvues d'une signification spéciale, c'étaient ces
robes que Fortuny a faites d'après d'antiques dessins de Venise. Est-ce leur caractère historique,
est-ce plutôt le fait que chacune est unique qui
lui donne un caractère si particulier que la pose
de la femme qui les porte en vous attendant, en
causant avec vous, prend une importance exceptionnelle, comme si ce costume avait été le fruit
d'une longue délibération et comme si cette conversation se détachait de la vie courante comme une
scène de roman. Dans ceux de Balzac, on voit des
héroïnes revêtir à dessein telle ou telle toilette,
le jour où elles doivent recevoir tel visiteur. Les
toilettes d'aujourd'hui n'ont pas tant de caractère,
exception faite pour les robes de Fortuny. Aucun
vague ne peut subsister dans la description du ro-
mancier, puisque cette robe existe réellement, que
les moindres dessins en sont aussi naturellement
fixés que ceux d'une œuvre d'art. Avant de revêtir

43

celle-ci ou celle-là, la femme a eu à faire un choix
entre deux robes, non pas à peu près pareilles, mais
profondément individuelles chacune, et qu'on pourrait nommer. Mais la robe ne m'empêchait pas de
penser à la femme.

Mme de Guermantes même me sembla à cette
époque plus agréable qu'au temps où je l'aimais
encore. Attendant moins d'elle (que je n'allais plus
voir pour elle-même), c'est presque avec le tranquille
sans-gêne qu'on a, quand on est tout seul, les pieds
sur les chenets, que je l'écoutais comme j'aurais
lu un livre écrit en langage d'autrefois. J'avais
assez de liberté d'esprit pour goûter dans ce qu'elle
disait cette grâce française si pure qu'on ne trouve
plus, ni dans le parler, ni dans les écrits du temps
présent. J'écoutais sa conversation comme une
chanson populaire délicieusement et purement française, je comprenais que je l'eusse entendue se mo-
quer de Maeterlinck (qu'elle admirait d'ailleurs
maintenant par faiblesse d'esprit de femme, sensible
à ces modes littéraires dont les rayons viennent
tardivement), comme je comprenais que Mérimée
se moquât de Baudelaire, Stendhal de Balzac, Paul-
Louis Courier de Victor Hugo, Meilhac de Mal-
larmé. Je comprenais bien que le moqueur avait
une pensée bien restreinte auprès de celui dont il
se moquait, mais aussi un vocabulaire plus pur.
Celui de Mme de Guermantes, presque autant
que celui de la mère de Saint-Loup, l'était à un
point qui enchantait. Ce n'est pas dans les froids
pastiches des écrivains d'aujourd'hui qui disent :
au fait (pour en réalité), singulièrement (pour en
particulier), étonné (pour frappé de stupeur), etc.,
etc., qu'on retrouve le vieux langage et la vraie

44

prononciation des mots, mais, en causant avec une
Mᵐᵉ de Guermantes ou une Françoise; j'avais appris de la deuxième, dès l'âge de cinq ans, qu'on
ne dit pas le Tarn, mais le Tar ; pas le Béarn, mais
le Béar. Ce qui fit qu'à vingt ans, quand j'allai
dans le monde, je n'eus pas à y apprendre qu'il ne
fallait pas dire comme faisait Mᵐᵉ Bontemps :
Madame de Béarn.

Je mentirais en disant que ce côté terrien et quasi-
paysan qui restait en elle, la duchesse n'en avait pas
conscience et ne mettait pas une certaine affectation à le montrer. Mais, de sa part, c'était moins
fausse simplicité de grande dame qui joue la cam-
pagnarde et orgueil de duchesse qui fait la nique
aux dames riches méprisantes des paysans qu'elles
ne connaissent pas, que le goût quasi artistique
d'une femme qui sait le charme de ce qu'elle possède et ne va pas le gâter d'un badigeon moderne.
C'est de la même façon que tout le monde a connu
à Dives un restaurateur normand, propriétaire de
« Guillaume le Conquérant », qui s'était bien gardé
— chose très rare — de donner à son hôtellerie
le luxe moderne d'un hôtel et qui, lui-même mil-
lionnaire, gardait le parler, la blouse d'un paysan
normand et vous laissait venir le voir faire lui-
même dans la cuisine, comme à la campagne, un
dîner qui n'en était pas moins infiniment meilleur, et encore plus cher que dans les plus grands
palaces.

Toute la sève locale qu'il y a dans les vieilles
familles aristocratiques ne suffit pas, il faut qu'il
y naisse un être assez intelligent pour ne pas la dé-
daigner, pour ne pas l'effacer sous le vernis mondain. Mᵐᵉ de Guermantes, malheureusement spi-

rituelle et Parisienne et qui, quand je la connus,
ne gardait plus de son terroir que l'accent, avait
du moins, quand elle voulait peindre sa vie de
jeune fille, trouvé pour son langage (entre ce qui
eût semblé trop involontairement provincial, ou
au contraire artificiellement lettré), un de ces
compromis qui font l'agrément de *la Petite Fa-
dette* de George Sand ou de certaines légendes
rapportées par Chateaubriand dans les *Mémoires
d'Outre-Tombe*. Mon plaisir était surtout de lui
entendre conter quelque histoire qui mettait en
scène des paysans avec elle. Les noms anciens,
les vieilles coutumes, donnaient à ces rapprochements entre le château et le village quelque chose
d'assez savoureux. Demeurée en contact avec les
terres où elle était souveraine, une certaine aris-
tocratie reste régionale, de sorte que le propos le
plus simple fait se dérouler devant nos yeux toute
une carte historique et géographique de l'histoire
de France.

S'il n'y avait aucune affectation, aucune volonté
de fabriquer un langage à soi, alors cette façon de
prononcer était un vrai musée d'histoire de France
par la conversation. « Mon grand oncle Fitt-jam »
n'avait rien qui étonnât, car on sait que les Fitz-
James proclament volontiers qu'ils sont de grands
seigneurs français, et ne veulent pas qu'on prononce
leur nom à l'anglaise. Il faut, du reste, admirer la
touchante docilité des gens qui avaient cru jusque-là
devoir s'appliquer à prononcer grammaticalement
certains noms et qui, brusquement, après avoir
entendu la duchesse de Guermantes les dire autrement, s'appliquaient à la prononciation qu'ils
n'avaient pu supposer. Ainsi, la duchesse ayant eu

un arrière-grand-père auprès du comte de Cham-
bord, pour taquiner son mari d'être devenu
Orléaniste, aimait à proclamer : « Nous les vieux
de Frochedorf ». Le visiteur qui avait cru bien
faire en disant jusque-là « Frohsdorf » tournait
casaque au plus court et disait sans cesse « Frochedorf ».

Une fois que je demandais à Mme de Guermantes
qui était un jeune homme exquis qu'elle m'avait
présenté comme son neveu et dont j'avais mal
entendu le nom, ce nom, je ne le distinguai pas
davantage quand, du fond de sa gorge, la duchesse
émit très fort, mais sans articuler : « C'est l'... i
Eon... l... b... frère à Robert. Il prétend qu'il a
la forme du crâne des anciens Gallois. » Alors je
compris qu'elle avait dit : c'est le petit Léon, le
prince de Léon, beau-frère en effet de Robert de
Saint-Loup. « En tout cas, je ne sais pas s'il en a
le crâne, ajouta-t-elle, mais sa façon de s'habiller,
qui a du reste beaucoup de chic, n'est guère de là-
bas. Un jour que, de Josselin où j'étais chez les Rohan,
nous étions allés à un pèlerinage, il était venu des
paysans d'un peu toutes les parties de la Bretagne.
Un grand diable de villageois du Léon regardait
avec ébahissement les culottes beiges du beau-frère
de Robert. « Qu'est-ce que tu as à me regarder, je
parie que tu ne sais pas qui je suis », lui dit Léon.
Et comme le paysan lui disait que non. « Eh !
bien, je suis ton prince. » « Ah ! répondit le paysan
en se découvrant et en s'excusant, je vous avais
pris pour un englische. »

Et si, profitant de ce point de départ, je poussais
Mme de Guermantes sur les Rohan (avec qui sa
famille s'était souvent alliée), sa conversation s'im-

prégnait un peu du charme mélancolique des Pardons, et, comme dirait ce vrai poète qu'est Pampille, de « l'âpre saveur des crêpes de blé noir, cuites sur un feu d'ajoncs. »

Du marquis du Lau (dont on sait la triste fin, quand, sourd, il se faisait porter chez Mme H..., aveugle), elle contait les années moins tragiques quand, après la chasse, à Guermantes, il se mettait en chaussons pour prendre le thé avec le roi d'Angleterre, auquel il ne se trouvait pas inférieur, et avec lequel, on le voit, il ne se gênait pas. Elle faisait remarquer cela avec tant de pittoresque qu'elle lui ajoutait le panache à la mousquetaire des gentilshommes un peu glorieux du Périgord.

D'ailleurs, même dans la simple qualification des gens, avoir soin de différencier les provinces était pour Mme de Guermantes, restée elle-même, un grand charme que n'aurait jamais su avoir une Parisienne d'origine, et ces simples noms d'Anjou, de Poitou, du Périgord, refaisaient dans sa conversation des paysages.

Pour en revenir à la prononciation et au vocabulaire de Mme de Guermantes, c'est par ce côté que la noblesse se montre vraiment conservatrice, avec tout ce que ce mot a à la fois d'un peu puéril, d'un peu dangereux, de réfractaire à l'évolution, mais aussi d'amusant pour l'artiste. Je voulais savoir comment on écrivait autrefois le mot Jean. Je l'appris en recevant une lettre du neveu de Mme de Villeparisis qui signe — comme il a été baptisé, comme il figure dans le Gotha — Jehan de Villeparisis, avec la même belle H inutile, héraldique, telle qu'on l'admire, enluminée de vermillon ou d'outremer, dans un livre d'heures ou dans un vitrail.

LA PRISONNIÈRE

Malheureusement, je n'avais pas le temps de prolonger indéfiniment ces visites, car je voulais, autant que possible, ne pas rentrer après mon amie. Or, ce n'était jamais qu'au compte-gouttes que je pouvais obtenir de Mme de Guermantes les renseignements sur ses toilettes, lesquels m'étaient utiles pour faire faire des toilettes de même genre, dans la mesure où une jeune fille peut les porter, pour Albertine. « Par exemple, madame, le jour où vous deviez dîner chez Mme de Saint-Euverte, avant d'aller chez la princesse de Guermantes, vous aviez une robe toute rouge, avec des souliers rouges, vous étiez inouïe, vous aviez l'air d'une espèce de grande fleur de sang, d'un rubis en flammes, comment cela s'appelait-il ? Est-ce qu'une jeune fille peut mettre ça ? »

La duchesse rendant à son visage fatigué la radieuse expression qu'avait la princesse des Laumes quand Swann lui faisait, jadis, des compliments, regarda en riant aux larmes, d'un air moqueur, interrogatif et ravi, M. de Bréauté toujours là, à cette heure, et qui faisait tiédir, sous son monocle, un sourire indulgent pour cet amphigouri de l'intellectuel à cause de l'exaltation physique de jeune homme qu'il lui semblait cacher. La duchesse avait l'air de dire : « Qu'est-ce qu'il a, il est fou. » Puis se tournant vers moi d'un air câlin : « Je ne savais pas que j'avais l'air d'un rubis en flammes ou d'une fleur de sang, mais je me rappelle, en effet, que j'ai eu une robe rouge : c'était du satin rouge comme on en faisait à ce moment-là. Oui, une jeune fille peut porter ça à la rigueur, mais vous m'avez dit que la vôtre ne sortait pas le soir. C'est une robe de grande soirée, cela

49

ne peut pas se mettre pour faire des visites. »

Ce qui est extraordinaire, c'est que de cette
soirée, en somme pas si ancienne, Mme de Guermantes ne se rappelât que sa toilette et eût oublié
une certaine chose qui cependant, on va le voir,
aurait dû lui tenir à cœur. Il semble que chez les
êtres d'action (et les gens du monde sont des êtres
d'action minuscules, microscopiques, mais enfin
des êtres d'action), l'esprit, surmené par l'attention
à ce qui se passera dans une heure, ne confie que
très peu de choses à la mémoire. Bien souvent,
par exemple, ce n'était pas pour donner le change
et paraître ne pas s'être trompé que M. de Norpois,
quand on lui parlait de pronostics qu'il avait émis
au sujet d'une alliance avec l'Allemagne qui n'avait
même pas abouti, disait : « Vous devez vous tromper, je ne me rappelle pas du tout, cela ne me
ressemble pas, car, dans ces sortes de conversations,
je suis toujours très laconique et je n'aurais jamais
prédit le succès d'un de ces coups d'éclat qui ne
sont souvent que des coups de tête, et dégénèrent
habituellement en coups de force. Il est indéniable
que dans un avenir lointain un rapprochement
franco-allemand pourrait s'effectuer et serait très
profitable aux deux pays et dont la France ne serait
pas le mauvais marchand, je le pense, mais je n'en
ai jamais parlé, parce que la poire n'est pas mûre
encore, et si vous voulez mon avis, en demandant à
nos anciens ennemis de convoler avec nous en justes
noces, je crois que nous irions au-devant d'un gros
échec et ne recevrions que de mauvais coups. »
En disant cela, M. de Norpois ne mentait pas,
il avait simplement oublié. On oublie, du reste,
vite ce qu'on n'a pas pensé avec profondeur, ce

qui vous a été dicté par l'imitation, par les passions environnantes. Elles changent et avec elles se modifie notre souvenir. Encore plus que les diplomates, les hommes politiques ne se souviennent pas du point de vue auquel ils se sont placés à un certain moment, et quelques-unes de leurs palinodies tiennent moins à un excès d'ambition qu'à un manque de mémoire. Quant aux gens du monde, ils se souviennent de peu de chose.

Mme de Guermantes me soutint qu'à la soirée où elle était en robe rouge, elle ne se rappelait pas qu'il y eût Mme de Chaussepierre, que je me trompais certainement. Or Dieu sait pourtant si, depuis, les Chaussepierre avaient occupé l'esprit du duc et de la duchesse. Voici pour quelle raison. M. de Guermantes était le plus ancien vice-président du Jockey quand le président mourut. Certains membres du cercle qui n'ont pas de relations et dont le seul plaisir est de donner des boules noires aux gens qui ne les invitent pas, firent campagne contre le duc de Guermantes qui, sûr d'être élu, et assez négligent quant à cette présidence qui était peu de chose relativement à sa situation mondaine, ne s'occupa de rien. On fit valoir que la duchesse était dreyfusarde (l'affaire Dreyfus était pourtant terminée depuis longtemps, mais vingt ans après on en parlait encore, et elle ne l'était que depuis deux ans), recevait les Rothschild, qu'on favorisait trop depuis quelque temps de grands potentats internationaux comme était le duc de Guermantes, à moitié Allemand. La campagne trouva un terrain très favorable, les clubs jalousant toujours beaucoup les gens très en vue et détestant les grandes fortunes.

51

Celle de Chaussepierre n'était pas mince, mais personne ne pouvait s'en offusquer : il ne dépensait pas un sou, l'appartement du couple était modeste, la femme allait vêtue de laine noire. Folle de musique, elle donnait bien de petites matinées où étaient invitées beaucoup plus de chanteuses que chez les Guermantes. Mais personne n'en parlait, tout cela se passait sans rafraîchissements, le mari même absent, dans l'obscurité de la rue de la Chaise. A l'Opéra, Mme de Chaussepierre passait inaperçue, toujours avec des gens dont le nom évoquait le milieu le plus « ultra » de l'intimité de Charles X, mais des gens effacés, peu mondains. Le jour de l'élection, à la surprise générale, l'obscurité triompha de l'éblouissement : Chaussepierre, deuxième vice-président, fut nommé président du Jockey et le duc de Guermantes resta sur le carreau, c'est-à-dire premier vice-président. Certes, être président du Jockey ne représente pas grand'-chose à des princes de premier rang comme étaient les Guermantes. Mais ne pas l'être quand c'est votre tour, se voir préférer un Chaussepierre à la femme de qui Oriane, non seulement ne rendait pas son salut deux ans auparavant, mais allait jusqu'à se montrer offensée d'être saluée par cette chauve-souris inconnue, c'était dur pour le duc. Il prétendait être au-dessus de cet échec, assurant, d'ailleurs, que c'était à sa vieille amitié pour Swann qu'il le devait. En réalité, il ne décolérait pas.

Chose assez particulière, on n'avait jamais entendu le duc de Guermantes se servir de l'expression assez banale : « bel et bien », mais depuis l'élection du Jockey, dès qu'on parlait de l'affaire Dreyfus, « bel et bien » surgissait : « Affaire Dreyfus, affaire

Dreyfus, c'est bientôt dit et le terme est impropre ; ce n'est pas une affaire de religion, mais *bel et bien* une affaire politique. » Cinq ans pouvaient passer sans qu'on entendît « bel et bien » si, pendant ce temps, on ne parlait pas de l'affaire Dreyfus, mais si, les cinq ans passés, le nom de Dreyfus revenait, aussitôt « bel et bien » arrivait automatiquement. Le duc ne pouvait plus, du reste, souffrir qu'on parlât de cette affaire « qui a causé, disait-il, tant de malheurs » bien qu'il ne fût, en réalité, sensible qu'à un seul : son échec à la présidence du Jockey. Aussi l'après-midi dont je parle, où je rappelais à Mme de Guermantes la robe rouge qu'elle portait à la soirée de sa cousine, M. de Bréauté fut assez mal reçu quand, voulant dire quelque chose, par une association d'idées restée obscure et qu'il ne dévoila pas, il commença en faisant manœuvrer sa langue dans la pointe de sa bouche en cul de poule : « A propos de l'affaire Dreyfus » (pourquoi de l'affaire Dreyfus, il s'agissait seulement d'une robe rouge et, certes, le pauvre Bréauté qui ne pensait jamais qu'à faire plaisir, n'y mettait pas de malice). Mais le seul nom de Dreyfus fit se froncer les sourcils jupitériens du duc de Guermantes. « On m'a raconté, dit Bréauté, un assez joli mot, ma foi très fin, de notre ami Cartier (prévenons le lecteur que ce Cartier, frère de Mme de Villefranche, n'avait pas l'ombre de rapport avec le bijoutier du même nom), ce qui, du reste, ne m'étonne pas, car il a de l'esprit à revendre. » « Ah ! interrompit Oriane, ce n'est pas moi qui l'achèterai. Je ne veux pas vous dire ce que votre Cartier m'a toujours embêtée ; et je n'ai jamais pu comprendre le charme infini que Charles de la Trémoïlle et sa femme trouvent à ce raseur que

je rencontre chez eux chaque fois que j'y vais. »
« Ma ière duiesse, répondit Bréauté, qui prononçait difficilement les *c*, je vous trouve bien sévère
pour Cartier. Il est vrai qu'il a peut-être pris un
pied un peu excessif chez les La Trémoille, mais
enfin c'est pour Charles une espèce, comment dirai-
je, une espèce de fidèle Achate, ce qui est devenu
un oiseau assez rare par le temps qui court. En tous
cas, voilà le mot qu'on m'a rapporté. Cartier aurait
dit que si M. Zola avait cherché à avoir un procès
et à se faire condamner, c'était pour éprouver la
sensation qu'il ne connaissait pas encore, celle d'être
en prison. » « Aussi a-t-il pris la fuite avant d'être
arrêté, interrompit Oriane. Cela ne tient pas debout.
D'ailleurs, même si c'était vraisemblable, je trouve
le mot carrément idiot. Si c'est ça que vous trouvez
spirituel ! » « Mon Dieu, ma ière Oriane, répondit
Bréauté qui, se voyant contredit, commençait à
lâcher pied, le mot n'est pas de moi, je vous le
répète tel qu'on me l'a dit, prenez-le pour ce qu'il
vaut. En tous cas il a été cause que M. Cartier a
été tancé d'importance par cet excellent La Trémoille qui, avec beaucoup de raison, ne veut jamais
qu'on parle dans son salon de ce que j'appellerai,
comment dire : les affaires en cours, et qui était
d'autant plus contrarié qu'il y avait là Mme Alphonse Rothschild. Cartier a eu à subir de la
part de La Trémoille une véritable mercuriale. »
« Bien entendu, dit le duc, de fort mauvaise
humeur, les Alphonse Rothschild, bien qu'ayant
le tact de ne jamais parler de cet abominable affaire,
sont dreyfusards dans l'âme comme tous les Juifs.
C'est même là un argument *ad hominem* (le duc
employait un peu à tort et à travers l'expression

54

ad hominem) qu'on ne fait pas assez valoir pour
montrer la mauvaise foi des Juifs. Si un Français
vole, assassine, je ne me crois pas tenu, parce qu'il
est Français comme moi, de le trouver innocent.
Mais les Juifs n'admettront jamais qu'un de leurs
concitoyens soit traître bien qu'ils le sachent parfaitement et se soucient fort peu des effroyables
répercussions (le duc pensait naturellement à l'élection maudite de Chaussepierre) que le crime d'un
des leurs peut amener jusque... Voyons, Oriane,
vous n'allez pas prétendre que ce n'est pas accablant
pour les Juifs ce fait qu'ils soutiennent tous un traître.
Vous n'allez pas me dire que ce n'est pas parce
qu'ils sont Juifs. » « Mon Dieu si, répondit Oriane
(éprouvant, avec un peu d'agacement, un certain
désir de résister au Jupiter tonnant et aussi de mettre « l'intelligence » au-dessus de l'affaire Dreyfus).
Mais c'est peut-être justement parce qu'étant Juifs
et se connaissant eux-mêmes ils savent qu'on peut
être Juif et ne pas être forcément traître et anti-
français, comme le prétend, paraît-il, M. Drumont.
Certainement s'il avait été chrétien les Juifs ne se
seraient pas intéressés à lui, mais ils l'ont fait parce
qu'ils sentent bien que s'il n'était pas Juif on ne
l'aurait pas cru si facilement traître *a priori*, comme
dirait mon neveu Robert. » « Les femmes n'enten-
dent rien à la politique, s'écria le duc en fixant des
yeux la duchesse. Car ce crime affreux n'est pas
simplement une cause juive, mais *bel et bien* une
immense affaire nationale qui peut amener les plus
effroyables conséquences pour la France d'où on
devrait expulser tous les Juifs, bien que je recon-
naisse que les sanctions prises jusqu'ici l'aient été
(d'une façon ignoble qui devrait être révisée) non

contre eux, mais contre leurs adversaires les plus
éminents, contre des hommes de premier ordre,
laissés à l'écart pour le malheur de notre pauvre
pays. »

Je sentais que cela allait se gâter et je me remis
précipitamment à parler robes.

« Vous rappelez-vous, madame, dis-je, la première fois que vous avez été aimable avec moi ? »
« La première fois que j'ai été aimable avec lui »,
reprit-elle en regardant en riant M. de Bréauté
dont le bout du nez s'amenuisait, dont le sourire
s'attendrissait par politesse pour Mme de Guermantes et dont la voix de couteau qu'on est en train
de repasser fit entendre quelques sons vagues et
rouillés. « Vous aviez une robe jaune avec de
grandes fleurs noires. » « Mais, mon petit, c'est la
même chose, ce sont des robes de soirées. » « Et
votre chapeau de bleuets que j'ai tant aimé ! Mais
enfin tout cela c'est du rétrospectif. Je voudrais
faire faire à la jeune fille en question un manteau
de fourrure comme celui que vous aviez hier matin.
Est-ce que ce serait impossible que je le visse ? »
« Non, Hannibal est obligé de s'en aller dans un
instant. Vous viendrez chez moi et ma femme de
chambre vous montrera tout ça. Seulement, mon
petit, je veux bien vous prêter tout ce que vous
voudrez, mais si vous faites faire des choses de
Callot, de Doucet, de Paquin par de petites couturières, cela ne sera jamais la même chose. » « Mais
je ne veux pas du tout aller chez une petite couturière, je sais très bien que ce sera autre chose,
mais cela m'intéresserait de comprendre pourquoi
ce sera autre chose. » « Mais vous savez bien que je
ne sais rien expliquer, moi, je suis une bête, je parle

comme une paysanne. C'est une question de tour de main, de façon ; pour les fourrures je peux au moins vous donner un mot pour mon fourreur qui, de cette façon, ne vous volera pas. Mais vous savez que cela vous coûtera encore huit ou neuf mille francs. » « Et cette robe de chambre qui sent si mauvais, que vous aviez l'autre soir, et qui est sombre, duveteuse, tachetée, striée d'or comme une aile de papillon ? » « Ah ! ça c'est une robe de Fortuny. Votre jeune fille peut très bien mettre cela chez elle. J'en ai beaucoup, je vais vous en montrer, je peux même vous en donner si cela vous fait plaisir. Mais je voudrais surtout que vous vissiez celle de ma cousine Talleyrand. Il faut que je lui écrive de me la prêter. » « Mais vous aviez aussi des souliers si jolis, était-ce encore de Fortuny ? » « Non, je sais ce que vous voulez dire, c'est du chevreau doré que nous avions trouvé à Londres, en faisant des courses avec Consuelo de Manchester. C'était extraordinaire. Je n'ai jamais pu comprendre comme c'était doré, on dirait une peau d'or, il n'y a que cela avec un petit diamant au milieu. La pauvre duchesse de Manchester est morte, mais si cela vous fait plaisir j'écrirai à Mme de Warwick ou à Mme Malborough pour tâcher d'en retrouver de pareils. Je me demande même si je n'ai pas encore de cette peau. On pourrait peut-être en faire faire ici. Je regarderai ce soir, je vous le ferai dire. »

Comme je tâchais autant que possible de quitter la duchesse avant qu'Albertine fût revenue, l'heure faisait souvent que je rencontrais dans la cour, en sortant de chez Mme de Guermantes, M. de Charlus et Morel qui allaient prendre le thé chez

Jupien, suprême faveur pour le baron. Je ne les croi-
sais pas tous les jours mais ils y allaient tous les
jours. Il est du reste à remarquer que la constance
d'une habitude est d'ordinaire en rapport avec son
absurdité. Les choses éclatantes, on ne les fait
généralement que par à-coups. Mais des vies insen-
sées, où le maniaque se prive lui-même de tous les
plaisirs et s'inflige les plus grands maux, ces vies
sont ce qui change le moins. Tous les dix ans si
l'on en avait la curiosité, on retrouverait le malheureux dormant aux heures où il pourrait vivre,
sortant aux heures où il n'y a guère rien d'autre
à faire qu'à se laisser assassiner dans les rues, buvant
glacé quand il a chaud, toujours en train de soigner
un rhume. Il suffirait d'un petit mouvement d'énergie, un seul jour, pour changer cela une fois pour
toutes. Mais justement ces vies sont habituellement
l'apanage d'êtres incapables d'énergie. Les vices
sont un autre aspect de ces existences monotones
que la volonté suffirait à rendre moins atroces. Les
deux aspects pouvaient être également considérés
quand M. de Charlus allait tous les jours avec
Morel prendre le thé chez Jupien. Un seul orage
avait marqué cette coutume quotidienne. La nièce
du giletier ayant dit un jour à Morel : « C'est cela,
venez demain, je vous paierai le thé », le baron
avait avec raison trouvé cette expression bien vulgaire pour une personne dont il comptait faire
presque sa belle-fille, mais comme il aimait à froisser
et se grisait de sa propre colère, au lieu de dire simplement à Morel qu'il le priait de lui donner à cet
égard une leçon de distinction, tout le retour s'était
passé en scènes violentes. Sur le ton le plus insolent,
le plus orgueilleux : « Le « toucher » qui, je le vois,

n'est pas forcément allié au « tact » a donc empêché chez vous le développement normal de l'odorat, puisque vous avez toléré que cette expression fétide de payer le thé à 15 centimes je suppose, fît monter son odeur de vidanges jusqu'à mes royales narines ? Quand vous avez fini un solo de violon avez-vous jamais vu chez moi qu'on vous récompensât d'un pet, au lieu d'un applaudissement frénétique ou d'un silence plus éloquent encore parce qu'il est fait de la paresse de ne pouvoir retenir (non ce que votre fiancée vous prodigue) mais le sanglot que vous avez amené au bord des lèvres ? »

Quand un fonctionnaire s'est vu infliger de tels reproches par son chef, il est invariablement dégommé le lendemain. Rien au contraire n'eût été plus cruel à M. de Charlus que de congédier Morel et, craignant même d'avoir été un peu trop loin, il se mit à faire de la jeune fille des éloges minutieux, pleins de goût, involontairement semés d'impertinences. « Elle est charmante, comme vous êtes musicien, je pense qu'elle vous a séduit par la voix qu'elle a très belle dans les notes hautes où elle semble attendre l'accompagnement de votre *si* dièze. Son registre grave me plaît moins et cela doit être en rapport avec le triple recommencement de son cou étrange et mince, qui, semblant finir, s'élève encore en elle; plutôt que des détails médiocres, c'est sa silhouette qui m'agrée. Et comme elle est couturière et doit savoir jouer des ciseaux, il faut qu'elle me donne une jolie découpure d'elle-même en papier. »

Charlie avait d'autant moins écouté ces éloges que les agréments qu'ils célébraient chez sa fiancée lui avaient toujours échappé. Mais il répondit à M. de Charlus : « C'est entendu, mon petit, je lui passerai un savon pour qu'elle ne parle plus comme ça. » Si Morel disait ainsi « mon petit » à M. de Charlus, ce n'est pas que le beau violoniste ignorât qu'il eût à peine le tiers de l'âge du baron. Il ne le disait pas non plus comme eût fait Jupien, mais avec cette simplicité qui dans certaines relations postule que la suppression de la différence d'âge a tacitement précédé la tendresse. La tendresse feinte chez Morel. Chez d'autres la tendresse sincère. Ainsi vers cette époque M. de Charlus reçut une lettre ainsi conçue : « Mon cher Palamède, quand te reverrai-je ? Je m'ennuie beaucoup après toi et pense bien souvent à toi. PIERRE. » M. de Charlus sa cassa la tête pour savoir quel était celui de ses parents qui se permettait de lui écrire avec une telle familiarité, qui devait par conséquent beaucoup le connaître et dont malgré cela il ne reconnaissait pas l'écriture. Tous les princes auxquels l'Almanach de Gotha accorde quelques lignes défilèrent pendant quelques jours dans la cervelle de M. de Charlus. Enfin, brusquement, une adresse écrite au dos l'éclaira : l'auteur de la lettre était le chasseur d'un cercle de jeu où allait quelquefois M. de Charlus. Ce chasseur n'avait pas cru être impoli en écrivant sur ce ton à M. de Charlus qui avait au contraire un grand prestige à ses yeux. Mais il pensait que ce ne serait pas gentil de ne pas tutoyer quelqu'un qui vous avait plusieurs fois embrassé, et vous avait par là — s'imaginait-il dans sa naïveté — donné son affection. M. de Charlus fut au fond ravi de cette familiarité. Il reconduisit même d'une matinée M. de Vaugoubert afin de pouvoir lui montrer la lettre. Et pourtant Dieu sait que M. de Charlus

n'aimait pas à sortir avec M. de Vaugoubert. Car
celui-ci le monocle à l'œil regardait de tous les côtés
les jeunes gens qui passaient. Bien plus, s'émancipant
quand il était avec M. de Charlus, il employait un
langage que détestait le baron. Il mettait tous les
noms d'hommes au féminin et, comme il était très
bête, il s'imaginait cette plaisanterie très spirituelle
et ne cessait de rire aux éclats. Comme avec cela il
tenait énormément à son poste diplomatique, les
déplorables et ricanantes façons qu'il avait dans la
rue étaient perpétuellement interrompues par la
frousse que lui causait au même moment le passage
de gens du monde, mais surtout de fonctionnaires.
« Cette petite télégraphiste, disait-il en touchant
du coude le baron renfrogné, je l'ai connue, mais
elle s'est rangée, la vilaine ! Oh ! ce livreur des Gale-
ries Lafayette, quelle merveille ! Mon Dieu, voilà le
directeur des Affaires commerciales qui passe. Pourvu
qu'il n'ait pas remarqué mon geste. Il serait capable
d'en parler au Ministre qui me mettrait en non-
activité, d'autant plus qu'il paraît que c'en est
une. » M. de Charlus ne se tenait pas de rage. Enfin,
pour abréger cette promenade qui l'exaspérait,
il se décida à sortir sa lettre et à la faire lire à l'am-
bassadeur, mais il lui recommanda la discrétion,
car il feignait que Charlie fût jaloux afin de pouvoir
faire croire qu'il était aimant. « Or, ajouta-t-il d'un
air de bonté impayable, il faut toujours tâcher de
causer le moins de peine qu'on peut. » Avant de revenir à la boutique de Jupien, l'auteur tient à dire
combien il serait contristé que le lecteur s'offus-
quât de peintures si étranges. D'une part (et ceci
est le petit côté de la chose) on trouve que l'aris-
tocratie semble proportionnellement, dans ce livre,

plus accusée de dégénérescence que les autres classes sociales. Cela serait-il qu'il n'y aurait pas lieu de s'en étonner. Les plus vieilles familles finissent par avouer dans un nez rouge et bossu, dans un menton déformé, des signes spécifiques où chacun admire la « race ». Mais parmi ces traits persistants et sans cesse aggravés, il y en a qui ne sont pas visibles, ce sont les tendances et les goûts. Ce serait une objection plus grave, si elle était fondée, de dire que tout cela nous est étranger et qu'il faut tirer la poésie de la vérité toute proche. L'art extrait du réel le plus familier existe en effet et son domaine est peut-être le plus grand. Mais il n'en est pas moins vrai qu'un grand intérêt, parfois de la beauté, peut naître d'actions découlant d'une forme d'esprit si éloignée de tout ce que nous sentons, de tout ce que nous croyons, que nous ne pouvons même arriver à les comprendre, qu'elles s'étalent devant nous comme un spectacle sans cause. Qu'y a-t-il de plus poétique que Xerxès, fils de Darius, faisant fouetter de verges la mer qui avait englouti ses vaisseaux ?

Il est certain que Morel, usant du pouvoir que ses charmes lui donnaient sur la jeune fille, transmit à celle-ci, en la prenant à son compte, la remarque du baron, car l'expression « payer le thé » disparut aussi complètement de la boutique du giletier que disparaît à jamais d'un salon telle personne intime, qu'on recevait tous les jours et avec qui, pour une raison ou pour une autre, on s'est brouillé ou qu'on tient à cacher et qu'on ne fréquente qu'au dehors. M. de Charlus fut satisfait de la disparition de « payer le thé ». Il y vit une preuve de son ascendant sur Morel et l'effacement de la seule petite tache à la perfection de la jeune fille. Enfin, comme

62

tous ceux de son espèce, tout en étant sincèrement l'ami de Morel et de sa presque fiancée, l'ardent partisan de leur union, il était assez friand du pouvoir de créer à son gré de plus ou moins inoffensives piques, en dehors et au-dessus desquelles il demeurait aussi olympien qu'eût été son frère.

Morel avait dit à M. de Charlus qu'il aimait la nièce de Jupien, voulait l'épouser, et il était doux au baron d'accompagner son jeune ami dans des visites où il jouait le rôle de futur beau-père, indulgent et discret. Rien ne lui plaisait mieux.

Mon opinion personnelle est que « payer le thé » venait de Morel lui-même, et que par aveuglement d'amour la jeune couturière avait adopté une expression de l'être adoré, laquelle jurait par sa laideur au milieu du joli parler de la jeune fille. Ce parler, ces charmantes manières qui s'y accordaient, la protection de M. de Charlus faisaient que beaucoup de clientes, pour qui elle avait travaillé, la recevaient en amie, l'invitaient à dîner, la mêlaient à leurs relations, la petite n'acceptant du reste qu'avec la permission du baron de Charlus et les soirs où cela lui convenait. « Une jeune couturière dans le monde ? » dira-t-on, quelle invraisemblance. Si l'on y songe, il n'était pas moins invraisemblable qu'autrefois Albertine vînt me voir à minuit, et maintenant vécût avec moi. Et ç'eût peut-être été invraisemblable d'une autre, mais nullement d'Albertine, sans père ni mère, menant une vie si libre qu'au début je l'avais prise à Balbec pour la maîtresse d'un coureur, ayant pour parente la plus rapprochée Mme Bontemps qui, déjà, chez Mme Swann, n'admirait chez sa nièce que ses mauvaises manières et maintenant fermait les yeux, surtout si cela

pouvait la débarrasser d'elle en lui faisant faire
un riche mariage où un peu de l'argent irait à sa
tante (dans le plus grand monde, des mères très
nobles et très pauvres, ayant réussi à faire faire
à leur fils un riche mariage, se laissent entretenir
par les jeunes époux, acceptent des fourrures, une
automobile, de l'argent d'une belle-fille qu'elles
n'aiment pas et qu'elles font recevoir).

Il viendra peut-être un jour où les couturières,
ce que je ne trouverais nullement choquant, iront
dans le monde. La nièce de Jupien étant une exception ne peut encore le laisser prévoir, une hirondelle
ne fait pas le printemps. En tous cas, si la toute
petite situation de la nièce de Jupien scandalisa
quelques personnes, ce ne fut pas Morel, car, sur
certains points, sa bêtise était si grande que non
seulement il trouvait « plutôt bête » cette jeune fille
mille fois plus intelligente que lui, peut-être seulement parce qu'elle l'aimait, mais encore il suppo-
sait être des aventurières, des sous-couturières
déguisées, faisant les dames, les personnes fort bien
posées qui la recevaient et dont elle ne tirait pas
vanité. Naturellement ce n'était pas des Guermantes, ni même des gens qui les connaissaient,
mais des bourgeoises riches, élégantes, d'esprit
assez libre pour trouver qu'on ne se déshonore pas
en recevant une couturière, d'esprit assez esclave
aussi pour avoir quelque contentement de protéger
une jeune fille que son Altesse le baron de Charlus
allait, en tout bien tout honneur, voir tous les
jours.

Rien ne plaisait mieux que l'idée de ce mariage
au baron, lequel pensait qu'ainsi Morel ne lui serait
pas enlevé. Il paraît que la nièce de Jupien avait

fait, presque enfant, une « faute ». Et M. de Charlus, tout en faisant son éloge à Morel, n'aurait pas été fâché de le confier à son ami qui eût été furieux et de semer ainsi la zizanie. Car M. de Charlus, quoique terriblement méchant, ressemblait à un grand nombre de personnes bonnes qui font les éloges d'un tel ou d'une telle, pour prouver leur propre bonté, mais se garderaient comme du feu des paroles bienfaisantes, si rarement prononcées, qui seraient capables de faire régner la paix. Malgré cela, le baron se gardait d'aucune insinuation, et pour deux causes. « Si je lui raconte, se disait-il, que sa fiancée n'est pas sans tache, son amour-propre sera froissé, il m'en voudra. Et puis, qui me dit qu'il n'est pas amoureux d'elle ? Si je ne dis rien, ce feu de paille s'éteindra vite, je gouvernerai leurs rapports à ma guise, il ne l'aimera que dans la mesure où je le souhaiterai. Si je lui raconte la faute passée de sa promise, qui me dit que mon Charlie n'est pas encore assez amoureux pour devenir jaloux. Alors je transformerai par ma propre faute un flirt sans conséquence et qu'on mène comme on veut, en un grand amour, chose difficile à gouverner. » Pour ces deux raisons M. de Charlus gardait un silence qui n'avait que les apparences de la discrétion, mais qui, par un autre côté, était méritoire, car se taire est presque impossible aux gens de sa sorte.

D'ailleurs la jeune fille était délicieuse, et M. de Charlus, en qui elle satisfaisait tout le goût esthé-tique qu'il pouvait avoir pour les femmes, aurait voulu avoir d'elle des centaines de photographies. Moins bête que Morel, il apprenait avec plaisir le nom des dames comme il faut qui la recevaient et que son flair social situait bien, mais il se gardait (voulant garder l'empire) de le dire à Charlie, lequel, vraie brute en cela, continuait à croire qu'en dehors de la « classe de violon » et des Verdurin, seuls existaient les Guermantes, les quelques familles presque royales énumérées par le baron, tout le reste n'étant qu'une « lie », une « tourbe ». Charlie prenait ces expressions de M. de Charlus à la lettre.

Parmi les raisons qui rendaient M. de Charlus heureux du mariage des deux jeunes gens il y avait celle-ci, que la nièce de Jupien serait en quelque sorte une extension de la personnalité de Morel et par là du pouvoir à la fois et de la connaissance que le baron avait de lui. « Tromper » dans le sens conjugal la future femme du violoniste, M. de Charlus n'eût même pas songé une seconde à en éprouver du scrupule. Mais avoir un « jeune ménage » à guider, se sentir le protecteur redouté et tout-puissant de la femme de Morel, laquelle considérant le baron comme un dieu prouverait par là que le cher Morel lui avait inculqué cette idée, et contiendrait ainsi quelque chose de Morel, firent varier le genre de domination de M. de Charlus et naître en sa « chose », Morel, un être de plus, l'époux, c'est-à-dire lui donnèrent quelque chose d'autre, de nouveau, de curieux à aimer en lui. Peut-être même cette domination serait-elle plus grande maintenant qu'elle n'avait jamais été. Car là où Morel seul, nu pour ainsi dire, résistait souvent au baron qu'il se sentait sûr de reconquérir, une fois marié, pour son ménage, son appartement, son avenir, il aurait peur plus vite, offrirait aux volontés de M. de Charlus plus de surface et de prise. Tout cela et même au besoin, les soirs où il s'ennuierait, de mettre la guerre entre les époux (le baron n'avait jamais détesté les tableaux de bataille) plaisait à M. de Charlus. Moins pourtant que de penser à la dépendance de lui où vivrait le jeune ménage. L'amour de M. de Charlus pour Morel reprenait une nouveauté délicieuse quand il se disait : sa femme aussi sera à moi autant qu'il est à moi, ils n'agiront que de la façon qui ne peut me fâcher, ils obéiront à mes caprices et ainsi elle sera un signe (jusqu'ici inconnu de moi) de ce que j'avais presque oublié et qui est si sensible à mon cœur, que pour tout le monde, pour ceux qui me verront les protéger, les loger, pour moi-même, Morel est mien. De cette évidence aux yeux des autres et aux siens, M. de Charlus était plus heureux que de tout le reste. Car la possession de ce qu'on aime est une joie plus grande encore que l'amour. Bien souvent ceux qui cachent à tous cette possession, ne le font que par la peur que l'objet chéri ne leur soit enlevé. Et leur bonheur, par cette prudence de se taire, en est diminué.

On se souvient peut-être que Morel avait jadis dit au baron que son désir c'était de séduire une jeune fille, en particulier celle-là, et que pour y réussir il lui promettrait le mariage, et, le viol accompli, il « ficherait le camp au loin » ; mais cela, devant les aveux d'amour pour la nièce de Jupien que Morel était venu lui faire, M. de Charlus l'avait oublié. Bien plus, il en était peut-être de même pour Morel. Il y avait peut-être intervalle véritable entre la nature de Morel, — telle qu'il l'avait cyniquement avouée, peut-être même habilement exagérée — et le moment où elle reprendrait le dessus. En se liant davantage avec la jeune fille, elle lui avait plu, il l'aimait. Il se connaissait si peu qu'il se figu-

rait sans doute l'aimer, même peut-être l'aimer pour
toujours. Certes son premier désir initial, son projet
criminel subsistaient, mais recouverts par tant de
sentiments superposés que rien ne dit que le violoniste n'eût pas été sincère en disant que ce vicieux
désir n'était pas le mobile véritable de son acte.
Il y eut du reste une période de courte durée où,
sans qu'il se l'avouât exactement, ce mariage lui
parut nécessaire. Morel avait à ce moment-là d'assez
fortes crampes à la main et se voyait obligé d'envi-
sager l'éventualité d'avoir à cesser le violon. Comme
en dehors de son art il était d'une incompréhensible
paresse, la nécessité de se faire entretenir s'imposait
et il aimait mieux que ce fût par la nièce de Jupien
que par M. de Charlus, cette combinaison lui offrant
plus de liberté, et aussi un grand choix de femmes
différentes, tant par les apprenties toujours nouvelles
qu'il chargerait la nièce de Jupien de lui débaucher
que par les belles dames riches auxquelles il la pros-
tituerait. Que sa future femme pût se refuser de
condescendre à ces complaisances et fût perverse
à ce point n'entrait pas un instant dans les calculs de
Morel. D'ailleurs ils passèrent au second plan,
y laissèrent la place à l'amour pur, les crampes
ayant cessé. Le violon suffirait avec les appointe-
ments de M. de Charlus, duquel les exigences se
relâcheraient certainement une fois que lui, Morel,
serait marié à la jeune fille. Le mariage était la chose
pressée à cause de son amour, et dans l'intérêt de sa
liberté. Il fit demander la main de la nièce de Jupien, lequel la consulta. Aussi bien n'était-ce pas
nécessaire. La passion de la jeune fille pour le violoniste ruisselait autour d'elle, comme ses cheveux
quand ils étaient dénoués, comme la joie de ses re-

gards répandus. Chez Morel, presque toute chose qui lui était agréable ou profitable éveillait des émotions morales et des paroles de même ordre, parfois même des larmes. C'est donc sincèrement — si un pareil mot peut s'appliquer à lui — qu'il tenait à la nièce de Jupien des discours aussi sentimentaux (sentimentaux sont aussi ceux que tant de jeunes nobles ayant envie de ne rien faire dans la vie tiennent à quelque ravissante jeune fille de richissime bourgeois) qui étaient d'une bassesse sans fard, celle qu'il avait exposée à M. de Charlus au sujet de la séduction, du dépucelage. Seulement l'enthousiasme vertueux à l'égard d'une personne qui lui causait un plaisir et les engagements solennels qu'il prenait avec elle avaient une contrepartie chez Morel. Dès que la personne ne lui causait plus de plaisir, ou même par exemple si l'obligation de faire face aux promesses faites lui causait du déplaisir, elle devenait aussitôt de la part de Morel l'objet d'une antipathie qu'il justifiait à ses propres yeux, et qui, après quelques troubles neurasthéniques, lui permettait de se prouver à soi-même, une fois l'euphorie de son système nerveux reconquise, qu'il était, en considérant même les choses d'un point de vue purement vertueux, dégagé de toute obligation. Ainsi à la fin de son séjour à Balbec il avait perdu je ne sais à quoi tout son argent et, n'ayant pas osé le dire à M. de Charlus, cherchait quelqu'un à qui en demander. Il avait appris de son père (qui malgré cela lui avait défendu de devenir jamais « tapeur ») qu'en pareil cas il est convenable d'écrire à la personne à qui on veut s'adresser, « qu'on a à lui parler pour affaires », qu'on lui « demande un rendez-vous pour affaires ». Cette formule magique enchantait tellement Morel qu'il eût, je pense, souhaité perdre de l'argent, rien que pour le plaisir de demander un rendez-vous « pour affaires ». Dans la suite de la vie, il avait vu que la formule n'avait pas toute la vertu qu'il pensait. Il avait constaté que des gens, auxquels lui-même n'eût jamais écrit sans cela, ne lui avaient pas répondu cinq minutes après avoir reçu la lettre « pour parler affaires ». Si l'après-midi s'écoulait sans que Morel eût de réponse, l'idée ne lui venait pas que, même à tout mettre au mieux, le monsieur sollicité n'était peut-être pas rentré, avait pu avoir d'autres lettres à écrire, si même il n'était pas parti en voyage, ou tombé malade, etc. Si Morel recevait par une fortune extraordinaire un rendez-vous pour le lendemain matin, il abordait le solliciteur par ces mots : « Justement j'étais surpris de ne pas avoir de réponse, je me demandais s'il y avait quelque chose, alors comme ça la santé va toujours bien, etc. » Donc à Balbec, et sans me dire qu'il avait à lui parler d'une « affaire », il m'avait demandé de le présenter à ce même Bloch avec lequel il avait été si désagréable une semaine auparavant dans le train. Bloch n'avait pas hésité à lui prêter — ou plutôt à lui faire prêter, par M. Nissim Bernard — 5.000 francs. De ce jour, Morel avait adoré Bloch. Il se demandait les larmes aux yeux comment il pourrait rendre service à quelqu'un qui lui avait sauvé la vie. Enfin, je me chargeai de demander pour Morel 1.000 francs par mois à M. de Charlus, argent que celui-ci remettrait aussitôt à Bloch qui se trouverait ainsi remboursé assez vite. Le premier mois, Morel, encore sous l'impression de la bonté de Bloch, lui envoya immédiatement les 1.000 francs, mais après

cela il trouva sans doute qu'un emploi différent des
4.000 francs qui restaient pourrait être plus agréable,
car il commença à dire beaucoup de mal de Bloch.
La vue de celui-ci suffisait à lui donner des idées
noires, et Bloch ayant oublié lui-même exactement
ce qu'il avait prêté à Morel, et lui ayant réclamé
3.500 francs au lieu de 4.000, ce qui eût fait gagner
500 francs au violoniste, ce dernier voulut répondre
que devant un pareil faux, non seulement il ne paierait plus un centime mais que son prêteur devait s'estimer bien heureux qu'il ne déposât pas une plainte
contre lui. En disant cela ses yeux flambaient.
Il ne se contenta pas du reste de dire que Bloch
et M. Nissim Bernard n'avaient pas à lui en vouloir,
mais bientôt qu'ils devaient se déclarer heureux
qu'il ne leur en voulût pas. Enfin, M. Nissim Bernard
ayant paraît-il déclaré que Thibaut jouait aussi bien
que Morel, celui-ci trouva qu'il devait l'attaquer
devant les tribunaux, un tel propos lui nuisant dans
sa profession, puis, comme il n'y a plus de justice
en France, surtout contre les Juifs (l'antisémitisme
ayant été chez Morel l'effet naturel du prêt de
5.000 francs par un israélite), ne sortit plus qu'avec
un revolver chargé. Un tel état nerveux, suivant
une vive tendresse, devait bientôt se produire chez
Morel relativement à la nièce du giletier. Il est vrai
que M. de Charlus fut peut-être sans s'en douter
pour quelque chose dans ce changement, car souvent il déclarait, sans en penser un seul mot, et
pour les taquiner, qu'une fois mariés, il ne les
reverrait plus et les laisserait voler de leurs propres
ailes. Cette idée était, en elle-même, absolument
insuffisante pour détacher Morel de la jeune fille;
restant dans l'esprit de Morel, elle était prête le

jour venu à se combiner avec d'autres idées ayant de l'affinité pour elle et capables, une fois le mélange réalisé, de devenir un puissant agent de rupture.

Ce n'était pas d'ailleurs très souvent qu'il m'arrivait de rencontrer M. de Charlus et Morel. Souvent ils étaient déjà entrés dans la boutique de Jupien quand je quittais la duchesse, car le plaisir que j'avais auprès d'elle était tel que j'en venais à oublier non seulement l'attente anxieuse qui précédait le retour d'Albertine, mais même l'heure de ce retour.

Je mettrai à part, parmi ces jours où je m'attardais chez Mme de Guermantes, un qui fut marqué par un petit incident dont la cruelle signification m'échappa entièrement et ne fut comprise par moi que longtemps après. Cette fin d'après-midi là, Mme de Guermantes m'avait donné, parce qu'elle savait que je les aimais, des seringas venus du Midi. Quand, ayant quitté la duchesse, je remontai chez moi, Albertine était rentrée, je croisai dans l'escalier Andrée que l'odeur si violente des fleurs que je rapportais sembla incommoder.

«Comment, vous êtes déjà rentrées, lui dis-je.» «Il n'y a qu'un instant, mais Albertine avait à écrire, elle m'a renvoyée.» «Vous ne pensez pas qu'elle ait quelque projet blâmable ?» « Nullement, elle écrit à sa tante, je crois, mais elle qui n'aime pas les odeurs fortes ne sera pas enchantée de vos seringas.» «Alors, j'ai eu une mauvaise idée ! Je vais dire à Françoise de les mettre sur le carré de l'escalier de service.» « Si vous vous imaginez qu'Albertine ne sentira pas après vous l'odeur de seringa. Avec l'odeur de la tubéreuse, c'est peut-être la plus entêtante ; d'ailleurs je crois que Françoise est allée faire une

72

course. » « Mais alors moi qui n'ai pas aujourd'hui
ma clef, comment pourrai-je rentrer ? » « Oh ! vous
n'aurez qu'à sonner. Albertine vous ouvrira. Et
puis Françoise sera peut-être remontée dans l'intervalle. »

Je dis adieu à Andrée. Dès mon premier coup
Albertine vint m'ouvrir, ce qui fut assez compli-
qué, car, Françoise étant descendue, Albertine ne
savait pas où allumer. Enfin elle put me faire entrer,
mais les fleurs de seringas la mirent en fuite. Je les
posai dans la cuisine, de sorte qu'interrompant
sa lettre (je ne compris pas pourquoi) mon amie
eut le temps d'aller dans ma chambre d'où elle
m'appela et de s'étendre sur mon lit. Encore une
fois, au moment même, je ne trouvai à tout cela
rien que de très naturel, tout au plus d'un peu
confus, en tout cas d'insignifiant. Elle avait failli
être surprise avec Andrée et s'était donné un peu
de temps en éteignant tout, en allant chez moi
pour ne pas laisser voir son lit en désordre et avait
fait semblant d'être en train d'écrire. Mais on verra
tout cela plus tard, tout cela dont je n'ai jamais su
si c'était vrai. En général, et sauf cet incident unique,
tout se passait normalement quand je remontais
de chez la duchesse. Albertine ignorant si je ne
désirais pas sortir avec elle avant le dîner, je trouvais d'habitude dans l'antichambre son chapeau,
son manteau, son ombrelle qu'elle y avait laissés
à tout hasard. Dès qu'en entrant je les apercevais,
l'atmosphère de la maison devenait respirable. Je
sentais qu'au lieu d'un air raréfié, le bonheur la
remplissait. J'étais sauvé de ma tristesse, la vue de
ces riens me faisait posséder Albertine, je courais
vers elle.

Les jours où je ne descendais pas chez Mme de Guermantes, pour que le temps me semblât moins long, durant cette heure qui précédait le retour de mon amie, je feuilletais un album d'Elstir, un livre de Bergotte, la sonate de Vinteuil.

Alors, comme les œuvres mêmes qui semblent s'adresser seulement à la vue et à l'ouïe exigent que pour les goûter notre intelligence éveillée collabore étroitement avec ces deux sens, je faisais sans m'en douter sortir de moi les rêves qu'Albertine y avait jadis suscités quand je ne la connaissais pas encore et qu'avait éteints la vie quotidienne. Je les jetais dans la phrase du musicien ou l'image du peintre comme dans un creuset, j'en nourrissais l'œuvre que je lisais. Et sans doute celle-ci m'en paraissait plus vivante. Mais Albertine ne gagnait pas moins à être ainsi transportée de l'un des deux mondes où nous avons accès et où nous pouvons situer tour à tour un même objet, à échapper ainsi à l'écrasante pression de la matière pour se jouer dans les fluides espaces de la pensée. Je me trouvais tout d'un coup et pour un instant pouvoir éprouver, pour la fastidieuse jeune fille, des sentiments ardents. Elle avait à ce moment-là l'apparence d'une œuvre d'Elstir ou de Bergotte, j'éprouvais une exaltation momentanée pour elle, la voyant dans le recul de l'imagination et de l'art.

Bientôt on me prévenait qu'elle venait de rentrer ; encore avait-on ordre de ne pas dire son nom si je n'étais pas seul, si j'avais par exemple avec moi Bloch que je forçais à rester un instant de plus, de façon à ne pas risquer qu'il rencontrât mon amie. Car je cachais qu'elle habitait la maison, et

même que je la visse jamais chez moi tant j'avais
peur qu'un de mes amis s'amourachât d'elle, ne
l'attendît dehors, ou que dans l'instant d'une rencontre dans le couloir ou l'antichambre, elle pût
faire un signe et donner un rendez-vous. Puis j'entendais le bruissement de la jupe d'Albertine se diri-
geant vers sa chambre, car par discrétion et sans
doute aussi par ces égards où, autrefois, dans nos
dîners à la Raspelière, elle s'était ingéniée pour que
je ne fusse pas jaloux, elle ne venait pas vers la
mienne sachant que je n'étais pas seul. Mais ce
n'était pas seulement pour cela, je le comprenais
tout à coup. Je me souvenais ; j'avais connu une
première Albertine, puis brusquement elle avait
été changée en une autre, l'actuelle. Et le changement, je n'en pouvais rendre responsable que
moi-même. Tout ce qu'elle m'eût avoué facilement, puis volontiers, quand nous étions de bons
camarades, avait cessé de s'épandre dès qu'elle
avait cru que je l'aimais, ou, sans peut-être se dire
le nom de l'Amour, avait deviné un sentiment inqui-
sitorial qui veut savoir, souffre pourtant de savoir,
et cherche à apprendre davantage. Depuis ce jour-
là, elle m'avait tout caché. Elle se détournait de
ma chambre si elle pensait que j'étais, non pas
même souvent, avec un ami, mais avec une amie,
elle dont les yeux s'intéressaient jadis si vivement
quand je parlais d'une jeune fille : « Il faut tâcher
de la faire venir, ça m'amuserait de la connaître ».
« Mais elle a ce que vous appelez mauvais genre ».
« Justement, ce sera bien plus drôle ». A ce
moment-là, j'aurais peut-être pu tout savoir. Et
même quand dans le petit Casino elle avait détaché
ses seins de ceux d'Andrée, je ne crois pas que ce

fût à cause de ma présence, mais de celle de Cottard, lequel lui aurait fait, pensait-elle sans doute, une mauvaise réputation. Et pourtant, alors, elle avait déjà commencé de se figer, les paroles confiantes n'étaient plus sorties de ses lèvres, ses gestes étaient réservés. Puis elle avait écarté d'elle tout ce qui aurait pu m'émouvoir. Aux parties de sa vie que je ne connaissais pas, elle donnait un caractère dont mon ignorance se faisait complice pour accentuer ce qu'il avait d'inoffensif. Et maintenant, la transformation était accomplie, elle allait droit à sa chambre si je n'étais pas seul, non pas seulement pour ne pas déranger, mais pour me montrer qu'elle était insoucieuse des autres. Il y avait une seule chose qu'elle ne ferait jamais plus pour moi, qu'elle n'aurait faite qu'au temps où cela m'eût été indifférent, qu'elle aurait faite aisément à cause de cela même, c'était précisément avouer. J'en serais réduit pour toujours, comme un juge, à tirer des conclusions incertaines d'imprudences de langage qui n'étaient peut-être pas inexplicables sans avoir recours à la culpabilité. Et toujours elle me sentirait jaloux et juge.

Tout en écoutant les pas d'Albertine avec le plaisir confortable de penser qu'elle ne ressortirait plus de ce soir, j'admirais que, pour cette jeune fille dont j'avais cru autrefois ne pouvoir jamais faire la connaissance, rentrer chaque jour chez elle, ce fût précisément rentrer chez moi. Le plaisir fait de mystère et de sensualité que j'avais éprouvé, fugitif et fragmentaire, à Balbec, le soir où elle était venue coucher à l'Hôtel, s'était complété, stabilisé, remplissait ma demeure jadis vide d'une permanente provision de douceur domestique, pres-

que familiale, rayonnant jusque dans les couloirs
et de laquelle tous mes sens, tantôt effectivement,
tantôt dans les moments où j'étais seul, en imagination et par l'attente du retour, se nourrissaient
paisiblement. Quand j'avais entendu se refermer
la porte de la chambre d'Albertine, si j'avais un
ami avec moi, je me hâtais de le faire sortir, ne le
lâchant que quand j'étais bien sûr qu'il était dans
l'escalier dont je descendais au besoin quelques
marches. Il me disait que j'allais prendre mal, me
faisant remarquer que notre maison était glaciale,
pleine de courants d'air et qu'on le paierait bien
cher pour qu'il y habitât. De ce froid, on se plaignait parce qu'il venait seulement de commencer
et qu'on n'y était pas habitué encore, mais, pour
cette même raison, il déchaînait en moi une joie
qu'accompagnait le souvenir inconscient des premiers soirs d'hiver où autrefois revenant de voyage,
pour reprendre contact avec les plaisirs oubliés de
Paris, j'allais au café-concert. Aussi est-ce en chantant qu'après avoir quitté mon ancien camarade,
je remontais l'escalier et rentrais. La belle saison,
en s'enfuyant, avait emporté les oiseaux. Mais d'autres musiciens invisibles, intérieurs, les avaient remplacés. Et la bise glacée dénoncée par Bloch, et qui
soufflait délicieusement, par les portes mal jointes
de notre appartement, était comme les beaux jours
de l'été par les oiseaux des bois, éperdument saluée
de refrains, inextinguiblement fredonnés, de Frag-
son, de Mayol ou de Paulus. Dans le couloir, au-
devant de moi venait Albertine. « Tenez, pendant
que j'ôte mes affaires, je vous envoie Andrée, elle est
montée une seconde pour vous dire bonsoir. » Et
ayant encore autour d'elle le grand voile gris qui

descendait de la toque de chinchilla et que je lui
avais donné à Balbec, elle se retirait et rentrait
dans sa chambre, comme si elle eût deviné qu'Andrée, chargée par moi de veiller sur elle, allait,
en me donnant maint détail, en me faisant mention
de la rencontre par elles deux d'une personne de
connaissance, apporter quelque détermination aux
régions vagues où s'était déroulée la promenade
qu'elles avaient faite toute la journée et que je
n'avais pu imaginer. Les défauts d'Andrée s'étaient
accusés, elle n'était plus aussi agréable que quand je
l'avais connue. Il y avait maintenant chez elle, à
fleur de peau, une sorte d'aigre inquiétude, prête à
s'amasser comme à la mer un « grain », si seulement
je venais à parler de quelque chose qui était agréable
pour Albertine et pour moi. Cela n'empêchait pas
qu'Andrée pût être meilleure à mon égard, m'aimer
plus — et j'en ai eu souvent la preuve — que des
gens plus aimables. Mais le moindre air de bonheur
qu'on avait, s'il n'était pas causé par elle, lui produisait une impression nerveuse, désagréable comme
le bruit d'une porte qu'on ferme trop fort. Elle
admettait les souffrances où elle n'avait point de
part, non les plaisirs ; si elle me voyait malade, elle
s'affligeait, me plaignait, m'aurait soigné. Mais si
j'avais une satisfaction aussi insignifiante que de
m'étirer d'un air de béatitude en fermant un livre
et en disant : « Ah ! je viens de passer deux heures
charmantes à lire tel livre amusant », ces mots
qui eussent fait plaisir à ma mère, à Albertine,
à Saint-Loup, excitaient chez Andrée une espèce
de réprobation, peut-être simplement de malaise
nerveux. Mes satisfactions lui causaient un agacement qu'elle ne pouvait cacher. Ces défauts étaient

complétés par de plus graves ; un jour que je parlais de ce jeune homme si savant en chose de courses,
de jeux, de golf, si inculte dans tout le reste, que
j'avais rencontré avec la petite bande à Balbec,
Andrée se mit à ricaner : « Vous savez que son père
a volé, il a failli y avoir une instruction ouverte
contre lui. Ils veulent crâner d'autant plus, mais je
m'amuse à le dire à tout le monde. Je voudrais
qu'ils m'attaquent en dénonciation calomnieuse.
Quelle belle déposition je ferais ! » Ses yeux étin-
celaient. Or, j'appris que le père n'avait rien com-
mis d'indélicat, qu'Andrée le savait aussi bien que
quiconque. Mais elle s'était crue méprisée par le
fils, avait cherché quelque chose qui pourrait l'em-
barrasser, lui faire honte, avait inventé tout un
roman de dépositions qu'elle était imaginairement
appelée à faire et, à force de s'en répéter les détails,
ignorait peut-être elle-même qu'ils n'étaient pas
vrais. Ainsi telle qu'elle était devenue (et, même sans
ses haines courtes et folles), je n'aurais pas désiré
la voir, ne fût-ce qu'à cause de cette malveillante
susceptibilité qui entourait d'une ceinture aigre
et glaciale sa vraie nature plus chaleureuse et meilleure. Mais les renseignements qu'elle seule pouvait me donner sur mon amie m'intéressaient trop
pour que je négligeasse une occasion si rare de les
apprendre. Andrée entrait, fermait la porte derrière elle ; elles avaient rencontré une amie, et Albertine ne m'avait jamais parlé d'elle. « Qu'ont-elles
dit ? » « Je ne sais pas, car j'ai profité de ce qu'Albertine n'était pas seule pour aller acheter de la
laine. » « Acheter de la laine ? » « Oui, c'est Albertine qui me l'avait demandé. » « Raison de plus
pour ne pas y aller, c'était peut-être pour vous éloi-

gner. » « Mais elle me l'avait demandé avant de rencontrer son amie. » « Ah ! » répondais-je en retrouvant la respiration. Aussitôt mon soupçon me reprenait ; mais qui sait si elle n'avait pas donné d'avance rendez-vous à son amie et n'avait pas combiné un prétexte pour être seule quand elle le voudrait ? D'ailleurs étais-je bien certain que ce n'était pas la vieille hypothèse (celle où Andrée ne me disait pas que la vérité) qui était la bonne ? Andrée était peut-être d'accord avec Albertine. De l'amour, me disais-je, à Balbec, on en a pour une personne dont notre jalousie semble plutôt avoir pour objet les actions ; on sent que si elle vous les disait toutes, on guérirait peut-être facilement d'aimer. La jalousie a beau être habilement dissimulée par celui qui l'éprouve, elle est assez vite découverte par celle qui l'inspire et qui use à son tour d'habileté. Elle cherche à nous donner le change sur ce qui pourrait nous rendre malheureux, et elle nous le donne, car à celui qui n'est pas averti, pourquoi une phrase insignifiante révélerait-elle les mensonges qu'elle cache ; nous ne la distinguons pas des autres ; dite avec frayeur, elle est écoutée sans attention. Plus tard, quand nous serons seuls, nous reviendrons sur cette phrase, elle ne nous semblera pas tout à fait adéquate à la réalité. Mais cette phrase nous la rappelons-nous bien ? Il semble que naisse spontanément en nous, à son égard et quant à l'exactitude de notre souvenir, un doute du genre de ceux qui font qu'au cours de certains états nerveux on ne peut jamais se rappeler si on a tiré le verrou, et pas plus à la cinquantième fois qu'à la première ; on dirait qu'on peut recommencer indéfiniment l'acte sans qu'il s'accompagne jamais d'un

souvenir précis et libérateur. Au moins pouvons-
nous refermer une cinquante et unième fois la porte.
Tandis que la phrase inquiétante est au passé dans
une audition incertaine qu'il ne dépend pas de nous
de renouveler. Alors nous exerçons notre attention
sur d'autres qui ne cachent rien et le seul remède
dont nous ne voulons pas serait de tout ignorer
pour n'avoir pas le désir de mieux savoir.

Dès que la jalousie est découverte, elle est con-
sidérée par celle qui en est l'objet comme une défiance qui autorise la tromperie. D'ailleurs pour
tâcher d'apprendre quelque chose, c'est nous qui
avons pris l'initiative de mentir, de tromper. Andrée,
Aimé, nous promettent bien de ne rien dire, mais le
feront-ils ? Bloch n'a rien pu promettre puisqu'il
ne savait pas et, pour peu qu'elle cause avec chacun
des trois, Albertine, à l'aide de ce que Saint-Loup
eût appelé des « recoupements », saura que nous lui
mentons quand nous nous prétendons indifférents
à ses actes et moralement incapables de la faire
surveiller. Ainsi succédant — relativement à ce
que faisait Albertine — à mon infini doute habituel, trop indéterminé pour ne pas rester indolore,
et qui était à la jalousie ce que sont au chagrin
ces commencements de l'oubli où l'apaisement
naît du vague — le petit fragment de réponse
que venait de m'apporter Andrée posait aussitôt
de nouvelles questions ; je n'avais réussi, en explo-
rant une parcelle de la grande zone qui s'étendait
autour de moi, qu'à y reculer cet inconnaissable
qu'est pour nous, quand nous cherchons effectivement à nous la représenter, la vie réelle d'une
autre personne. Je continuais à interroger Andrée
tandis qu'Albertine par discrétion et pour me

laisser (devinait-elle cela ?) tout le loisir de la questionner, prolongeait son déshabillage dans sa chambre. « Je crois que l'oncle et la tante d'Albertine m'aiment bien », disais-je étourdiment à Andrée sans penser à son caractère.

Aussitôt je voyais son visage gluant se gâter; comme un sirop qui tourne, il semblait à jamais brouillé. Sa bouche devenait amère. Il ne restait plus rien à Andrée de cette juvénile gaîté que, comme toute la petite bande et malgré sa nature souffreteuse, elle déployait l'année de mon premier séjour à Balbec et qui maintenant (il est vrai qu'Andrée avait pris quelques années depuis lors) s'éclipsait si vite chez elle. Mais j'allais la faire involontairement renaître avant qu'Andrée m'eût quitté pour aller dîner chez elle. « Il y a quelqu'un qui m'a fait aujourd'hui un immense éloge de vous », lui disais-je. Aussitôt un rayon de joie illuminait son regard, elle avait l'air de vraiment m'aimer. Elle évitait de me regarder mais riait dans le vague avec deux yeux devenus soudain tout ronds. « Qui ça ? » demandait-elle dans un intérêt naïf et gourmand. Je le lui disais et, qui que ce fût, elle était heureuse.

Puis arrivait l'heure de partir, elle me quittait. Albertine revenait auprès de moi ; elle s'était déshabillée, elle portait quelqu'un des jolis peignoirs en crêpe de Chine, ou des robes japonaises dont j'avais demandé la description à Mᵐᵉ de Guermantes et pour plusieurs desquelles certaines précisions supplémentaires m'avaient été fournies par Mᵐᵉ Swann, dans une lettre commençant par ces mots : « Après votre longue éclipse, j'ai cru en lisant votre lettre relative à mes *tea gown* recevoir des nouvelles d'un revenant. »

LA PRISONNIÈRE

Albertine avait aux pieds des souliers noirs ornés de brillants que Françoise appelait rageusement des socques, pareils à ceux que, par la fenêtre du salon, elle avait aperçu que Mme de Guermantes portait chez elle le soir, de même qu'un peu plus tard Albertine eut des mules, certaines en chevreau doré, d'autres en chinchilla, et dont la vue m'était douce parce qu'elles étaient les unes et les autres comme les signes (que d'autres souliers n'eussent pas été) qu'elle habitait chez moi. Elle avait aussi des choses qui ne venaient pas de moi, comme une belle bague d'or. J'y admirais les ailes éployées d'un aigle. « C'est ma tante qui me l'a donnée, me dit-elle. Malgré tout elle est quelquefois gentille. Cela me vieillit parce qu'elle me l'a donnée pour mes vingt ans. »

Albertine avait pour toutes ces jolies choses un goût bien plus vif que la duchesse, parce que, comme tout obstacle apporté à une possession (telle pour moi la maladie qui me rendait les voyages si difficiles et si désirables), la pauvreté, plus généreuse que l'opulence, donne aux femmes bien plus que la toilette qu'elles ne peuvent pas acheter, le désir de cette toilette qui en est la connaissance véritable, détaillée, approfondie. Elle, parce qu'elle n'avait pu s'offrir ces choses, moi, parce qu'en les faisant faire, je cherchais à lui faire plaisir, nous étions comme des étudiants connaissant tout d'avance des tableaux qu'ils sont avides d'aller voir à Dresde ou à Vienne. Tandis que les femmes riches, au milieu de la multitude de leurs chapeaux et de leurs robes, sont comme ces visiteurs à qui, la promenade dans un musée n'étant précédée d'aucun désir, donne seulement une

83

sensation d'étourdissement, de fatigue et d'ennui.

Telle toque, tel manteau de zibeline, tel peignoir de Doucet, aux manches doublées de rose, prenaient pour Albertine qui les avait aperçus, convoités et, grâce à l'exclusivisme et à la minutie qui caractérisent le désir, les avait à la fois isolés du reste dans un vide sur lequel se détachait à merveille la doublure, ou l'écharpe, et connus dans toutes leurs parties — et pour moi qui étais allé chez Mᵐᵉ de Guermantes tâcher de me faire expliquer en quoi consistait la particularité, la supériorité, le chic de la chose, et l'inimitable façon du grand faiseur — une importance, un charme qu'ils n'avaient certes pas pour la duchesse rassasiée avant même d'être en état d'appétit, ou même pour moi si je les avais vus quelques années auparavant en accompagnant telle ou telle femme élégante en une de ses ennuyeuses tournées chez les couturières.

Certes, une femme élégante, Albertine peu à peu en devenait une. Car si chaque chose que je lui faisais faire ainsi était en son genre la plus jolie, avec tous les raffinements qu'y eussent apportés Mᵐᵉ de Guermantes ou Mᵐᵉ Swann, de ces choses elle commençait à avoir beaucoup. Mais peu importait du moment qu'elle les avait aimées d'abord et isolément.

Quand on a été épris d'un peintre, puis d'un autre, on peut à la fin avoir pour tout le musée une admiration qui n'est pas glaciale, car elle est faite d'amours successives, chacune exclusive en son temps et qui à la fin se sont mises bout à bout et conciliées.

Elle n'était pas frivole du reste, lisait beaucoup quand elle était seule et me faisait la lecture quand elle était avec moi. Elle était devenue extrêmement intelligente. Elle disait, en se trompant d'ailleurs : « Je suis épouvantée en pensant que sans vous je serais restée stupide. Ne le niez pas. Vous m'avez ouvert un monde d'idées que je ne soupçonnais pas, et le peu que je suis devenue, je ne le dois qu'à vous. »

On sait qu'elle avait parlé semblablement de mon influence sur Andrée. L'une ou l'autre avait-elle un sentiment pour moi ? Et, en elles-mêmes, qu'étaient Albertine et Andrée ? Pour le savoir, il faudrait vous immobiliser, ne plus vivre dans cette attente perpétuelle de vous où vous passez toujours autres, il faudrait ne plus vous aimer, pour vous fixer, ne plus connaître votre interminable et toujours déconcertante arrivée, ô jeunes filles, ô rayon successif dans le tourbillon où nous palpitons de vous voir reparaître en ne vous reconnaissant qu'à peine, dans la vitesse vertigineuse de la lumière. Cette vitesse, nous l'ignorerions peut-être et tout nous semblerait immobile si un attrait sexuel ne nous faisait courir vers vous, gouttes d'or toujours dissemblables et qui dépassent toujours notre attente ! A chaque fois, une jeune fille ressemble si peu à ce qu'elle était la fois précédente (mettant en pièces dès que nous l'apercevons le souvenir que nous avions gardé et le désir que nous nous proposions), que la stabilité de nature que nous lui prêtons n'est que fictive et pour la commodité du langage. On nous a dit qu'une belle jeune fille est tendre, aimante, pleine de sentiments les plus délicats. Notre imagination le croit sur parole, et quand nous apparaît pour la première fois, sous la ceinture crespelée de ses cheveux blonds, le disque de sa figure rose, nous craignons presque que cette trop vertueuse sœur nous refroidisse par sa vertu même, ne puisse jamais être pour nous l'amante que nous avons souhaitée. Du moins, que de confidences nous lui faisons dès la première heure, sur la foi de cette noblesse de cœur, que de projets convenus ensemble. Mais quelques jours après, nous regrettons de nous être tant confiés, car la rose jeune fille rencontrée nous tient la seconde fois les propos d'une lubrique furie. Dans les faces successives qu'après une pulsation de quelques jours nous présente la rose lumière interceptée, il n'est même pas certain qu'un *movimentum* extérieur à ces jeunes filles n'ait pas modifié leur aspect, et cela avait pu arriver pour mes jeunes filles de Balbec.

On nous vante la douceur, la pureté d'une vierge. Mais après cela on sent que quelque chose de plus pimenté vous plairait mieux et on lui conseille de se montrer plus hardie. En soi-même était-elle plutôt l'une ou l'autre ? Peut-être pas, mais capable d'accéder à tant de possibilités diverses dans le courant vertigineux de la vie. Pour une autre, dont tout l'attrait résidait dans quelque chose d'implacable (que nous comptions fléchir à notre manière), comme, par exemple, pour la terrible sauteuse de Balbec qui effleurait dans ses bonds les crânes des vieux messieurs épouvantés, quelle déception quand, dans la nouvelle face offerte par cette figure, au moment où nous lui disions des tendresses exaltées par le souvenir de tant de duretés envers les autres, nous l'entendions, comme entrée de jeu, nous dire qu'elle était timide, qu'elle ne savait jamais rien dire de sensé à quelqu'un la première fois, tant elle avait peur, et que ce n'est qu'au bout

d'une quinzaine de jours qu'elle pourrait causer
tranquillement avec nous. L'acier était devenu
coton, nous n'aurions plus rien à essayer de briser,
puisque d'elle-même elle perdait toute consistance.
D'elle-même, mais par notre faute peut-être, car
les tendres paroles que nous avions adressées à la
Dureté lui avaient peut-être, même sans qu'elle eût
fait de calcul intéressé, suggéré d'être tendre.

Ce qui nous désolait néanmoins n'était qu'à demi
maladroit, car la reconnaissance pour tant de douceur allait peut-être nous obliger à plus que le ravissement devant la cruauté fléchie. Je ne dis pas
qu'un jour ne viendra pas où, même à ces lumineuses
jeunes filles, nous n'assignerons pas des caractères
très tranchés, mais c'est qu'elles auront cessé de
nous intéresser, que leur entrée ne sera plus pour
notre cœur l'apparition qu'il attendait autre et
qui le laisse bouleversé chaque fois d'incarnations
nouvelles. Leur immobilité viendra de notre indifférence qui les livrera au jugement de l'esprit. Celui-ci
ne concluera pas, du reste, d'une façon beaucoup
plus catégorique, car après avoir jugé que tel défaut,
prédominant chez l'une, était heureusement absent
de l'autre, il verra que le défaut avait pour contrepartie une qualité précieuse. De sorte que du faux
jugement de l'intelligence, laquelle n'entre en jeu
que quand on cesse de s'intéresser, sortiront définis
des caractères stables de jeunes filles, lesquels ne
nous apprendrons pas plus que les surprenants
visages apparus chaque jour quand, dans la vitesse
étourdissante de notre attente, nos amies se présen-
taient tous les jours, toutes les semaines, trop différentes pour nous permettre, la course ne s'arrêtant
pas, de classer, de donner des rangs. Pour nos senti-

ments, nous en avons parlé trop souvent pour le redire que bien souvent un amour n'est que l'association d'une image de jeune fille (qui sans cela nous eût été vite insupportable) avec les battements de cœur inséparables d'une attente interminable, vaine, et d'un « lapin » que la demoiselle nous a posé. Tout cela n'est pas vrai que pour les jeunes gens imaginatifs devant les jeunes filles changeantes. Dès le temps où notre récit est arrivé, il paraît, je l'ai su depuis, que la nièce de Jupien avait changé d'opinion sur Morel et sur M. de Charlus. Mon mécanicien, venant au renfort de l'amour qu'elle avait pour Morel, lui avait vanté, comme existant chez le violoniste, des délicatesses infinies auxquelles elle n'était que trop portée à croire. Et d'autre part Morel ne cessait de lui dire le rôle de bourreau que M. de Charlus exerçait envers lui et qu'elle attribuait à la méchanceté, ne devinant pas l'amour. Elle était du reste bien forcée de constater que M. de Charlus assistait tyranniquement à toutes leurs entrevues. Et venant corroborer tout cela, elle entendait des femmes du monde parler de l'atroce méchanceté du baron. Or, depuis peu, son jugement avait été entièrement renversé. Elle avait découvert chez Morel (sans cesser de l'aimer pour cela) des profondeurs de méchanceté et de perfidie, d'ailleurs compensées par une douceur fréquente et une sensibilité réelle, et chez M. de Charlus une insoupçonnable et immense bonté, mêlée de duretés qu'elle ne connaissait pas. Ainsi n'avait-elle pas su porter un jugement plus défini sur ce qu'étaient, chacun en soi, le violoniste et son protecteur, que moi sur Andrée que je voyais pourtant tous les jours, et sur Albertine qui vivait avec moi.

LA PRISONNIÈRE

Les soirs où cette dernière ne me lisait pas à haute voix, elle me faisait de la musique ou entamait avec moi des parties de dames, ou des causeries que j'interrompais les unes et les autres pour l'embrasser. Nos rapports étaient d'une simplicité qui les rendait reposants. Le vide même de sa vie donnait à Albertine une espèce d'empressement et d'obéissance pour les seules choses que je réclamais d'elle. Derrière cette jeune fille, comme derrière la lumière pourprée qui tombait aux pieds de mes rideaux à Balbec pendant qu'éclatait le concert des musiciens, se nacraient les ondulations bleuâtres de la mer. N'était-elle pas, en effet (elle au fond de qui résidait de façon habituelle une idée de moi si familière qu'après sa tante j'étais peut-être la personne qu'elle distinguait le moins de soi-même), la jeune fille que j'avais vue la première fois à Balbec, sous son polo plat, avec ses yeux insistants et rieurs, inconnue encore, mince comme une silhouette profilée sur le flot. Ces effigies gardées intactes dans la mémoire, quand on les retrouve, on s'étonne de leur dissemblance d'avec l'être qu'on connaît, on comprend quel travail de modelage accomplit quotidiennement l'habitude. Dans le charme qu'avait Albertine à Paris, au coin de mon feu, vivait encore le désir que m'avait inspiré le cortège insolent et fleuri qui se déroulait le long de la plage, et comme Rachel gardait pour Saint-Loup, même quand il le lui eût fait quitter, le prestige de la vie de théâtre, en cette Albertine cloîtrée dans ma maison, loin de Balbec, d'où je l'avais précipitamment emmenée, subsistaient l'émoi, le désarroi social, la vanité inquiète, les désirs errants de la vie de bains de mer. Elle était si bien encagée que certains soirs même je ne faisais pas demander qu'elle quittât sa chambre pour la mienne, elle que jadis tout le monde suivait, que j'avais tant de peine à rattraper filant sur sa bicyclette, et que le liftier même ne pouvait me ramener, ne me laissant guère d'espoir qu'elle vînt, et que j'attendais pourtant toute la nuit. Albertine n'avait-elle pas été devant l'Hôtel comme une grande actrice de la plage en feu, excitant les jalousies quand elle s'avançait dans ce théâtre de nature, ne parlant à personne, bousculant les habitués, dominant ses amies, et cette actrice si convoitée n'était-ce pas elle qui, retirée par moi de la scène, enfermée chez moi, était à l'abri des désirs de tous, qui désormais pouvaient la chercher vainement, tantôt dans ma chambre, tantôt dans la sienne, où elle s'occupait à quelque travail de dessin et de ciselure.

Sans doute, dans les premiers jours de Balbec, Albertine semblait dans un plan parallèle à celui où je vivais, mais qui s'en était rapproché (quand j'avais été chez Elstir), puis l'avait rejoint, au fur et à mesure de mes relations avec elle, à Balbec, à Paris, puis à Balbec encore. D'ailleurs, entre les deux tableaux de Balbec, au premier séjour et au second, composés des mêmes villas d'où sortaient les mêmes jeunes filles devant la même mer, quelle différence ! Dans les amies d'Albertine du second séjour, si bien connues de moi, aux qualités et aux défauts si nettement gravés dans leur visage, pouvais-je retrouver ces fraîches et mystérieuses inconnues qui jadis ne pouvaient, sans que battît mon cœur, faire crier sur le sable la porte de leur chalet et en froisser au passage les tamaris frémissants ! Leurs grands yeux s'étaient résorbés depuis, sans

doute parce qu'elles avaient cessé d'être des enfants,
mais aussi parce que ces ravissantes inconnues,
ravissantes actrices de la romanesque première
année et sur lesquelles je ne cessais de quêter des
renseignements, n'avaient plus pour moi de mystère.
Elles étaient devenues obéissantes à mes caprices,
de simples jeunes filles en fleurs, desquelles je n'étais
pas médiocrement fier d'avoir cueilli, dérobé à tous,
la plus belle rose.

Entre les deux décors si, différents l'un de l'autre,
de Balbec, il y avait l'intervalle de plusieurs années
à Paris, sur le long parcours desquelles se plaçaient
tant de visites d'Albertine. Je la voyais aux différentes années de ma vie occupant par rapport à moi
des positions différentes qui me faisaient sentir la
beauté des espaces interférés, ce long temps révolu
où j'étais resté sans la voir, et sur la diaphane profondeur desquels la rose personne que j'avais devant
moi se modelait avec de mystérieuses ombres et un
puissant relief. Il était dû d'ailleurs à la superposition non seulement des images successives qu'Albertine avait été pour moi, mais encore des grandes
qualités d'intelligence et de cœur, des défauts de
caractère, les uns et les autres insoupçonnés de moi
qu'Albertine, en une germination, une multiplication d'elle-même, une efflorescence charnue aux
sombres couleurs, avait ajoutées à une nature jadis
à peu près nulle, maintenant difficile à approfondir.
Car les êtres, même ceux auxquels nous avons tant
rêvé qu'ils ne nous semblaient qu'une image, une
figure de Benozzo Gozzoli se détachant sur un fond
verdâtre et dont nous étions disposés à croire que
les seules variations tenaient au point où nous étions
placés pour les regarder, à la distance qui nous en

éloignait, à l'éclairage, ces êtres-là, tandis qu'ils changent par rapport à nous, changent aussi en eux-mêmes et il y avait eu enrichissement, solidification et accroissement de volume dans la figure jadis si simplement profilée sur la mer. Au reste, ce n'était pas seulement la mer à la fin de la journée qui vivait pour moi en Albertine, mais parfois l'assoupissement de la mer sur la grève par les nuits de clair de lune.

Quelquefois en effet, quand je me levais pour aller chercher un livre dans le cabinet de mon père, mon amie m'ayant demandé la permission de s'étendre pendant ce temps-là, était si fatiguée par la longue randonnée du matin et de l'après-midi au grand air que, même si je n'étais resté qu'un instant hors de ma chambre, en y rentrant, je trouvais Albertine endormie et ne la réveillais pas.

Étendue de la tête aux pieds sur mon lit, dans une attitude d'un naturel qu'on n'aurait pu inventer, je lui trouvais l'air d'une longue tige en fleur qu'on aurait déposée là, et c'était ainsi en effet : le pouvoir de rêver que je n'avais qu'en son absence, je le retrouvais à ces instants auprès d'elle, comme si en dormant elle était devenue une plante. Par là, son sommeil réalisait, dans une certaine mesure, la possibilité de l'amour ; seul, je pouvais penser à elle, mais elle me manquait, je ne la possédais pas. Présente, je lui parlais, mais j'étais trop absent de moi-même pour pouvoir penser. Quand elle dormait, je n'avais plus à parler, je savais que je n'étais plus regardé par elle, je n'avais plus besoin de vivre à la surface de moi-même.

En fermant les yeux, en perdant la conscience, Albertine avait dépouillé, l'un après l'autre, ses différents caractères d'humanité qui m'avaient déçu depuis le jour où j'avais fait sa connaissance. Elle n'était plus animée que de la vie inconsciente des végétaux, des arbres, vie plus différente de la mienne, plus étrange et qui cependant m'appartenait davantage. Son moi ne s'échappait pas à tous moments, comme quand nous causions, par les issues de la pensée inavouée et du regard. Elle avait rappelé à soi tout ce qui d'elle était au dehors, elle s'était réfugiée, enclose, résumée, dans son corps. En la tenant sous mon regard, dans mes mains, j'avais cette impression de la posséder tout entière que je n'avais pas quand elle était réveillée. Sa vie m'était soumise, exhalait vers moi son léger souffle.

J'écoutais cette murmurante émanation mystérieuse, douce comme un zéphyr marin, féerique comme ce clair de lune qu'était son sommeil. Tant qu'il persistait, je pouvais rêver à elle, et pourtant la regarder, et quand ce sommeil devenait plus profond, la toucher, l'embrasser. Ce que j'éprouvais alors, c'était un amour devant quelque chose d'aussi pur, d'aussi immatériel dans sa sensibilité, d'aussi mystérieux que si j'avais été devant les créatures inanimées que sont les beautés de la nature. Et en effet, dès qu'elle dormait un peu profondément, elle cessait d'être seulement la plante qu'elle avait été; son sommeil au bord duquel je rêvais, avec une fraîche volupté, dont je ne me fusse jamais lassé et que j'eusse pu goûter indéfiniment, c'était pour moi tout un paysage. Son sommeil mettait à mes côtés quelque chose d'aussi calme, d'aussi sensuellement délicieux que ces nuits de pleine lune dans la baie de Balbec devenue douce comme un lac, où les branches bougent à peine, où, étendu sur le sable, l'on écouterait sans fin se briser le reflux.

En entrant dans la chambre, j'étais resté debout sur le seuil, n'osant pas faire de bruit et je n'en entendais pas d'autre que celui de son haleine venant expirer sur ses lèvres à intervalles intermittents et réguliers, comme un reflux, mais plus assoupi et plus doux. Et au moment où mon oreille recueillait ce bruit divin, il me semblait que c'était, condensée en lui, toute la personne, toute la vie de la charmante captive, étendue là sous mes yeux. Des voitures passaient bruyamment dans la rue, son front restait aussi immobile, aussi pur, son souffle aussi léger réduit à la plus simple expiration de l'air nécessaire. Puis, voyant que son sommeil ne serait pas troublé, je m'avançais prudemment, je m'asseyais sur la chaise qui était à côté du lit, puis sur le lit même.

J'ai passé de charmants soirs à causer, à jouer avec Albertine, mais jamais d'aussi doux que quand je la regardais dormir. Elle avait beau avoir, en bavardant, en jouant aux cartes, ce naturel qu'aucune actrice n'eût pu imiter, c'était un naturel au deuxième degré que m'offrait son sommeil. Sa chevelure descendue le long de son visage rose était posée à côté d'elle sur le lit et parfois une mèche isolée et droite donnait le même effet de perspective que ces arbres lunaires grêles et pâles qu'on aperçoit tout droits au fond des tableaux raphaëlesques d'Elstir. Si les lèvres d'Albertine étaient closes, en revanche, de la façon dont j'étais placé, ses paupières paraissaient si peu jointes que j'aurais presque pu me demander si elle dormait vraiment. Tout de même ces paupières abaissées mettaient dans son visage cette continuité parfaite que les yeux n'interrompent pas. Il y a des êtres dont la face prend une beauté et une majesté inaccoutumées pour peu qu'ils n'aient plus de regard.

Je mesurais des yeux Albertine étendue à mes pieds. Par instants, elle était parcourue d'une agitation légère et inexplicable comme les feuillages qu'une brise inattendue convulse pendant quelques instants. Elle touchait à sa chevelure, puis, ne l'ayant pas fait comme elle le voulait, elle y portait la main encore par des mouvements si suivis, si volontaires, que j'étais convaincu qu'elle allait s'éveiller. Nullement, elle redevenait calme dans le sommeil qu'elle n'avait pas quitté. Elle restait désormais immobile. Elle avait posé sa main sur sa poitrine en un abandon du bras si naïvement puéril que j'étais obligé, en la regardant, d'étouffer le sourire que par leur sérieux, leur innocence et leur grâce nous donnent les petits enfants.

Moi qui connaissais plusieurs Albertine en une seule, il me semblait en voir bien d'autres encore reposer auprès de moi. Ses sourcils arqués comme je ne les avais jamais vus entouraient les globes de ses paupières comme un doux nid d'alcyon. Des races, des atavismes, des vices reposaient sur son visage. Chaque fois qu'elle déplaçait sa tête, elle créait une femme nouvelle, souvent insoupçonnée de moi. Il me semblait posséder non pas une, mais d'innombrables jeunes filles. Sa respiration peu à peu plus profonde soulevait maintenant régulièrement sa poitrine et par-dessus elle, ses mains croisées, ses perles, déplacées d'une manière différente par le même mouvement, comme ces barques, ces

chaînes d'amarre que fait osciller le mouvement du
flot. Alors, sentant que son sommeil était dans son
plein, que je ne me heurterais pas à des écueils
de conscience recouverts maintenant par la pleine
mer du sommeil profond, délibérément, je sautais
sans bruit sur le lit, je me couchais au long d'elle,
je prenais sa taille d'un de mes bras, je posais mes
lèvres sur sa joue et sur son cœur, puis sur toutes
les parties de son corps posais ma seule main restée
libre et qui était soulevée aussi comme les perles,
par la respiration d'Albertine ; moi-même, j'étais
déplacé légèrement par son mouvement régulier :
je m'étais embarqué sur le sommeil d'Albertine.
Parfois, il me faisait goûter un plaisir moins pur.
Je n'avais pour cela besoin de nul mouvement, je
faisais pendre ma jambe contre la sienne, comme une
rame qu'on laisse traîner et à laquelle on imprime
de temps à autre une oscillation légère pareille au
battement intermittent de l'aile qu'ont les oiseaux
qui dorment en l'air. Je choisissais pour la regarder
cette face de son visage qu'on ne voyait jamais
et qui était si belle.

On comprend à la rigueur que les lettres que vous
écrit quelqu'un soient à peu près semblables entre
elles et dessinent une image assez différente de la
personne qu'on connaît pour qu'elles constituent
une deuxième personnalité. Mais combien il est
plus étrange qu'une femme soit accolée, comme
Rosita et Doodica, à une autre femme dont la beauté
différente fait induire un autre caractère et que
pour voir l'une il faille se placer de profil, pour
l'autre de face. Le bruit de sa respiration devenant
plus fort pouvait donner l'illusion de l'essoufflement
du plaisir et, quand le mien était à son terme, je

pouvais l'embrasser sans avoir interrompu son
sommeil. Il me semblait à ces moments-là que je
venais de la posséder plus complètement, comme
une chose inconsciente et sans résistance de la muette
nature. Je ne m'inquiétais pas des mots qu'elle
laissait parfois échapper en dormant, leur signification m'échappait, et d'ailleurs, quelque personne inconnue qu'ils eussent désignée, c'était sur
ma main, sur ma joue, que sa main parfois animée
d'un léger frisson se crispait un instant. Je goûtais son sommeil d'un amour désintéressé, apaisant,
comme je restais des heures à écouter le déferlement
du flot.

Peut-être faut-il que les êtres soient capables
de vous faire beaucoup souffrir pour que dans les
heures de rémission ils vous procurent ce même calme
apaisant que la nature. Je n'avais pas à lui répondre comme quand nous causions, et même
eussè-je pu me taire, comme je faisais aussi quand
elle parlait, qu'en l'entendant parler je ne descendais pas tout de même aussi avant en elle. Continuant à entendre, à recueillir d'instant en instant,
le murmure apaisant comme une imperceptible
brise de sa pure haleine, c'était toute une existence
physiologique qui était devant moi, à moi ; aussi
longtemps que je restais jadis couché sur la plage,
au clair de lune, je serais resté là à la regarder,
à l'écouter.

Quelquefois on eût dit que la mer devenait grosse,
que la tempête se faisait sentir jusque dans la baie
et je me mettais comme elle à écouter le grondement
de son souffle qui ronflait. Quelquefois quand elle
avait trop chaud, elle ôtait, dormant déjà presque,
son kimono qu'elle jetait sur mon fauteuil. Pendant

97

qu'elle dormait, je me disais que toutes ses lettres
étaient dans la poche intérieure de ce kimono où
elle les mettait toujours. Une signature, un rendez-
vous donné eût suffi pour prouver un mensonge
ou dissiper un soupçon. Quand je sentais le sommeil
d'Albertine bien profond, quittant le pied de son
lit où je la contemplais depuis longtemps sans faire
un mouvement, je faisais un pas, pris d'une curiosité ardente, sentant le secret de cette vie offert,
floche et sans défense dans ce fauteuil. Peut-être
faisais-je ce pas aussi parce que regarder dormir
sans bouger finit par devenir fatigant. Et ainsi
à pas de loup, me retournant sans cesse pour voir
si Albertine ne s'éveillait pas, j'allais jusqu'au fauteuil. Là, je m'arrêtais, je restais longtemps à regarder le kimono comme j'étais resté longtemps
à regarder Albertine. Mais (et peut-être j'ai eu tort)
jamais je n'ai touché au kimono, mis ma main
dans la poche, regardé les lettres. A la fin voyant
que je ne me déciderais pas, je repartais, à pas de
loup, revenais près du lit d'Albertine et me remettais à la regarder dormir, elle qui ne me dirait rien
alors que je voyais sur un bras du fauteuil ce kimono qui peut-être m'eût dit bien des choses. Et de
même que les gens louent cent francs par jour une
chambre à l'Hôtel de Balbec pour respirer l'air de la
mer, je trouvais tout naturel de dépenser plus que
cela pour elle puisque j'avais son souffle près de ma
joue, dans sa bouche que j'entr'ouvrais sur la mienne,
où contre ma langue passait sa vie.

Mais ce plaisir de la voir dormir et qui était aussi
doux que la sentir vivre, un autre y mettait fin et
qui était celui de la voir s'éveiller. Il était, à un
degré plus profond et plus mystérieux, le plaisir

même qu'elle habitât chez moi. Sans doute il m'était doux l'après-midi, quand elle descendait de voiture, que ce fût dans mon appartement qu'elle rentrât. Il me l'était plus encore que, quand du fond du sommeil elle remontait les derniers degrés de l'escalier des songes, ce fût dans ma chambre qu'elle renaquît à la conscience et à la vie, qu'elle se demandât un instant « où suis-je », et voyant les objets dont elle était entourée, la lampe dont la lumière lui faisait à peine cligner des yeux, pût se répondre qu'elle était chez elle en constatant qu'elle s'éveillait chez moi. Dans ce premier moment délicieux d'incertitude il me semblait que je prenais à nouveau plus complètement possession d'elle, puisque, au lieu que après être sortie elle entrât dans sa chambre, c'était ma chambre dès qu'elle serait reconnue par Albertine qui allait l'enserrer, la contenir, sans que les yeux de mon amie manifestassent aucun trouble, restant aussi calmes que si elle n'avait pas dormi.

L'hésitation du réveil révélée par son silence, ne l'était pas par son regard. Dès qu'elle retrouvait la parole elle disait : « Mon » ou « Mon chéri » suivis l'un ou l'autre de mon nom de baptême, ce qui en donnant au narrateur le même nom qu'à l'auteur de ce livre eût fait : « Mon Marcel », « Mon chéri Marcel ». Je ne permettais plus dès lors qu'en famille nos parents en m'appelant aussi chéri ôtassent leur prix d'être unique aux mots délicieux que me disait Albertine. Tout en me les disant elle faisait une petite moue qu'elle changeait d'elle-même en baiser. Aussi vite qu'elle s'était tout à l'heure endormie, aussi vite elle s'était réveillée.

Pas plus que mon déplacement dans le temps,

pas plus que le fait de regarder une jeune fille assise
auprès de moi sous la lampe qui l'éclaire autrement
que le soleil, quand debout elle s'avançait le long
de la mer, cet enrichissement réel, ce progrès auto-
nome d'Albertine, n'étaient la cause importante,
la différence qu'il y avait entre ma façon de la voir
maintenant et ma façon de la voir au début à Balbec. Des années plus nombreuses auraient pu séparer les deux images sans amener un changement
aussi complet ; il s'était produit, essentiel et soudain, quand j'avais appris que mon amie avait été
presque élevée par l'amie de Mlle Vinteuil. Si jadis
je m'étais exalté en croyant voir du mystère dans
les yeux d'Albertine, maintenant je n'étais heureux
que dans les moments où de ces yeux, de ces joues
mêmes, réfléchissantes comme des yeux, tantôt si
douces mais vite bourrues, je parvenais à expulser
tout mystère.

L'image que je cherchais, où je me reposais,
contre laquelle j'aurais voulu mourir, ce n'était
plus d'Albertine ayant une vie inconnue, c'était
une Albertine aussi connue de moi qu'il était possible (et c'est pour cela que cet amour ne pouvait
être durable à moins de rester malheureux, car par
définition il ne contentait pas le besoin de mystère), c'était une Albertine ne reflétant pas un
monde lointain, mais ne désirant rien d'autre —
il y avait des instants où en effet cela semblait
ainsi — qu'être avec moi, toute pareille à moi,
une Albertine image de ce qui précisément était
mien et non de l'inconnu. Quand c'est ainsi d'une
heure angoissée relative à un être, quand c'est de
l'incertitude si on pourra le retenir ou s'il s'échap-
pera, qu'est né un amour, cet amour porte la marque

de cette révolution qui l'a créé, il rappelle bien peu
ce que nous avions vu jusque-là quand nous pen-
sions à ce même être. Et mes premières impressions
devant Albertine, au bord des flots, pouvaient
pour une petite part subsister dans mon amour
pour elle : en réalité, ces impressions antérieures
ne tiennent qu'une petite place dans un amour
de ce genre; dans sa force, dans sa souffrance, dans
son besoin de douceur et son refuge vers un souvenir
paisible, apaisant, où l'on voudrait se tenir et ne
plus rien apprendre de celle qu'on aime, même s'il
y avait quelque chose d'odieux à savoir — bien
plus même à ne consulter que ces impressions
antérieures — un tel amour est fait de bien autre
chose !

Quelquefois j'éteignais la lumière avant qu'elle
entrât. C'était dans l'obscurité, à peine guidée par
la lumière d'un tison, qu'elle se couchait à mon
côté. Mes mains, mes joues seules la reconnais-
saient sans que mes yeux la vissent, mes yeux qui
souvent avaient peur de la trouver changée. De
sorte qu'à la faveur de cet amour aveugle elle se
sentait peut-être baignée de plus de tendresse que
d'habitude. D'autres fois, je me déshabillais, je me
couchais, et, Albertine assise sur un coin du lit, nous
reprenions notre partie ou notre conversation interrompue de baisers; et dans le désir qui seul nous fait
trouver de l'intérêt dans l'existence et le caractère
d'une personne, nous restons si fidèles à notre nature
(si en revanche nous abandonnons successivement
les différents êtres aimés tour à tour par nous),
qu'une fois m'apercevant dans la glace au moment
où j'embrassais Albertine en l'appelant ma petite
fille, l'expression triste et passionnée de mon propre

visage, pareil à ce qu'il eût été autrefois auprès de Gilberte dont je ne me souvenais plus, à ce qu'il serait peut-être un jour auprès d'une autre si jamais je devais oublier Albertine, me fit penser qu'au-dessus des considérations de personne (l'instinct voulant que nous considérions l'actuelle comme seule véritable) je remplissais les devoirs d'une dé-votion ardente et douloureuse dédiée comme une offrande à la jeunesse et à la beauté de la femme. Et pourtant à ce désir, honorant d'un « ex voto » la jeunesse, aux souvenirs aussi de Balbec, se mêlait, dans le besoin que j'avais de garder ainsi tous les soirs Albertine auprès de moi, quelque chose qui avait été étranger jusqu'ici à ma vie au moins amoureuse, s'il n'était pas entièrement nouveau dans ma vie.

C'était un pouvoir d'apais ment tel que je n'en avais pas éprouvé de pareil depuis les soirs lointains de Combray où ma mère penchée sur mon lit venait m'apporter le repos dans un baiser. Certes, j'eusse été bien étonné dans ce temps-là si l'on m'avait dit que je n'étais pas entièrement bon et surtout que je chercherais jamais à priver quelqu'un d'un plaisir. Je me connaissais sans doute bien mal alors, car mon plaisir d'avoir Albertine à demeure chez moi était beaucoup moins un plaisir positif que celui d'avoir retiré du monde, où chacun pou-vait la goûter à son tour, la jeune fille en fleur qui si, du moins, elle ne me donnait pas de grande joie, en privait les autres. L'ambition, la gloire m'eussent laissé indifférent. Encore plus étais-je incapable d'éprouver la haine. Et cependant pour moi, aimer charnellement c'était tout de même jouir d'un triomphe sur tant de concurrents. Je

LA PRISONNIÈRE

Je ne le redirai jamais assez, c'était un apaisement plus que tout.

J'avais beau, avant qu'Albertine fût rentrée, avoir douté d'elle, l'avoir imaginée dans la chambre de Montjouvain, une fois qu'en peignoir elle s'était assise en face de mon fauteuil, ou si, comme c'était le plus fréquent, j'étais resté couché au pied de mon lit, je déposais mes doutes en elle, je les lui remettais pour qu'elle m'en déchargeât, dans l'abdication d'un croyant qui fait sa prière. Toute la soirée elle avait pu, pelotonnée espièglement en boule sur mon lit, jouer avec moi comme une grosse chatte ; son petit nez rose, qu'elle diminuait encore au bout avec un regard coquet qui lui donnait la finesse de certaines personnes un peu grasses, avait pu lui donner une mine mutine et enflammée ; elle avait pu laisser tomber une mèche de ses longs cheveux noirs sur sa joue de cire rosée et fermant à demi les yeux, décroisant les bras, avoir eu l'air de me dire : « Fais de moi ce que tu veux » ; quand, au moment de me quitter, elle s'approchait pour me dire bonsoir, c'était leur douceur devenue quasi familiale que je baisais des deux côtés de son cou puissant qu'alors je ne trouvais jamais assez brun ni d'assez gros grains, comme si ces solides qualités eussent été en rapport avec quelque bonté loyale chez Albertine.

C'était le tour d'Albertine de me dire bonsoir en m'embrassant de chaque côté du cou, sa chevelure me caressait comme une aile aux plumes aiguës et douces. Si incomparables l'un à l'autre que fussent ces deux baisers de paix, Albertine glissait dans ma bouche, en me faisant le don de sa langue, comme un don du Saint-Esprit, me remettait un

103

viatique, me laissait une provision de calme presque aussi doux que ma mère imposant le soir à Combray ses lèvres sur mon front.

« Viendrez-vous avec nous demain, grand méchant ? » me demandait-elle avant de me quitter. « Où irez-vous ? » « Cela dépendra du temps et de vous. Avez-vous seulement écrit quelque chose tantôt, mon petit chéri ? Non ? Alors, c'était bien la peine de ne pas venir vous promener. Dites, à propos, tantôt quand je suis rentrée, vous avez reconnu mon pas, vous avez deviné que c'était moi ? » « Naturellement. Est-ce qu'on pourrait se tromper, est-ce qu'on ne reconnaîtrait pas entre mille les pas de sa petite bécasse. Qu'elle me permette de la déchausser avant qu'elle aille se coucher, cela me fera bien plaisir. Vous êtes si gentille et si rose dans toute cette blancheur de dentelles ».

Telle était ma réponse ; au milieu des expressions charnelles, on en reconnaîtra d'autres qui étaient propres à ma mère et à ma grand'mère, car, peu à peu, je ressemblais à tous mes parents, à mon père qui — de toute autre façon que moi sans doute, car si les choses se répètent, c'est avec de grandes variations — s'intéressait si fort au temps qu'il faisait ; et pas seulement à mon père, mais de plus en plus à ma tante Léonie. Sans cela, Albertine n'eût pu être pour moi qu'une raison de sortir pour ne pas la laisser seule, sans mon contrôle. Ma tante Léonie, toute confite en dévotion et avec qui j'aurais bien juré que je n'avais pas un seul point commun, moi si passionné de plaisirs, tout différent en apparence de cette maniaque qui n'en avait jamais connu aucun et disait son chapelet toute la journée, moi qui souffrais de ne pouvoir réaliser une existence littéraire alors qu'elle avait été la seule personne de la famille qui n'eût pu encore comprendre que lire c'était autre chose que de passer son temps à « s'amuser », ce qui rendait, même au temps pascal, la lecture permise, le dimanche où toute occupation sérieuse est défendue, afin qu'il soit uniquement sanctifié par la prière. Or, bien que chaque jour j'en trouvasse la cause dans un malaise particulier qui me faisait si souvent rester couché, un être (non pas Albertine, non pas un être que j'aimais), mais un être plus puissant sur moi qu'un être aimé, s'était transmigré en moi, despotique au point de faire taire parfois mes soupçons jaloux ou du moins de m'empêcher d'aller vérifier s'ils étaient fondés ou non, c'était ma tante Léonie. C'était assez que je ressemblasse avec exagération à mon père jusqu'à ne pas me contenter de consulter comme lui le baromètre, mais à devenir moi-même un baromètre vivant, c'était assez que je me laissasse commander par ma tante Léonie pour rester à observer le temps, de ma chambre ou même de mon lit, voici de même que je parlais maintenant à Albertine, tantôt comme l'enfant que j'avais été à Combray parlant à ma mère, tantôt comme ma grand'mère me parlait.

Quand nous avons dépassé un certain âge, l'âme de l'enfant que nous fûmes et l'âme des morts dont nous sommes sortis viennent nous jeter à poignée leurs richesses et leurs mauvais sorts, demandant à coopérer aux nouveaux sentiments que nous éprouvons et dans lesquels, effaçant leur ancienne effigie, nous les refondons en une création originale. Tel, tout mon passé depuis mes années les plus anciennes, et par delà celles-ci le passé de mes parents, mêlait à mon impur amour pour Albertine la douceur d'une tendresse à la fois filiale et maternelle. Nous devons recevoir dès une certaine heure tous nos parents arrivés de si loin et assemblés autour de nous.

Avant qu'Albertine n'eût obéi et m'eût laissé enlever ses souliers, j'entr'ouvrais sa chemise. Les deux petits seins haut remontés étaient si ronds qu'ils avaient moins l'air de faire partie intégrante de son corps que d'y avoir mûri comme deux fruits ; et son ventre (dissimulant la place qui chez l'homme s'enlaidit comme du crampon resté fiché dans une statue descellée) se refermait à la jonction des cuisses, par deux valves d'une courbe aussi assoupie, aussi reposante, aussi claustrale que celle de l'horizon quand le soleil a disparu. Elle ôtait ses souliers, se couchait près de moi.

O grandes attitudes de l'Homme et de la Femme où cherchent à se joindre, dans l'innocence des premiers jours et avec l'humilité de l'argile, ce que la création a séparé, où Eve est étonnée et soumise devant l'Homme au côté de qui elle s'éveille, comme lui-même, encore seul, devant Dieu qui l'a formé. Albertine nouait ses bras derrière ses cheveux noirs, la hanche enflée, la jambe tombante en une inflexion de col de cygne qui s'allonge et se recourbe pour revenir sur lui-même. Il n'y avait que quand elle était tout à fait sur le côté qu'on voyait un certain aspect de sa figure (si bonne et si belle de face) que je ne pouvais souffrir, crochu comme en certaines caricatures de Léonard, semblant révéler la méchanceté, l'âpreté au gain, la fourberie d'une espionne dont la présence chez moi m'eût fait hor-

reur et qui semblait démasquée par ces profils-là.
Aussitôt je prenais la figure d'Albertine dans mes
mains et je la replaçais de face.

« Soyez gentil, promettez-moi que si vous ne
venez pas demain, vous travaillerez », disait mon
amie en remettant sa chemise. « Oui, mais ne
mettez pas encore votre peignoir ». Quelquefois je
finissais par m'endormir à côté d'elle. La chambre
s'était refroidie, il fallait du bois. J'essayais de
trouver la sonnette dans mon dos, je n'y arrivais
pas tâtant tous les barreaux de cuivre qui n'étaient
pas ceux entre lesquels elle pendait et, à Albertine
qui avait sauté du lit pour que Françoise ne nous vît
pas l'un à côté de l'autre, je disais : « Non, remontez
une seconde, je ne peux pas trouver la sonnette. »

Instants doux, gais, innocents en apparence et
où s'accumule pourtant la possibilité en nous insoupçonnée, du désastre, ce qui fait de la vie amoureuse la plus contrastée de toutes, celle où la pluie
imprévisible de soufre et de poix tombe après les
moments les plus riants et où ensuite, sans avoir le
courage de tirer la leçon du malheur, nous rebâtis-
sons immédiatement sur les flancs du cratère d'où
ne pourra sortir que la catastrophe. J'avais l'insouciance de ceux qui croient leur bonheur durable.

C'est justement parce que cette douceur a été
nécessaire pour enfanter la douleur — et reviendra
du reste la calmer par intermittences — que les
hommes peuvent être sincères avec autrui, et même
avec eux-mêmes, quand ils se glorifient de la bonté
d'une femme envers eux, quoique, à tout prendre,
au sein de leur liaison circule constamment d'une
façon secrète, inavouée aux autres, ou révélée
involontairement par des questions, des enquêtes,

une inquiétude douloureuse. Mais comme celle-ci n'aurait pu naître sans la douceur préalable, que même ensuite la douceur intermittente est nécessaire pour rendre la souffrance supportable et éviter les ruptures, la dissimulation de l'enfer secret qu'est la vie commune avec cette femme, jusqu'à l'ostentation d'une intimité qu'on prétend douce, exprime un point de vue vrai, un lien général de l'effet à la cause, un des modes selon lesquels la production de la douleur est rendue possible.

Je ne m'étonnais plus qu'Albertine fût là et dût ne sortir le lendemain qu'avec moi ou sous la protection d'Andrée. Ces habitudes de vie en commun, ces grandes lignes qui délimitaient mon existence et à l'intérieur desquelles ne pouvait pénétrer personne excepté Albertine, aussi (dans le plan futur encore inconnu de moi, de ma vie ultérieure, comme celui qui est tracé par un architecte pour des monuments qui ne s'élèveront que bien plus tard) les lignes lointaines, parallèles à celles-ci et plus vastes, par lesquelles s'esquissait en moi, comme un ermitage isolé, la formule un peu rigide et monotone de mes amours futures, avaient été en réalité tracées cette nuit à Balbec où, dans le petit tram, après qu'Albertine m'avait révélé qui l'avait élevée, j'avais voulu à tout prix la soustraire à certaines influences et l'empêcher d'être hors de ma présence pendant quelques jours. Les jours avaient succédé aux jours, ces habitudes étaient devenues machinales, mais comme ces rites dont l'Histoire essaye de retrouver la signification, j'aurais pu dire (et je ne l'aurais pas voulu), à qui m'eût demandé ce que signifiait cette vie de retraite où je me séquestrais jusqu'à ne plus aller au théâtre, qu'elle avait pour origine l'anxiété d'un soir et le besoin de me prouver à moi-même, les jours qui la suivraient, que celle dont j'avais appris la fâcheuse enfance n'aurait pas la possibilité, si elle l'avait voulu, de s'exposer aux mêmes tentations. Je ne songeais plus qu'assez rarement à ces possibilités, mais elles devaient pourtant rester vaguement présentes à ma conscience. Le fait de les détruire — ou d'y tâcher — jour par jour, était sans doute la cause pourquoi il m'était doux d'embrasser ces joues qui n'étaient pas plus belles que bien d'autres ; sous toute douceur charnelle un peu profonde, il y a la permanence d'un danger.

*
* *

J'avais promis à Albertine que, si je ne sortais pas avec elle, je me mettrais au travail, mais le lendemain, comme si, profitant de nos sommeils, la maison avait miraculeusement voyagé, je m'éveillais par un temps différent sous un autre climat. On ne travaille pas au moment où on débarque dans un pays nouveau, aux conditions duquel il faut s'adapter. Or, chaque jour était pour moi un pays différent. Ma paresse elle-même, sous les formes nouvelles qu'elle revêtait, comment l'eussé-je reconnue ?

Tantôt par des jours irrémédiablement mauvais, disait-on, rien que la résidence dans la maison, située au milieu d'une pluie égale et continue, avait la glissante douceur, le silence calmant, l'intérêt d'une navigation ; une autre fois, par un jour clair, en restant immobile dans mon lit, c'était laisser tourner les ombres autour de moi comme d'un tronc d'arbre.

D'autres fois encore, aux premières cloches d'un

couvent voisin, rares comme les dévotes matinales, blanchissant à peine le ciel sombre de leurs giboulées incertaines que fondait et dispersait le vent tiède, j'avais discerné une de ces journées tempêtueuses, désordonnées et douces, où les toits mouillés d'une ondée intermittente que sèchent un souffle ou un rayon laissent glisser en roucoulant une goutte de pluie et, en attendant que le vent recommence à tourner, lissent au soleil momentané qui les irise leurs ardoises gorge-de-pigeons ; une de ces journées remplies par tant de changements de temps, d'incidents aériens, d'orages, que le paresseux ne croit pas les avoir perdues, parce qu'il s'est intéressé à l'activité qu'à défaut de lui l'atmosphère, agissant en quelque sorte à sa place, a déployée ; journées pareilles à ces temps d'émeute ou de guerre qui ne semblent pas vides à l'écolier délaissant sa classe, parce que, aux alentours du Palais de Justice ou en lisant les journaux, il a l'illusion de trouver dans les événements qui se sont produits, à défaut de la besogne qu'il n'a pas accomplie, un profit pour son intelligence et une excuse pour son oisiveté ; journées auxquelles on peut comparer celles où se passe dans notre vie quelque crise exceptionnelle et de laquelle celui qui n'a jamais rien fait croit qu'il va tirer, si elle se dénoue heureusement, des habitudes laborieuses ; par exemple, c'est le matin où il sort pour un duel qui va se dérouler dans des conditions particulièrement dangereuses ; alors, lui apparaît tout d'un coup, au moment où elle va peut-être lui être enlevée, le prix d'une vie de laquelle il aurait pu profiter pour commencer une œuvre, ou seulement goûter des plaisirs, et dont il n'a su jouir en rien. « Si je pouvais ne pas être tué, se dit-il, comme je me mettrais au travail à la minute même et aussi comme je m'amuserais. »

La vie a pris en effet soudain, à ses yeux, une valeur plus grande, parce qu'il met dans la vie tout ce qu'il semble qu'elle peut donner, et non pas le peu qu'il lui fait donner habituellement. Il la voit selon son désir, non telle que son expérience lui a appris qu'il savait la rendre, c'est-à-dire si médiocre ! Elle s'est, à l'instant, remplie des labeurs, des voyages, des courses de montagnes, de toutes les belles choses qu'il se dit que la funeste issue de ce duel pourra rendre impossibles, alors qu'elles l'étaient avant qu'il fût question de duel, à cause des mauvaises habitudes qui, même sans duel, auraient continué. Il revient chez lui sans avoir été même blessé, mais il retrouve les mêmes obstacles aux plaisirs, aux excursions, aux voyages, à tout ce dont il avait craint un instant d'être à jamais dépouillé par la mort ; il suffit pour cela de la vie. Quant au travail — les circonstances exceptionnelles ayant pour effet d'exalter ce qui existait préalablement dans l'homme, chez le laborieux le labeur et chez l'oisif la paresse — il se donne congé.

Je faisais comme lui et comme j'avais toujours fait depuis ma vieille résolution de me mettre à écrire, que j'avais prise jadis, mais qui me semblait dater d'hier, parce que j'avais considéré chaque jour l'un après l'autre comme non avenu. J'en usais de même pour celui-ci, laissant passer sans rien faire ses averses et ses éclaircies et me promettant de travailler le lendemain. Mais je n'y étais plus le même sous un ciel sans nuages ; le son doré des cloches ne contenait pas seulement, comme le miel, de la lumière, mais la sensation de la lumière et

111

aussi la saveur fade des confitures (parce qu'à Combray il s'était souvent attardé comme une guêpe sur notre table desservie). Par ce jour de soleil éclatant, rester tout le jour les yeux clos, c'était chose permise, usitée, salubre, plaisante, saisonnière, comme tenir ses persiennes fermées contre la chaleur.

C'était par de tels temps qu'au début de mon second séjour à Balbec j'entendais les violons de l'orchestre entre les coulées bleuâtres de la marée montante. Combien je possédais plus Albertine aujourd'hui. Il y avait des jours où le bruit d'une cloche qui sonnait l'heure portait sur la sphère de sa sonorité une plaque si fraîche, si puissamment étalée de mouillé ou de lumière, que c'était comme une traduction pour aveugles, ou, si l'on veut, comme une traduction musicale du charme de la pluie ou du charme du soleil. Si bien qu'à ce moment-là, les yeux fermés, dans mon lit, je me disais que tout peut se transposer et qu'un univers seulement audible pourrait être aussi varié que l'autre. Remontant paresseusement de jour en jour, comme sur une barque, et voyant apparaître devant moi toujours de nouveaux souvenirs enchantés, que je ne choisissais pas, qui, l'instant d'avant, m'étaient invisibles et que ma mémoire me présentait l'un après l'autre, sans que je pusse les choisir, je poursuivais paresseusement, sur ces espaces unis, ma promenade au soleil.

Ces concerts matinaux de Balbec n'étaient pas anciens. Et pourtant, à ce moment relativement rapproché, je me souciais peu d'Albertine. Même les tout premiers jours de l'arrivée, je n'avais pas connu sa présence à Balbec. Par qui donc l'avais-je

apprise ? Ah ! oui, par Aimé. Il faisait un beau
soleil comme celui-ci. Il était content de me revoir.
Mais il n'aime pas Albertine. Tout le monde ne peut
pas l'aimer. Oui, c'est lui qui m'a annoncé qu'elle
était à Balbec. Comment le savait-il donc ? Ah !
il l'avait rencontrée, il lui avait trouvé mauvais
genre. A ce moment, abordant le récit d'Aimé
par une autre face que celle où il me l'avait fait,
ma pensée, qui jusqu'ici avait navigué en souriant
sur ces eaux bienheureuses, éclatait soudain, comme
si elle eût heurté une mine invisible et dangereuse,
insidieusement posée à ce point de ma mémoire.
Il m'avait dit qu'il l'avait rencontrée, qu'il lui avait
trouvé mauvais genre. Qu'avait-il voulu dire par
mauvais genre ? J'avais compris genre vulgaire,
parce que, pour le contredire d'avance, j'avais déclaré qu'elle avait de la distinction. Mais non,
peut-être avait-il voulu dire genre Gomorrhéen.
Elle était avec une amie, peut-être qu'elles se tenaient
par la taille, qu'elles regardaient d'autres femmes,
qu'elles avaient en effet un « genre » que je n'avais
jamais vu à Albertine en ma présence. Qui était
l'amie, où Aimé l'avait-il rencontrée, cette odieuse
Albertine ?

Je tâchais de me rappeler exactement ce qu'Aimé
m'avait dit pour voir si cela pouvait se rapporter
à ce que j'imaginais, ou s'il avait voulu parler seulement de manières communes. Mais j'avais beau
me le demander, la personne qui se posait la question et la personne qui pouvait offrir le souvenir
n'étaient, hélas, qu'une seule et même personne,
moi, qui se dédoublait momentanément, mais sans
rien s'ajouter. J'avais bien questionné, c'était moi
qui répondais, je n'apprenais rien de plus. Je ne

songeais plus à Mlle Vinteuil. Né d'un soupçon nouveau, l'accès de jalousie dont je souffrais était
nouveau aussi, ou plutôt il n'était que le prolongement, l'extension de ce soupçon, il avait le même
théâtre, qui n'était plus Montjouvain, mais la route
où Aimé avait rencontré Albertine, pour objet,
les quelques amies dont l'une ou l'autre pouvait
être celle qui était avec Albertine ce jour-là. C'était
peut-être une certaine Élisabeth, ou bien peut-être
ces deux jeunes filles qu'Albertine avait regardées
dans la glace, au Casino, quand elle n'avait pas l'air
de les voir. Elle avait sans doute des relations avec
elles et d'ailleurs aussi avec Esther, la cousine de
Bloch. De telles relations, si elles m'avaient été
révélées par un tiers, eussent suffi pour me tuer à
demi, mais comme c'était moi qui les imaginais,
j'avais soin d'y ajouter assez d'incertitude pour
amortir la douleur.

On arrive, sous la forme de soupçons, à absorber
journellement, à doses énormes, cette même idée
qu'on est trompé, de laquelle une quantité très
faible pourrait être mortelle, inoculée par la piqûre
d'une parole déchirante. C'est sans doute pour
cela, et par un dérivé de l'instinct de conservation,
que le même jaloux n'hésite pas à former des soupçons atroces à propos de faits innocents, à condition,
devant la première preuve qu'on lui apporte, de se
refuser à l'évidence. D'ailleurs, l'amour est un mal
inguérissable comme ces diathèses où le rhumatisme
ne laisse quelque répit que pour faire place à des
migraines épileptiformes. Le soupçon jaloux était-il
calmé, j'en voulais à Albertine de n'avoir pas été
tendre, peut-être de s'être moquée de moi avec
Andrée. Je pensais avec effroi à l'idée qu'elle avait

dû se faire si Andrée lui avait répété toutes nos
conversations, l'avenir m'apparaissait atroce. Ces
tristesses ne me quittaient que si un nouveau soupçon jaloux me jetait dans d'autres recherches
ou si, au contraire, les manifestations de tendresse
d'Albertine me rendaient mon bonheur insignifiant.
Quelle pouvait être cette jeune fille, il faudrait que
j'écrive à Aimé, que je tâche de le voir, et ensuite
je contrôlerais ses dires en causant avec Albertine,
en la confessant. En attendant, croyant bien que
ce devait être la cousine de Bloch, je demandai
à celui-ci, qui ne comprit nullement dans quel but,
de me montrer seulement une photographie d'elle
ou, bien plus, de me faire au besoin rencontrer avec
elle.

Combien de personnes, de villes, de chemins,
la jalousie nous rend ainsi avides de connaître ?
Elle est une soif de savoir grâce à laquelle, sur des
points isolés les uns des autres, nous finissons
par avoir successivement toutes les notions possibles,
sauf celles que nous voudrions. On ne sait jamais
si un soupçon ne naîtra pas, car, tout à coup, on se
rappelle une phrase qui n'était pas claire, un alibi
qui n'avait pas été donné sans intention. Pourtant,
on n'a pas revu la personne, mais il y a une jalousie
après coup, qui ne naît qu'après l'avoir quittée,
une jalousie de l'escalier. Peut-être l'habitude que
j'avais prise de garder au fond de moi certains désirs, désir d'une jeune fille du monde comme celles
que je voyais passer de ma fenêtre suivies de leur
institutrice, et plus particulièrement de celle dont
m'avait parlé Saint-Loup, qui allait dans les maisons de passe, désir de belles femmes de chambre
et particulièrement de celle de Mme Putbus, désir

d'aller à la campagne au début du printemps, revoir des aubépines, des pommiers en fleur, des tempêtes, désir de Venise, désir de me mettre au travail, désir de mener la vie de tout le monde, peut-être l'habitude de conserver en moi sans assouvissement tous ces désirs, en me contentant de la promesse, faite à moi-même, de ne pas oublier de les satisfaire un jour, peut-être cette habitude, vieille de tant d'années, de l'ajournement perpétuel, de ce que M. de Charlus flétrissait sous le nom de procrasnation, était-elle devenue si générale en moi qu'elle s'emparait aussi de mes soupçons jaloux et, tout en me faisant prendre mentalement note que je ne manquerais pas un jour d'avoir une explication avec Albertine au sujet de la jeune fille, peut-être des jeunes filles (cette partie du récit était confuse, effacée, autant dire infranchissable, dans ma mémoire) avec laquelle ou lesquelles Aimé l'avait rencontrée, me faisait retarder cette explication. En tout cas, je n'en parlerais pas ce soir à mon amie pour ne pas risquer de lui paraître jaloux et de la fâcher.

Pourtant, quand le lendemain Bloch m'eût envoyé la photographie de sa cousine Esther, je m'empressai de la faire parvenir à Aimé. Et à la même minute, je me souvins qu'Albertine m'avait refusé le matin un plaisir qui aurait pu la fatiguer en effet. Était-ce donc pour le réserver à quelque autre ? Cette après-midi, peut-être ? A qui ?

C'est ainsi qu'est interminable la jalousie, car même si l'être aimé, étant mort par exemple, ne peut plus la provoquer par ses actes, il arrive que des souvenirs postérieurs à tout événement se comportent tout à coup dans notre mémoire comme des événements eux aussi, souvenirs que nous n'avions pas éclairés jusque-là, qui nous avaient paru insignifiants et auxquels il suffit de notre propre réflexion sur eux, sans aucun fait extérieur, pour donner un sens nouveau et terrible. On n'a pas besoin d'être deux, il suffit d'être seul dans sa chambre, à penser, pour que de nouvelles trahisons de votre maîtresse se produisent, fût-elle morte. Aussi il ne faut pas ne redouter dans l'amour, comme dans la vie habituelle, que l'avenir, mais même le passé qui ne se réalise pour nous souvent qu'après l'avenir, et nous ne parlons pas seulement du passé que nous apprenons après coup, mais de celui que nous avons conservé depuis longtemps en nous et que tout à coup nous apprenons à lire.

N'importe, j'étais bien heureux, l'après-midi finissant, que ne tardât pas l'heure où j'allais pouvoir demander à la présence d'Albertine l'apaisement dont j'avais besoin. Malheureusement, la soirée qui vint fut une de celles où cet apaisement ne m'était pas apporté, où le baiser qu'Albertine me donnerait en me quittant, bien différent du baiser habituel, ne me calmerait pas plus qu'autrefois celui de ma mère les jours où elle était fâchée et où je n'osais pas la rappeler, mais où je sentais que je ne pourrais pas m'endormir. Ces soirées-là, c'étaient maintenant celles où Albertine avait formé pour le lendemain quelque projet qu'elle ne voulait pas que je connusse. Si elle me l'avait confié, j'aurais mis à assurer sa réalisation une ardeur que personne autant qu'Albertine n'eût pu m'inspirer. Mais elle ne me disait rien et n'avait d'ailleurs besoin de me rien dire ; dès qu'elle était entrée, sur la porte même de ma chambre, comme elle avait encore son chapeau ou sa toque sur la tête, j'avais déjà vu le désir inconnu, rétif, acharné, indomptable. Or, c'étaient souvent les soirs où j'avais attendu son retour avec les plus tendres pensées, où je comptais lui sauter au cou avec le plus de tendresse.

Hélas, ces mésententes comme j'en avais eu souvent avec mes parents, que je trouvais froids ou irrités au moment où j'accourais près d'eux, débordant de tendresse, ne sont rien auprès de celles qui se produisent entre deux amants ! La souffrance ici est bien moins superficielle, est bien plus difficile à supporter, elle a pour siège une couche plus profonde du cœur.

Ce soir-là, le projet qu'Albertine avait formé, elle fut pourtant obligée de m'en dire un mot ; je compris tout de suite qu'elle voulait aller le lendemain faire une visite à Mme Verdurin, une visite qui, en elle-même, ne m'eût en rien contrarié. Mais certainement, c'était pour y faire quelque rencontre, pour y préparer quelque plaisir. Sans cela elle n'eût pas tellement tenu à cette visite. Je veux dire, elle ne m'eût pas répété qu'elle n'y tenait pas. J'avais suivi dans mon existence une marche inverse de celle des peuples qui ne se servent de l'écriture phonétique qu'après n'avoir considéré les caractères que comme une suite de symboles ; moi qui pendant tant d'années n'avais cherché la vie et la pensée réelles des gens que dans l'énoncé direct qu'ils m'en fournissaient volontairement, par leur faute, j'en étais arrivé à ne plus attacher, au contraire, d'importance qu'aux témoignages qui ne sont pas une expression rationnelle et analytique de la vérité ; les paroles elles-mêmes ne me renseignaient qu'à la condition d'être interprétées à la façon d'un afflux de sang à la figure d'une personne qui se trouble, à la façon encore d'un silence subit.

Tel adverbe (par exemple employé par M. de Cambremer, quand il croyait que j'étais « écrivain » et que n'ayant pas encore parlé, racontant une visite qu'il avait faite aux Verdurin, il s'était tourné vers moi en disant : Il y avait *justement* de Borelli) jailli dans une conflagration par le rapprochement involontaire, parfois périlleux, de deux idées que l'interlocuteur n'exprimait pas et duquel, par telles méthodes d'analyse ou d'électrolyse appropriées, je pouvais les extraire, m'en disait plus qu'un discours.

Albertine laissait parfois traîner dans ses propos tel ou tel de ces précieux amalgames que je me hâtais de « traiter » pour les transformer en idées claires. C'est du reste une des choses les plus terribles pour l'amoureux que si les faits particuliers — que seuls l'expérience, l'espionnage, entre tant de réalisations possibles, feraient connaître — sont si difficiles à trouver, la vérité en revanche est si facile à percer ou seulement à pressentir.

Souvent je l'avais vue, à Balbec, attacher sur des jeunes filles qui passaient un regard brusque et prolongé pareil à un attouchement et après lequel, si je les connaissais elle me disait : « Si on les faisait venir ? J'aimerais leur dire des injures. » Et depuis quelque temps, depuis qu'elle m'avait pénétré sans doute, aucune demande d'inviter personne, aucune parole, même pas un détournement des regards, devenus sans objet et silencieux, et aussi révélateurs, avec la mine distraite et vacante dont ils étaient accompagnés, qu'autrefois leur aimantation. Or, il m'était impossible de lui faire des reproches ou de lui poser des questions, à propos de choses qu'elle eût déclarées si minimes, si insignifiantes, retenues par moi pour le plaisir de « chercher la petite bête ». Il est déjà difficile de dire « pourquoi avez-vous regardé telle passante », mais bien plus « pourquoi ne l'avez-vous pas regardée ». Et pourtant je savais bien, ou du moins j'aurais su, si je n'avais pas voulu croire ces affirmations d'Albertine plutôt que tous les riens inclus dans un regard, prouvés par lui et par telle ou telle contradiction dans les paroles, contradiction dont je ne m'apercevais souvent que longtemps après l'avoir quittée, qui me faisait souffrir toute la nuit, dont je n'osais plus reparler, mais qui n'en honorait pas moins de temps en temps ma mémoire de ses visites périodiques.

Souvent, pour ces simples regards furtif soudé tournés sur la plage de Balbec ou dans les rues de Paris, je pouvais me demander si la personne qui les provoquait n'était pas seulement un objet de désirs au moment où elle passait, mais une ancienne connaissance, ou bien une jeune fille dont on n'avait fait que lui parler et dont, quand je l'apprenais, j'étais stupéfait qu'on lui eût parlé, tant c'était en dehors des connaissances possibles au jugé d'Albertine. Mais la Gomorrhe moderne est un puzzle fait de morceaux qui viennent de là où on s'y attendait le moins. C'est ainsi que je vis une fois à Rivebelle un grand dîner dont je connaissais par hasard au moins de nom les dix invitées, aussi dissemblables que possible, parfaitement rejointes cependant, si bien que je ne vis jamais dîner si homogène bien que si composite.

LA PRISONNIÈRE

Pour en revenir aux jeunes passantes, jamais Albertine ne regardait une dame âgée ou un vieillard avec tant de fixité, ou au contraire de réserve, et comme si elle ne voyait pas. Les maris trompés qui ne savent rien savent tout tout de même. Mais il faut un dossier plus matériellement documenté pour établir une scène de jalousie. D'ailleurs, si la jalousie nous aide à découvrir un certain penchant à mentir chez la femme que nous aimons, elle centuple ce penchant quand la femme a découvert que nous sommes jaloux. Elle ment (dans des proportions où elle ne nous a jamais menti auparavant), soit qu'elle ait pitié, ou peur, ou se dérobe instinctivement par une fuite symétrique à nos investigations. Certes il y a des amours où dès le début une femme légère s'est posée comme une vertu aux yeux de l'homme qui l'aime. Mais combien d'autres comprennent deux périodes parfaitement contrastées. Dans la première la femme parle presque facilement, avec de simples atténuations, de son goût pour le plaisir, de la vie galante qu'il lui a fait mener, toutes choses qu'elle niera ensuite avec la dernière énergie au même homme, mais qu'elle a senti jaloux d'elle et l'épiant. Il en arrive à regretter le temps de ces premières confidences dont le souvenir le torture cependant. Si la femme lui en faisait encore de pareilles, elle lui fournirait presque elle-même le secret des fautes qu'il poursuit inutilement chaque jour. Et puis, quel abandon cela prouverait, quelle confiance, quelle amitié. Si elle ne peut vivre sans le tromper, du moins le tromperait-elle en amie, en lui racontant ses plaisirs, en l'y associant. Et il regrette une telle vie que les débuts de leur amour semblaient esquisser, que sa suite a rendu impossible, faisant de cet amour quelque chose d'atrocement douloureux, qui rendra une séparation, selon les cas, ou inévitable, ou impossible.

Parfois l'écriture où je déchiffrais les mensonges d'Albertine, sans être idéographique avait simplement besoin d'être lue à rebours ; c'est ainsi que ce soir elle m'avait lancé d'un air négligent ce message destiné à passer presque inaperçu : « Il serait possible que j'aille demain chez les Verdurin, je ne sais pas du tout si j'irai, je n'en ai guère envie. » Anagramme enfantin de cet aveu : « J'irai demain chez les Verdurin, c'est absolument certain, car j'y attache une extrême importance. » Cette hésitation apparente signifiait une volonté arrêtée et avait pour but de diminuer l'importance de la visite tout en me l'annonçant. Albertine employait toujours le ton dubitatif pour les résolutions irrévocables. La mienne ne l'était pas moins. Je m'arrangeai pour que la visite à Mme Verdurin n'eût pas lieu. La jalousie n'est souvent qu'un inquiet besoin de tyrannie appliqué aux choses de l'amour. J'avais sans doute hérité de mon père ce brusque désir arbitraire de menacer les êtres que j'aimais le plus dans les espérances dont ils se berçaient avec une sécurité que je voulais leur montrer trompeuse ; quand je voyais qu'Albertine avait combiné à mon insu, en se cachant de moi, le plan d'une sortie que j'eusse fait tout au monde pour lui rendre plus facile et plus agréable si elle m'en avait fait le confident, je disais négligemment, pour la faire trembler, que je comptais sortir ce jour-là.

Je me mis à suggérer à Albertine d'autres buts de promenades qui eussent rendu la visite Verdurin impossible, en des paroles empreintes d'une feinte indifférence sous laquelle je tâchai de déguiser mon énervement. Mais elle l'avait dépisté. Il rencontrait chez elle la force électrique d'une volonté contraire qui la repoussait vivement ; dans les yeux d'Albertine j'en voyais jaillir les étincelles. Au reste, à quoi bon m'attacher à ce que disaient les prunelles en ce moment ? Comment n'avais-je pas depuis longtemps remarqué que les yeux d'Albertine appartenaient à la famille de ceux qui, même chez un être médiocre, semblent faits de plusieurs morceaux à cause de tous les lieux où l'être veut se trouver, — et cacher qu'il veut se trouver — ce jour-là. Des yeux, par mensonge toujours immobiles et passifs, mais dynamiques, mesurables par les mètres ou kilomètres à franchir pour se trouver au rendez-vous voulu, implacablement voulu, des yeux qui sourient moins encore au plaisir qui les tente qu'ils ne s'auréolent de la tristesse et du découragement qu'il y aura peut-être une difficulté pour aller au rendez-vous. Entre vos mains mêmes, ces êtres-là sont des êtres de fuite. Pour comprendre les émotions qu'ils donnent et que d'autres êtres même plus beaux ne donnent pas, il faut calculer qu'ils sont non pas immobiles, mais en mouvement, et ajouter à leur personne un signe correspondant à ce qu'en physique est le signe qui signifie vitesse. Si vous dérangez leur journée, ils vous avouent le plaisir qu'ils vous avaient caché : « Je voulais tant aller goûter à cinq heures avec telle personne que j'aime. » Eh bien ! si, six mois après, vous arrivez à connaître la personne en question, vous apprendrez que jamais la jeune fille dont vous aviez dérangé les projets, qui, prise au piège, pour que vous la

laissiez libre vous avait avoué le goûter qu'elle faisait ainsi avec une personne aimée, tous les jours
à l'heure où vous ne la voyiez pas, vous apprendrez
que cette personne ne l'a jamais reçue, qu'elles n'ont
jamais goûté ensemble et que la jeune fille disait
être très prise, par vous, précisément. Ainsi la personne avec qui elle avait confessé qu'elle avait
goûté, avec qui elle vous avait supplié de la laisser
goûter, cette personne, raison avouée par la nécessité, ce n'était pas elle, c'était une autre, c'était
encore autre chose ! Autre chose, quoi ? Une autre,
qui ?

Hélas, les yeux fragmentés partant au loin et
tristes permettraient peut-être de mesurer les dis-
tances, mais n'indiquent pas les directions. Le champ
infini des possibles s'étend, et si par hasard le réel
se présentait devant nous, il serait tellement en
dehors des possibles que dans un brusque étourdissement, allant taper contre le mur surgi, nous tom-
berions à la renverse. Le mouvement et la fuite
constatés ne sont même pas indispensables, il suffit
que nous les induisions. Elle nous avait promis
une lettre, nous étions calmes, nous n'aimions plus.
La lettre n'est pas venue, aucun courrier n'en apporte, que se passe-t-il, l'anxiété renaît et l'amour.
Ce sont surtout de tels êtres qui nous inspirent
l'amour, pour notre désolation. Car chaque anxiété
nouvelle que nous éprouvons par eux enlève à nos
yeux de leur personnalité. Nous étions résignés à la
souffrance, croyant aimer en dehors de nous et nous
nous apercevons que notre amour est fonction de
notre tristesse, que notre amour c'est peut-être
notre tristesse et que l'objet n'en est que pour une
faible part la jeune fille à la noire chevelure. Mais

enfin, ce sont surtout de tels êtres qui inspirent l'amour.

Le plus souvent l'amour n'a pas pour objet un corps, excepté si une émotion, la peur de le perdre, l'incertitude de le retrouver se fondent en lui. Or, ce genre d'anxiété a une grande affinité pour les corps. Il leur ajoute une qualité qui passe la beauté même ; ce qui est une des raisons pourquoi l'on voit des hommes indifférents aux femmes les plus belles en aimer passionnément certaines qui nous semblent laides. À ces êtres-là, à ces êtres de fuite, leur nature, notre inquiétude attachent des ailes. Et même auprès de nous leur regard semble nous dire qu'ils vont s'envoler. La preuve de cette beauté, surpassant la beauté qu'ajoutent les ailes, est que bien souvent pour nous un même être est successivement sans ailes et ailé. Que nous craignions de le perdre, nous oublions tous les autres. Sûrs de le garder nous le comparons à ces autres qu'aussitôt nous lui préférons. Et comme ces émotions et ces certitudes peuvent alterner d'une semaine à l'autre, un être peut une semaine se voir sacrifier tout ce qui plaisait, la semaine suivante être sacrifié et ainsi de suite pendant très longtemps. Ce qui serait incompréhensible si nous ne savions par l'expérience que tout homme a d'avoir dans sa vie au moins une fois cessé d'aimer, oublié une femme, le peu de chose qu'est en soi-même un être quand il n'est plus, ou qu'il n'est pas encore perméable à nos émotions. Et bien entendu si nous disons êtres de fuite, c'est également vrai des êtres en prison, des femmes captives, qu'on croit qu'on ne pourra jamais avoir. Aussi les hommes détestent les entremetteuses, car elles facilitent la fuite, font briller la tentation, mais s'ils aiment au contraire une femme cloîtrée, ils recherchent volontiers les entremetteuses pour les faire sortir de leur prison et nous les amener. Dans la mesure où les unions avec les femmes qu'on enlève sont moins durables que d'autres, la cause en est que la peur ne de pas arriver à les obtenir ou l'inquiétude de les voir fuir est tout notre amour et qu'une fois enlevées à leur mari, arrachées à leur théâtre, guéries de la tentation de nous quitter, dissociées en un mot de notre émotion quelle qu'elle soit, elles sont seulement elles-mêmes, c'est-à-dire presque rien, et, si longtemps convoitées, sont quittées bientôt par celui-là même qui avait si peur d'être quitté par elles.

J'ai dit : « Comment n'avais-je pas deviné ? » Mais ne l'avais-je pas deviné dès le premier jour à Balbec ? N'avais-je pas deviné en Albertine une de ces filles sous l'enveloppe charnelle desquelles palpitent plus d'êtres cachés, je ne dis pas que dans un jeu de cartes encore dans sa boîte, que dans une cathédrale ou un théâtre avant qu'on y entre, mais que dans la foule immense et renouvelée. Non pas seulement tant d'êtres, mais le désir, le souvenir voluptueux, l'inquiète recherche de tant d'êtres. A Balbec je n'avais pas été troublé parce que je n'avais même pas supposé qu'un jour je serais sur des pistes même fausses. N'importe ! cela avait donné pour moi à Albertine la plénitude d'un être rempli jusqu'au fond par la superposition de tant d'êtres, de tant de désirs, et de souvenirs voluptueux d'êtres. Et maintenant qu'elle m'avait dit un jour « Mlle Vinteuil », j'aurais voulu non pas arracher sa robe pour voir son corps, mais à travers son corps voir tout ce bloc-notes de ses sou-

venirs et de ses prochains et ardents rendez-
vous.

Comme les choses probablement les plus insignifiantes prennent soudain une valeur extraordinaire
quand un être que nous aimons (ou à qui il ne
manquait que cette duplicité pour que nous l'aimions) nous les cache ! En elle-même, la souffrance
ne nous donne pas forcément des sentiments d'amour
ou de haine pour la personne qui la cause : un chirurgien qui nous fait mal nous reste indifférent.
Mais une femme qui nous a dit pendant quelque
temps que nous étions tout pour elle sans qu'elle
fût elle-même tout pour nous, une femme que nous
avons plaisir à voir, à embrasser, à tenir sur nos
genoux, nous nous étonnons si seulement nous éprouvons à une brusque résistance que nous ne disposons
pas d'elle. La déception réveille alors parfois en nous
le souvenir oublié d'une angoisse ancienne, que nous
savons pourtant ne pas avoir été provoquée par
cette femme, mais par d'autres dont les trahisons
s'échelonnent sur notre passé ; au reste, comment
a-t-on le courage de souhaiter vivre, comment
peut-on faire un mouvement pour se préserver
de la mort, dans un monde où l'amour n'est pro-
voqué que par le mensonge et consiste seulement
dans notre besoin de voir nos souffrances apaisées
par l'être qui nous a fait souffrir ? Pour sortir de
l'accablement qu'on éprouve quand on découvre
ce mensonge et cette résistance, il y a le triste remède
de chercher à agir malgré elle, à l'aide des êtres
qu'on sent plus mêlés à sa vie que nous-même,
sur celle qui nous résiste et qui nous ment, à ruser
nous-même, à nous faire détester. Mais la souffrance d'un tel amour est de celles qui font invinci-

blement que le malade cherche dans un changement
de position un bien-être illusoire.

Ces moyens d'action ne nous manquent pas,
hélas ! Et l'horreur de ces amours que l'inquiétude
seule a enfantées vient de ce que nous tournons et
retournons sans cesse dans notre cage des propos
insignifiants ; sans compter que rarement les êtres
pour qui nous les éprouvons nous plaisent physiquement d'une manière complexe, puisque ce n'est pas
notre goût délibéré, mais le hasard d'une minute
d'angoisse, minute indéfiniment prolongée par notre
faiblesse de caractère, laquelle refait chaque soir
les expériences et s'abaisse à des calmants, qui
choisit pour nous.

Sans doute mon amour pour Albertine n'était
pas le plus dénué de ceux jusqu'où, par manque
de volonté, on peut déchoir, car il n'était pas entièrement platonique ; elle me donnait des satisfactions charnelles et puis elle était intelligente. Mais
tout cela était une superfétation. Ce qui m'occupait
l'esprit n'était pas ce qu'elle avait pu dire d'intelligent, mais tel mot qui éveillait chez moi un doute
sur ses actes ; j'essayais de me rappeler si elle avait
dit ceci ou cela, de quel air, à quel moment, en réponse de quelle parole, de reconstituer toute la
scène de son dialogue avec moi, à quel moment elle
avait voulu aller chez les Verdurin, quel mot de
moi avait donné à son visage l'air fâché. Il se fût agi
de l'événement le plus important que je ne me fusse
pas donné tant de peine pour en établir la vérité,
en restituer l'atmosphère et la couleur juste. Sans
doute ces inquiétudes, après avoir atteint un degré
où elles nous sont insupportables, on arrive parfois
à les calmer entièrement pour un soir. La fête où

l'amie qu'on aime doit se rendre et sur la vraie nature de laquelle notre esprit travaillait depuis des jours, nous y sommes conviés aussi, notre amie n'y a d'égard et de paroles que pour nous, nous la ramenons, et nous connaissons alors, nos inquiétudes dissipées, un repos aussi complet, aussi réparateur que celui qu'on goûte parfois dans ce sommeil profond qui suit les longues marches. Et sans doute, un tel repos vaut que nous le payions à un prix élevé. Mais n'aurait-il pas été plus simple de ne pas acheter nous-même, volontairement, l'anxiété, et plus cher encore. D'ailleurs, nous savons bien que si profondes que puissent être ces détentes momentanées, l'inquiétude sera tout de même la plus forte. Parfois même, elle est renouvelée par la phrase dont le but était de nous apporter le repos. Mais le plus souvent, nous ne faisons que changer d'inquiétude. Un des mots de cette phrase qui devait nous calmer met nos soupçons sur une autre piste. Les exigences de notre jalousie et l'aveuglement de notre crédulité sont plus grands que ne pouvait supposer la femme que nous aimons.

Quand, spontanément, elle nous jure que tel homme n'est pour elle qu'un ami, elle nous bouleverse en nous apprenant — ce que nous ne soupçonnions pas — qu'il était pour elle un ami. Tandis qu'elle nous raconte, pour nous montrer sa sincérité, comment ils ont pris le thé ensemble, cet après-midi même, à chaque mot qu'elle dit, l'invisible, l'insoupçonné prend forme devant nous. Elle avoue qu'il lui a demandé d'être sa maîtresse et nous souffrons le martyre qu'elle ait pu écouter ses propositions. Elle les a refusées, dit-elle. Mais tout à l'heure, en nous rappelant son récit, nous nous demanderons

129

si le récit est bien véridique, car il y a, entre les différentes choses qu'elle nous a dites, cette absence de lien logique et nécessaire qui, plus que les faits qu'on raconte, est le signe de la vérité. Et puis elle a eu cette terrible intonation dédaigneuse : « Je lui ai dit non, catégoriquement », qui se retrouve dans toutes les classes de la société, quand une femme ment. Il faut pourtant la remercier d'avoir refusé, l'encourager par notre bonté à nous faire de nouveau à l'avenir des confidences si cruelles. Tout au plus, faisons-nous la remarque : « mais s'il vous avait déjà fait des propositions, pourquoi avez-vous consenti à prendre le thé avec lui ? » « Pour qu'il ne pût pas m'en vouloir et dire que je n'ai pas été gentille. » Et nous n'osons pas lui répondre qu'en refusant elle eût peut-être été plus gentille pour nous.

D'ailleurs, Albertine m'effrayait en me disant que j'avais raison, pour ne pas lui faire de tort, de dire que je n'étais pas son amant, puisque aussi bien, ajoutait-elle, « c'est la vérité que vous ne l'êtes pas ». Je ne l'étais peut-être pas complètement en effet, mais alors, fallait-il penser que toutes les choses que nous faisions ensemble, elle les faisait aussi avec tous les hommes dont elle me jurait qu'elle n'avait pas été la maîtresse ? Vouloir connaître à tout prix ce qu'Albertine pensait, qui elle voyait, qui elle aimait, comme il était étrange que je sacrifiasse tout à ce besoin, puisque j'avais éprouvé le même besoin de savoir au sujet de Gilberte, des noms propres, des faits, qui m'étaient maintenant si indifférents. Je me rendais bien compte qu'en elles-mêmes les actions d'Albertine n'avaient pas plus d'intérêt. Il est curieux qu'un premier amour, si par la fragilité qu'il laisse à notre cœur il fraye la voie aux amours suivantes, ne nous donne pas du moins, par l'identité même des symptômes et des souffrances, le moyen de les guérir.

D'ailleurs, y a-t-il besoin de savoir un fait ? Ne sait-on pas d'abord d'une façon générale le mensonge et la discrétion même de ces femmes qui ont quelque chose à cacher ? Y a-t-il là possibilité d'erreur ? Elles se font une vertu de se taire, alors que nous voudrions tant les faire parler. Et nous sentons qu'à leur complice elles ont affirmé : « Je ne dis jamais rien. Ce n'est pas par moi qu'on saura quelque chose, je ne dis jamais rien. » On donne sa fortune, sa vie pour un être, et pourtant cet être, on sait bien qu'à dix ans d'intervalle, plus tôt ou plus tard, on lui refuserait cette fortune, on préférerait garder sa vie. Car alors l'être serait détaché de nous, seul, c'est-à-dire nul. Ce qui nous attache aux êtres, ce sont ces mille racines, ces fils innombrables que sont les souvenirs de la soirée de la veille, les espérances de la matinée du lendemain, c'est cette trame continue d'habitudes dont nous ne pouvons pas nous dégager. De même qu'il y a des avares qui entassent par générosité, nous sommes des prodigues qui dépensons par avarice, et c'est moins à un être que nous sacrifions notre vie, qu'à tout ce qu'il a pu attacher autour de lui de nos heures, de nos jours, de ce à côté de quoi la vie non encore vécue, la vie relativement future, nous semble une vie plus lointaine, plus détachée, moins utile, moins nôtre. Ce qu'il faudrait, c'est se dégager de ces liens qui ont tellement plus d'importance que lui, mais ils ont pour effet de créer en nous des devoirs momentanés à son égard, devoirs qui font que nous n'osons

131

pas le quitter de peur d'être mal jugé de lui, alors que plus tard nous oserions, car, dégagé de nous, il ne serait plus nous et que nous ne nous créons en réalité de devoirs (dussent-ils, par une contradiction apparente aboutir au suicide) qu'envers nous-mêmes.

Si je n'aimais pas Albertine (ce dont je n'étais pas sûr), cette place qu'elle tenait auprès de moi n'avait rien d'extraordinaire : nous ne vivons qu'avec ce que nous n'aimons pas, que nous n'avons fait vivre avec nous que pour tuer l'insupportable amour, qu'il s'agisse d'une femme, d'un pays, ou encore d'une femme enfermant un pays. Même nous aurions bien peur de recommencer à aimer si l'absence se produisait de nouveau. Je n'en étais pas arrivé à ce point pour Albertine. Ses mensonges, ses aveux, me laissaient à achever la tâche d'éclaircir la vérité : ses mensonges si nombreux parce qu'elle ne se contentait pas de mentir comme tout être qui se croit aimé, mais parce que par nature elle était, en dehors de cela, menteuse, et si changeante d'ailleurs que, même en me disant chaque fois la vérité, ce que par exemple elle pensait des gens, elle eût dit chaque fois des choses différentes ; ses aveux, parce que si rares, si court arrêtés, ils laissaient entre eux, en tant qu'ils concernaient le passé, de grands intervalles tout en blanc et sur toute la longueur desquels il me fallait retracer, et pour cela d'abord apprendre, sa vie.

Quant au présent, pour autant que je pouvais interpréter les paroles sibyllines de Françoise, ce n'était pas que sur des points particuliers, c'était sur tout un ensemble qu'Albertine me mentait et je verrais « tout par un beau jour » ce que Françoise

faisait semblant de savoir, ce qu'elle ne voulait pas
me dire, ce que je n'osais pas lui demander. D'ailleurs, c'était sans doute par la même jalousie qu'elle
avait eue jadis envers Eulalie que Françoise parlait des choses les plus invraisemblables, tellement
vagues qu'on pouvait tout au plus y supposer l'insinuation bien invraisemblable que la pauvre captive (qui aimait les femmes) préférait un mariage
avec quelqu'un qui ne semblait pas tout à fait
être moi. Si cela avait été, malgré ses radiotélé-
pathies, comment Françoise l'aurait-elle su ? Certes,
les récits d'Albertine ne pouvaient nullement me
fixer là-dessus, car ils étaient chaque jour aussi
opposés que les couleurs d'une toupie presque arrêtée. D'ailleurs, il semblait bien que c'était surtout
la haine qui faisait parler Françoise. Il n'y avait
pas de jour qu'elle ne me dît et que je ne suppor-
tasse en l'absence de ma mère des paroles telles que :

« Certes, vous êtes gentil et je n'oublierai jamais
la reconnaissance que je vous dois (ceci probablement pour que je me crée des titres à sa reconnaissance), mais la maison est empestée depuis que la
gentillesse a installé ici la fourberie, que l'intelligence protège la personne la plus bête qu'on ait
jamais vue, que la finesse, les manières, l'esprit,
la dignité en toutes choses, l'air et la réalité d'un
prince se laissent faire la loi et monter le coup et
me faire humilier, moi qui suis depuis quarante ans
dans la famille, par le vice, par ce qu'il y a de plus
vulgaire et de plus bas. »

Françoise en voulait surtout à Albertine d'être
commandée par quelqu'un d'autre que nous et d'un
surcroît de travail de ménage, d'une fatigue qui
altérait la santé de notre vieille servante, laquelle

133

ne voulait pas, malgré cela, être aidée dans son travail, n'étant « pas une propre à rien ». Cela eût suffi à expliquer cet énervement, ces colères haineuses. Certes, elle eût voulu qu'Albertine-Esther fût bannie. C'était le vœu de Françoise. Et en la consolant cela eût déjà reposé notre vieille servante. Mais, à mon avis, ce n'était pas seulement cela. Une telle haine n'avait pu naître que dans un corps surmené. Et plus encore que d'égards, Françoise avait besoin de sommeil.

Albertine allait ôter ses affaires et pour aviser au plus vite, j'essayai de téléphoner à Andrée ; je me saisis du récepteur, j'invoquai les divinités implacables, mais ne fis qu'exciter leur fureur qui se traduisait par ces mots : « Pas libre. » Andrée était en effet en train de causer avec quelqu'un. En attendant qu'elle eût achevé sa conversation, je me demandais comment, puisque tant de peintres cherchent à renouveler les portraits féminins du xviiie siècle, où l'ingénieuse mise en scène est un prétexte aux expressions de l'attente, de la bouderie, de l'intérêt, de la rêverie, comment aucun de nos modernes Boucher ou Fragonard ne peignit, au lieu de « la lettre », ou « du clavecin », etc., cette scène qui pourrait s'appeler : « Devant le téléphone », et où naîtrait spontanément sur les lèvres de l'écouteuse un sourire d'autant plus vrai qu'il sait n'être pas vu. Enfin, Andrée m'entendit : « Vous venez prendre Albertine demain ? » et en prononçant ce nom d'Albertine, je pensais à l'envie que m'avait inspirée Swann quand il m'avait dit le jour de la fête chez la princesse de Guermantes : « Venez voir Odette », et que j'avais pensé à ce que malgré tout il y avait de fort dans un

prénom qui, aux yeux de tout le monde et d'Odette
elle-même, n'avait que dans la bouche de Swann ce
sens absolument possessif.

Qu'une telle mainmise — résumée en un vocable
— sur toute une existence m'avait paru, chaque fois
que j'étais amoureux, devoir être douce ! Mais,
en réalité, quand on peut le dire, ou bien cela est
devenu indifférent, ou bien l'habitude n'a pas
émoussé la tendresse, mais elle en a changé les dou-
ceurs en douleurs. Le mensonge est bien peu de
chose, nous vivons au milieu de lui sans faire autre
chose qu'en sourire, nous le pratiquons sans croire
faire mal à personne, mais la jalousie en souffre
et voit plus qu'il ne cache (souvent notre amie
refuse de passer la soirée avec nous et va au théâtre
tout simplement pour que nous ne voyions pas
qu'elle a mauvaise mine). Combien, souvent, elle
reste aveugle à ce que cache la vérité ! Mais, elle ne
peut rien obtenir, car celles qui jurent de ne pas
mentir refuseraient, sous le couteau, de confesser leur
caractère. Je savais que moi seul pouvais dire de
cette façon-là « Albertine » à Andrée. Et, pourtant,
pour Albertine, pour Andrée, et pour moi-même,
je sentais que je n'étais rien. Et je comprenais l'impossibilité où se heurte l'amour.

Nous nous imaginons qu'il a pour objet un être
qui peut être couché devant nous, enfermé dans
un corps. Hélas ! il est l'extension de cet être
à tous les points de l'espace et du temps que cet
être a occupés et occupera. Si nous ne possédons
pas son contact avec tel lieu, avec telle heure, nous
ne le possédons pas. Or, nous ne pouvons toucher tous ces points. Si encore ils nous étaient dési
gnés peut-être pourrions-nous nous étendre jusqu'à

eux. Mais nous tâtonnons sans les trouver. De là la défiance, la jalousie, les persécutions. Nous perdons un temps précieux sur une piste absurde et nous passons sans le soupçonner à côté du vrai.

Mais déjà une des divinités irascibles, aux servantes vertigineusement agiles, s'irritait non plus que je parlasse, mais que je ne disse rien. « Mais voyons, c'est libre, depuis le temps que vous êtes en communication ; je vais vous couper. » Mais elle n'en fit rien et tout en suscitant la présence d'Andrée, l'enveloppa, en grand poète qu'est toujours une demoiselle du téléphone, de l'atmosphère particulière à la demeure, au quartier, à la vie même de l'amie d'Albertine. « C'est vous ? », me dit Andrée dont la voix était projetée jusqu'à moi avec une vitesse instantanée par la déesse qui a le privilège de rendre les sons plus rapides que l'éclair. « Écoutez, répondis-je ; allez où vous voudrez, n'importe où, excepté chez Mme Verdurin. Il faut à tout prix en éloigner demain Albertine. » « C'est que justement elle doit y aller demain. » « Ah ! »

Mais j'étais obligé d'interrompre un instant et de faire des gestes menaçants, car si Françoise continuait — comme si c'eût été quelque chose d'aussi désagréable que la vaccine ou d'aussi périlleux que l'aéroplane — à ne pas vouloir apprendre à téléphoner, ce qui nous eût déchargés des communications qu'elle pouvait connaître sans inconvénient, en revanche, elle entrait immédiatement chez moi dès que j'étais en train d'en faire d'assez secrètes pour que je tinsse particulièrement à les lui cacher. Quand elle fut sortie de la chambre non sans s'être attardée à emporter divers objets qui y étaient depuis la veille et eussent pu y rester sans gêner le moins du monde une heure de plus, et pour remettre dans le feu une bûche bien inutile par la chaleur brûlante que me donnaient la présence de l'intruse et la peur de me voir « couper » par la demoiselle : « Pardonnez-moi, dis-je à Andrée, j'ai été dérangé. C'est absolument sûr qu'elle doit aller demain chez les Verdurin ? » « Absolument, mais je peux lui dire que cela vous ennuie. » « Non, au contraire, ce qui est possible, c'est que je vienne avec vous. » « Ah ! » fit Andrée d'une voix fort ennuyée et comme effrayée de mon audace qui ne fit du reste que s'en affermir. « Alors, je vous quitte et pardon de vous avoir dérangée pour rien. » « Mais non », dit Andrée et (comme maintenant, l'usage du téléphone étant devenu courant, autour de lui s'était développé l'enjolivement de phrases spéciales, comme jadis autour des « thés »), elle ajouta : « Cela m'a fait grand plaisir d'entendre votre voix. »

J'aurais pu en dire autant, et plus véridiquement qu'Andrée, car je venais d'être infiniment sensible à sa voix, n'ayant jamais remarqué jusque-là qu'elle était si différente des autres. Alors, je me rappelai d'autres voix encore, des voix de femmes surtout, les unes ralenties par la précision d'une question et l'attention de l'esprit, d'autres essoufflées, même interrompues, par le flot lyrique de ce qu'elles racontent ; je me rappelai une à une la voix de chacune des jeunes filles que j'avais connues à Balbec, puis de Gilberte, puis de ma grand'mère, puis de Mme de Guermantes, je les trouvai toutes dissemblables, moulées sur un langage particulier à chacune, jouant toutes sur un instrument différent, et je me dis quel maigre concert doivent donner au paradis les trois ou quatre anges musiciens des vieux peintres, quand je voyais s'élever vers Dieu, par dizaines, par centaines, par milliers, l'harmonieuse et multisonore salutation de toutes les Voix. Je ne quittai pas le téléphone sans remercier, en quelques mots propitiatoires, celle qui règne sur la vitesse des sons, d'avoir bien voulu user en faveur de mes humbles paroles d'un pouvoir qui les rendait cent fois plus rapides que le tonnerre, mais mes actions de grâce restèrent sans autre réponse que d'être coupées.

Quand Albertine revint dans ma chambre, elle avait une robe de satin noir qui contribuait à la rendre plus pâle, à faire d'elle la Parisienne blême, ardente, étiolée par le manque d'air, l'atmosphère des foules et peut-être l'habitude du vice, et dont les yeux semblaient plus inquiets parce que ne les égayait pas la rougeur des joues.

« Devinez, lui dis-je, à qui je viens de téléphoner ? A Andrée. » « A Andrée ? » s'écria Albertine sur un ton bruyant, étonné, ému, qu'une nouvelle aussi simple ne comportait pas. « J'espère qu'elle a pensé à vous dire que nous avions rencontré Mme Verdurin l'autre jour. » « Madame Verdunrin ? je ne me rappelle pas », répondis-je en ayant l'air de penser à autre chose, à la fois pour sembler indifférent à cette rencontre et pour ne pas trahir Andrée qui m'avait dit où Albertine irait le lendemain.

Mais qui sait si elle-même, Andrée, ne me trahissait pas, et si demain elle ne raconterait pas à Albertine que je lui avais demandé de l'empêcher coûte que coûte d'aller chez les Verdurin,

et si elle ne lui avait pas déjà révélé que je lui avais
fait plusieurs fois des recommandations analogues.
Elle m'avait affirmé ne les avoir jamais répétées,
mais la valeur de cette affirmation était balancée
dans mon esprit par l'impression que depuis quelque
temps s'était retirée du visage d'Albertine la confiance qu'elle avait eue si longtemps en moi.

Ce qui est curieux, c'est que, quelques jours avant
cette dispute avec Albertine, j'en avais déjà eu une
avec elle, mais en présence d'Andrée. Or Andrée,
en donnant de bons conseils à Albertine, avait
toujours l'air de lui en insinuer de mauvais. « Voyons,
ne parle pas comme cela, tais-toi », disait-elle,
comme au comble du bonheur. Sa figure prenait la
teinte sèche de framboise rose des intendantes dévotes qui font renvoyer un à un tous les domestiques. Pendant que j'adressais à Albertine des
reproches que je n'aurais pas dû, elle avait l'air de
sucer avec délices un sucre d'orge. Puis elle ne pouvait retenir un rire tendre. « Viens, Titine, avec moi.
Tu sais que je suis ta petite sœurette chérie. »
Je n'étais pas seulement exaspéré par ce déroulement doucereux, je me demandais si Andrée avait
vraiment pour Albertine l'affection qu'elle prétendait. Albertine, qui connaissait Andrée plus à fond
que je ne la connaissais, ayant toujours des hausse-
ments d'épaules quand je lui demandais si elle était
bien sûre de l'affection d'Andrée, et m'ayant toujours répondu que personne ne l'aimait autant sur
la terre, maintenant encore je suis persuadé que l'affection d'Andrée était vraie. Peut-être dans sa
famille riche, mais provinciale, en trouverait-on
l'équivalent dans quelques boutiques de la Place
de l'Évêché, où certaines sucreries passent pour

« ce qu'il y a de meilleur ». Mais je sais que pour ma part, bien qu'ayant toujours conclu au contraire, j'avais tellement l'impression qu'Andrée cherchait à faire donner sur les doigts à Albertine que mon amie me devenait aussitôt sympathique et que ma colère tombait.

La souffrance dans l'amour cesse par instants, mais pour reprendre d'une façon différente. Nous pleurons de voir celle que nous aimons ne plus avoir avec nous ces élans de sympathie, ces avances amoureuses du début, nous souffrons plus encore que les ayant perdus pour nous elle les retrouve pour d'autres ; puis, de cette souffrance-là, nous sommes distraits par un mal nouveau plus atroce, le soupçon qu'elle nous a menti sur sa soirée de la veille, où elle nous a trompé sans doute ; ce soupçon-là aussi se dissipe, la gentillesse que nous montre notre amie nous apaise, mais alors un mot oublié nous revient à l'esprit ; on nous a dit qu'elle était ardente au plaisir, or nous ne l'avons connue que calme ; nous essayons de nous représenter ce que furent ces frénésies avec d'autres, nous sentons le peu que nous sommes pour elle, nous remarquons un air d'ennui, de nostalgie, de tristesse pendant que nous parlons, nous remarquons comme un ciel noir les robes négligées qu'elle met quand elle est avec nous, gardant pour les autres celles avec lesquelles au commencement elle nous flattait. Si au contraire elle est tendre, quelle joie un instant ! mais en voyant cette petite langue tirée comme pour un appel, nous pensons à celles à qui il était si souvent adressé et qui même peut-être auprès de moi, sans qu'Albertine pensât à elles, était demeuré, à cause d'une trop longue habitude,

140

un signe machinal. Puis le sentiment que nous l'ennuyons revient. Mais brusquement cette souffrance tombe à peu de chose en pensant à l'inconnu malfaisant de sa vie, aux lieux impossibles à connaître où elle a été, est peut-être encore, dans les heures où nous ne sommes pas près d'elle, si même elle ne projette pas d'y vivre définitivement, ces lieux où elle est loin de nous, pas à nous, plus heureuse qu'avec nous. Tels sont les feux tournants de la jalousie.

La jalousie est aussi un démon qui ne peut être exorcisé, et revient toujours incarner une nouvelle forme. Pussions-nous arriver à les exterminer toutes, à garder perpétuellement celle que nous aimons, l'Esprit du Mal prendrait alors une autre forme, plus pathétique encore, le désespoir de n'avoir obtenu la fidélité que par force, le désespoir de n'être pas aimé.

Entre Albertine et moi il y avait souvent l'obstacle d'un silence fait sans doute de griefs qu'elle taisait parce qu'elle les jugeait irréparables. Si douce qu'Albertine fût certains soirs, elle n'avait plus de ces mouvements spontanés que je lui avais connus à Balbec quand elle me disait : « Ce que vous êtes gentil tout de même ! », et que le fond de son cœur semblait venir à moi sans la réserve d'aucun des griefs qu'elle avait maintenant et qu'elle taisait parce qu'elle les jugeait sans doute irréparables, impossibles à oublier, inavoués, mais qui n'en mettaient pas moins entre elle et moi la prudence significative de ses paroles ou l'intervalle d'un infranchissable silence.

« Et peut-on savoir pourquoi vous avez téléphoné à Andrée ? » « Pour lui demander si cela

ne la contrarierait pas que je me joigne à vous
demain et que j'aille ainsi faire aux Verdurin la
visite que je leur promets depuis la Raspelière. »
« Comme vous voudrez. Mais je vous préviens
qu'il y a un brouillard atroce ce soir et qu'il y en
aura sûrement encore demain. Je vous dis cela
parce que je ne voudrais pas que cela vous fasse
mal. Vous pensez bien que moi je préfère que vous
veniez avec nous. Du reste, ajouta-t-elle d'un air
préoccupé, je ne sais pas du tout si j'irai chez les
Verdurin. Ils m'ont fait tant de gentillesses qu'au
fond je devrais... Après vous, c'est encore les gens
qui ont été les meilleurs pour moi, mais il y a des
riens qui me déplaisent chez eux. Il faut absolument
que j'aille au Bon Marché et aux Trois-Quartiers
acheter une guimpe blanche car cette robe est trop
noire. »

Laisser Albertine aller seule dans un grand magasin parcouru par tant de gens qu'on frôle, pourvu
de tant d'issues qu'on peut dire qu'à la sortie on
n'a pas réussi à trouver sa voiture qui attendait
plus loin, j'étais bien décidé à n'y pas consentir,
mais j'étais surtout malheureux. Et pourtant, je
ne me rendais pas compte qu'il y avait longtemps
que j'aurais dû cesser de voir Albertine, car elle
était entrée pour moi dans cette période lamentable
où un être disséminé dans l'espace et dans le temps
n'est plus pour vous une femme, mais une suite
d'événements sur lesquels nous ne pouvons faire
la lumière, une suite de problèmes insolubles, une
mer que nous essayons ridiculement comme Xerxès
de battre pour la punir de ce qu'elle a englouti.
Une fois cette période commencée, on est forcément vaincu. Heureux ceux qui comprennent assez

tôt pour ne pas trop prolonger une lutte inutile, épuisante, enserrée de toutes parts par les limites de l'imagination et où la jalousie se débat si honteusement que le même homme qui jadis, si seulement les regards de celle qui était toujours à côté de lui se portaient un instant sur un autre, imaginait une intrigue, éprouvait combien de tourments, se résigne plus tard à la laisser sortir seule, quelquefois avec celui qu'il sait son amant, préférant à l'inconnaissable cette torture du moins connue ! C'est une question de rythme à adopter et qu'on suit après par habitude. Des nerveux ne pourraient pas manquer un dîner, qui font ensuite des cures de repos jamais assez longues ; des femmes récemment encore légères, vivent de la pénitence. Des jaloux qui pour épier celle qu'ils aimaient retranchaient sur leur sommeil, sur leur repos, sentant que ses désirs à elle, le monde si vaste et si secret, le temps sont plus forts qu'eux, la laissent sortir sans eux, puis voyager, puis se séparent. La jalousie finit ainsi faute d'aliments et n'a tant duré qu'à cause d'en avoir réclamé sans cesse. J'étais bien loin de cet état.

J'étais maintenant libre de faire, aussi souvent que je voulais, des promenades avec Albertine. Comme il n'avait pas tardé à s'établir autour de Paris des hangars d'aviation, qui sont pour les aéroplanes ce que les ports sont pour les vaisseaux, et que depuis le jour où, près de la Raspelière, la rencontre quasi mythologique d'un aviateur, dont le vol avait fait se cabrer mon cheval, avait été pour moi comme une image de la liberté, j'aimais souvent qu'à la fin de la journée le but de nos sorties — agréables d'ailleurs à

Albertine, passionnée pour tous les sports — fût un de ces aérodromes. Nous nous y rendions, elle et moi, attirés par cette vie incessante des départs et des arrivées qui donnent tant de charme aux promenades sur les jetées, ou seulement sur la grève pour ceux qui aiment la mer, et aux flâneries autour d'un « centre d'aviation » pour ceux qui aiment le ciel. A tout moment, parmi le repos des appareils inertes et comme à l'ancre, nous en voyions un, péniblement tiré par plusieurs mécaniciens, comme est traînée sur le sable une barque demandée par un touriste qui veut aller faire une randonnée en mer. Puis, le moteur était mis en marche, l'appareil courait, prenait son élan, enfin, tout à coup, à angle droit, il s'élevait lentement, dans l'extase raidie, comme immobilisée, d'une vitesse horizontale soudain transformée en majestueuse et verticale ascension. Albertine ne pouvait contenir sa joie et elle demandait des explications aux mécaniciens qui, maintenant que l'appareil était à flot, rentraient. Le passager, cependant, ne tardait pas à franchir des kilomètres ; le grand esquif, sur lequel nous ne cessions pas de fixer les yeux, n'était plus dans l'azur qu'un point presque indistinct, lequel d'ailleurs reprendrait peu à peu sa matérialité, sa grandeur, son volume, quand, la durée de la promenade approchant de sa fin, le moment serait venu de rentrer au port. Et nous regardions avec envie, Albertine et moi, au moment où il sautait à terre, le promeneur qui était allé ainsi goûter au large dans ces horizons solitaires le calme et la limpidité du soir. Puis, soit de l'aérodrome, soit de quelque musée, de quelque église que nous étions allés visiter, nous revenions ensemble pour l'heure du dîner. Et,

pourtant, je ne rentrais pas calmé comme je l'étais
à Balbec par de plus rares promenades que je m'enor-
gueillissais de voir durer tout un après-midi et que
je contemplais ensuite se détacher en beaux massifs
de fleurs sur le reste de la vie d'Albertine, comme
sur un ciel vide devant lequel on rêve doucement,
sans pensée. Le temps d'Albertine ne m'appartenait
pas alors en quantités aussi grandes qu'aujourd'hui.
Pourtant, il me semblait alors bien plus à moi,
parce que je tenais compte seulement — mon amour
s'en réjouissant comme d'une faveur — des heures
qu'elle passait avec moi ; maintenant, — ma jalousie y cherchant avec inquiétude la possibilité d'une
trahison, — rien que des heures qu'elle passait sans
moi.

Or, demain, elle désirerait qu'il y en eût de telles.
Il faudrait choisir, ou de cesser de souffrir, ou de
cesser d'aimer. Car, ainsi qu'au début il est formé
par le désir, l'amour n'est entretenu plus tard
que par l'anxiété douloureuse. Je sentais qu'une
partie de la vie d'Albertine m'échappait. L'amour
dans l'anxiété douloureuse, comme dans le désir
heureux, est l'exigence d'un tout. Il ne naît, il ne
subsiste que si une partie reste à conquérir. On
n'aime que ce qu'on ne possède pas tout entier.
Albertine mentait en me disant qu'elle n'irait sans
doute pas voir les Verdurin, comme je mentais
en disant que je voulais aller chez eux. Elle cherchait seulement à m'empêcher de sortir avec elle,
et, moi, par l'annonce brusque de ce projet que je
ne comptais nullement mettre à exécution, à toucher en elle le point que je devinais le plus sensible,
à traquer le désir qu'elle cachait et à la forcer à
avouer que ma présence auprès d'elle demain l'em-

pêcherait de le satisfaire. Elle l'avait fait, en somme,
en cessant brusquement de vouloir aller chez les
Verdurin.

« Si vous ne voulez pas aller chez les Verdurin,
lui dis-je, il y a au Trocadéro une superbe représen-
tation à bénéfices. » Elle écouta mon conseil d'y
aller d'un air dolent. Je recommençai à être dur avec
elle comme à Balbec, au temps de ma première
jalousie. Son visage reflétait une déception et
j'employais à blâmer mon amie les mêmes raisons qui m'avaient été si souvent opposées par mes
parents quand j'étais petit et qui avaient paru inin-
telligentes et cruelles à mon enfance incomprise.
« Non, malgré votre air triste, disais-je à Albertine, je ne peux pas vous plaindre ; je vous plain-
drais si vous étiez malade, s'il vous était arrivé
un malheur, si vous aviez perdu un parent ; ce
qui ne vous ferait peut-être aucune peine étant
donné le gaspillage de fausse sensibilité que vous
faites pour rien. D'ailleurs, je n'apprécie pas la
sensibilité des gens qui prétendent tant nous aimer
sans être capables de nous rendre le plus léger
service et que leur pensée, tournée vers nous,
laisse si distraits qu'ils oublient d'emporter la lettre
que nous leur avons confiée et d'où notre avenir dépend. »

Ces paroles, — une grande partie de ce que nous
disons n'étant qu'une récitation —, je les avais toutes
entendu prononcer à ma mère, laquelle m'expliquait volontiers qu'il ne fallait pas confondre la véritable sensibilité, ce que, disait-elle, les Allemands,
dont elle admirait beaucoup la langue, malgré
l'horreur de mon père pour cette nation, appelaient
« Empfindung » et la sensiblerie « Empfindelei ».

146

LA PRISONNIÈRE

Elle était allée, une fois que je pleurais, jusqu'à me dire que Néron était peut-être nerveux et n'était pas meilleur pour cela. Au vrai, comme ces plantes qui se dédoublent en poussant, en regard de l'enfant sensitif que j'avais uniquement été, lui faisait face maintenant un homme opposé, plein de bon sens, de sévérité pour la sensibilité maladive des autres, un homme ressemblant à ce que mes parents avaient été pour moi. Sans doute, chacun devant faire continuer en lui la vie des siens, l'homme pondéré et railleur qui n'existait pas en moi au début avait rejoint le sensible et il était naturel que je fusse à mon tour tel que mes parents avaient été.

De plus, au moment où ce nouveau moi se formait, il trouvait son langage tout prêt dans le souvenir de celui, ironique et grondeur, qu'on m'avait tenu, que j'avais maintenant à tenir aux autres, et qui sortait tout naturellement de ma bouche soit que je l'évoquasse par mimétisme et association de souvenirs, soit aussi que les délicates et mystérieuses incantations du pouvoir génésique eussent en moi, à mon insu, dessiné comme sur la feuille d'une plante les mêmes intonations, les mêmes gestes, les mêmes attitudes qu'avaient eues ceux dont j'étais sorti. Car quelquefois, en train de faire l'homme sage quand je parlais à Albertine, il me semblait entendre ma grand'mère ; du reste n'était-il pas arrivé à ma mère (tant d'obscurs courants inconscients infléchissaient en moi jusqu'aux plus petits mouvements de mes doigts eux-mêmes à être entraînés dans les mêmes cycles que ceux de mes parents) de croire que c'était mon père qui entrait, tant j'avais la même manière de frapper que lui.

D'autre part l'accouplement des éléments contraires est la loi de la vie, le principe de la fécon-
dation, et, comme on verra, la cause de bien des
malheurs. Habituellement, on déteste ce qui nous
est semblable et nos propres défauts vus du dehors
nous exaspèrent. Combien plus encore quand quelqu'un qui a passé l'âge où on les exprime naïvement
et qui, par exemple, s'est fait dans les moments les
plus brûlants un visage de glace, exècre-t-il les
mêmes défauts, si c'est un autre, plus jeune ou plus
naïf, ou plus sot, qui les exprime ! Il y a des sensibles
pour qui la vue dans les yeux des autres des larmes
qu'eux-mêmes retiennent est exaspérante. C'est la
trop grande ressemblance qui fait que malgré l'affection, et parfois plus l'affection est grande, la division règne dans les familles.

Peut-être chez moi, et chez beaucoup, le second
homme que j'étais devenu était-il simplement une
face du premier, exalté et sensible du côté de soi-
même, sage Mentor pour les autres. Peut-être en
était-il ainsi chez mes parents selon qu'on les considérait par rapport à moi ou en eux-mêmes. Et pour
ma grand'mère et ma mère il était trop visible que
leur sévérité pour moi était voulue par elles et même
leur coûtait, mais peut-être chez mon père lui-même
la froideur n'était-elle qu'un aspect extérieur de sa
sensibilité ? Car c'est peut-être la vérité humaine
de ce double aspect : aspect du côté de la vie intérieure, aspect du côté des rapports sociaux, qu'on
exprimait dans ces mots qui me paraissaient
autrefois aussi faux dans leur contenu que pleins
de banalité dans leur forme quand on disaiten
parlant de mon père : « Sous sa froideur glaciale, il cache une sensibilité extraordinaire ; ce

qu'il a surtout, c'est la pudeur de la sensibilité. »

Ne cachait-il pas, au fond, d'incessants et secrets orages, ce calme au besoin semé de réflexions sentencieuses, d'ironie pour les manifestations maladroites de la sensibilité, et qui était le sien, mais que moi aussi maintenant j'affectais vis-à-vis de tout le monde, et dont surtout je ne me départissais pas dans certaines circonstances vis-à-vis d'Albertine ?

Je crois que vraiment ce jour-là j'allais décider notre séparation et partir pour Venise. Ce qui me réenchaîna à ma liaison tint à la Normandie, non qu'elle manifestât quelque intention d'aller dans ce pays où j'avais été jaloux d'elle (car j'avais cette chance que jamais ses projets ne touchaient aux points douloureux de mon souvenir), mais parce qu'ayant dit : « C'est comme si je vous parlais de l'amie de votre tante qui habitait Infreville, » elle répondit avec colère, heureuse comme toute personne qui discute et qui veut avoir pour soi le plus d'arguments possible, de me montrer que j'étais dans le faux et elle dans le vrai : « Mais jamais ma tante n'a connu personne à Infreville, et moi-même je n'y suis jamais allée. »

Elle avait oublié le mensonge qu'elle m'avait fait un soir sur la dame susceptible chez qui c'était de toute nécessité d'aller prendre le thé, dût-elle en allant voir cette dame perdre mon amitié et se donner la mort. Je ne lui rappelai pas son mensonge. Mais il m'accabla. Et je remis encore à une autre fois la rupture. Il n'y a pas besoin de sincérité, ni même d'adresse dans le mensonge, pour être aimée. J'appelle ici amour une torture réciproque. Je ne trouvais nullement répréhensible ce soir de

lui parler comme ma grand'mère si parfaite l'avait
fait avec moi, ni, pour lui avoir dit que je l'accompa-
gnerais chez les Verdurin, d'avoir adopté la façon
brusque de mon père qui ne nous signifiait jamais
une décision que de la façon qui pouvait nous causer
le maximum d'une agitation en disproportion, à ce
degré, avec cette décision elle-même. De sorte qu'il
avait beau jeu à nous trouver absurdes de montrer
pour si peu de chose une telle désolation qui en effet
répondait à la commotion qu'il nous avait donnée.
Comme — de même que la sagesse inflexible de ma
grand'mère — ces velléités arbitraires de mon père
étaient venues chez moi compléter la nature sensible
à laquelle elles étaient restées si longtemps extérieures, et que, pendant toute mon enfance, elles
avaient fait tant souffrir, cette nature sensible les
renseignait fort exactement sur les points qu'elles
devaient viser efficacement : il n'y a pas de meilleur
indicateur qu'un ancien voleur, ou qu'un sujet de la
nation qu'on combat. Dans certaines familles menteuses, un frère venu voir son frère sans raison
apparente et lui demandant dans une incidente, sur
le pas de la porte, en s'en allant, un renseignement
qu'il n'a même pas l'air d'écouter, signifie par cela
même à son frère que ce renseignement était le but
de sa visite, car le frère connaît bien ces airs détachés,
ces mots dits comme entre parenthèses à la dernière
seconde, les ayant souvent employés lui-même.
Or, il y a aussi des familles pathologiques, des sen-
sibilités apparentées, des tempéraments fraternels,
initiés à cette tacite langue qui fait qu'en famille
on se comprend sans parler. Aussi, qui donc peut
plus qu'un nerveux être énervant ? Et puis, il y
avait peut-être à ma conduite, dans ces cas-là,

une cause plus générale, plus profonde. C'est que
dans ces moments brefs, mais inévitables, où l'on
déteste quelqu'un qu'on aime, — ces moments qui
durent parfois toute la vie avec les gens qu'on
n'aime pas, — on ne veut pas paraître bon, pour
ne pas être plaint, mais à la fois le plus méchant
et le plus heureux possible pour que notre bonheur
soit vraiment haïssable et ulcère l'âme de l'ennemi
occasionnel ou durable. Devant combien de gens
ne me suis-je pas mensongèrement calomnié, rien
que pour que mes « succès » leur parussent immo-
raux et les fissent plus enrager ! Ce qu'il faudrait,
c'est suivre la voie inverse, c'est montrer sans fierté
qu'on a de bons sentiments, au lieu de s'en cacher
si fort. Et ce serait facile si on savait ne jamais
haïr, aimer toujours. Car, alors, on serait si heureux de ne dire que les choses qui peuvent rendre
heureux les autres, les attendrir, vous en faire aimer.
Certes, j'avais quelques remords d'être aussi
irritant à l'égard d'Albertine et je me disais : « Si je
ne l'aimais pas, elle m'aurait plus de gratitude,
car je ne serais pas méchant avec elle ; mais non,
cela se compenserait, car je serais aussi moins gentil. »
Et j'aurais pu, pour me justifier, lui dire que je
l'aimais. Mais l'aveu de cet amour, outre qu'il n'eût
rien appris à Albertine, l'eût peut-être plus refroidie
à mon égard que les duretés et les fourberies dont
l'amour était justement la seule excuse. Etre dur
et fourbe envers ce qu'on aime est si naturel ! Si
l'intérêt que nous témoignons aux autres ne nous
empêche pas d'être doux avec eux et complaisants
à ce qu'ils désirent, c'est que cet intérêt est mensonger. Autrui nous est indifférent et l'indifférence n'in-
vite pas à la méchanceté.

La soirée passait. Avant qu'Albertine allât se coucher, il n'y avait pas grand temps à perdre si nous voulions faire la paix, recommencer à nous embrasser. Aucun de nous deux n'en avait encore pris l'initiative. Sentant qu'elle était, de toute façon, fâchée, j'en profitai pour lui parler d'Esther Lévy. « Bloch m'a dit (ce qui n'était pas vrai) que vous aviez bien connu sa cousine Esther. » « Je ne la reconnaîtrais même pas », dit Albertine d'un air vague. « J'ai vu sa photographie », ajoutai-je en colère. Je ne regardais pas Albertine en disant cela, de sorte que je ne vis pas son expression qui eût été sa seule réponse, car elle ne dit rien.

Ce n'était plus l'apaisement du baiser de ma mère à Combray, que j'éprouvais auprès d'Albertine, ces soirs-là, mais, au contraire, l'angoisse de ceux où ma mère me disait à peine bonsoir, ou même ne montait pas dans ma chambre, soit qu'elle fût fâchée contre moi ou retenue par des invités. Cette angoisse, — non pas seulement sa transposition dans l'amour, — non, cette angoisse elle-même qui s'était un temps spécialisée dans l'amour, qui avait été affectée à lui seul quand le partage, la division des passions s'était opérée, maintenant, semblait de nouveau s'étendre à toutes, redevenue indivise de même que dans mon enfance, comme si tous mes sentiments qui tremblaient de ne pouvoir garder Albertine auprès de mon lit à la fois comme une maîtresse, comme une sœur, comme une fille, comme une mère aussi du bonsoir quotidien de laquelle je recommençais à éprouver le puéril besoin, avaient commencé de se rassembler, de s'unifier dans le soir prématuré de ma vie qui semblait devoir être aussi brève qu'un jour d'hiver. Mais si j'éprouvais l'angoisse de mon enfance, le changement de l'être qui me le faisait éprouver, la différence de sentiment qu'il m'inspirait, la transformation même de mon caractère, me rendaient impossible d'en réclamer l'apaisement à Albertine comme autrefois à ma mère.

Je ne savais plus dire : je suis triste. Je me bornais, la mort dans l'âme, à parler de choses indifférentes qui ne me faisaient faire aucun progrès vers une solution heureuse. Je piétinais sur place dans de douloureuses banalités. Et avec cet égoïsme intellectuel qui, pour peu qu'une vérité insignifiante se rapporte à notre amour, nous en fait faire un grand honneur à celui qui l'a trouvée, peut-être aussi fortuitement que la tireuse de carte qui nous a annoncé un fait banal, mais qui s'est depuis réalisé, je n'étais pas loin de croire Françoise supérieure à Bergotte et à Elstir parce qu'elle m'avait dit à Balbec : « Cette fille-là ne vous causera que du chagrin. »

Chaque minute me rapprochait du bonsoir d'Albertine, qu'elle me disait enfin. Mais ce soir son baiser d'où elle-même était absente, et qui ne me rencontrait pas, me laissait si anxieux que, le cœur palpitant, je la regardais aller jusqu'à la porte en pensant : « Si je veux trouver un prétexte pour la rappeler, la retenir, faire la paix, il faut se hâter, elle n'a plus que quelques pas à faire pour être sortie de la chambre, plus que deux, plus qu'un, elle tourne le bouton ; elle ouvre, c'est trop tard, elle a refermé la porte ! » Peut-être pas trop tard, tout de même. Comme jadis à Combray quand ma mère m'avait quitté sans m'avoir calmé par son baiser, je voulais m'élancer sur les pas d'Albertine, je sentais qu'il n'y aurait plus de paix pour moi avant que je l'eusse revue, que ce revoir allait devenir quelque chose d'immense, qu'il n'avait pas encore été jusqu'ici, et que — si je ne réussissais pas tout seul à me débarrasser de cette tristesse — je prendrais peut-être la honteuse habitude d'aller mendier auprès d'Albertine. Je sautais hors du lit quand elle était déjà dans sa chambre, je passais et repassais dans le couloir, espérant qu'elle sortirait et m'appellerait ; je restais immobile devant sa porte pour ne pas risquer de ne pas entendre un faible appel, je rentrais un instant dans ma chambre regarder si mon amie n'aurait pas par bonheur oublié un mouchoir, un sac, quelque chose dont j'aurais pu paraître avoir peur que cela lui manquât et qui m'eût donné le prétexte d'aller chez elle. Non, rien. Je revenais me poster devant sa porte, mais dans la fente de celle-ci il n'y avait plus de lumière. Albertine avait éteint, elle était couchée, je restais là immobile, espérant je ne sais quelle chance qui ne venait pas ; et longtemps après, glacé, je revenais me mettre sous mes couvertures et pleurais tout le reste de la nuit.

Aussi parfois, certains soirs, j'eus recours à une ruse qui me donnait le baiser d'Albertine. Sachant combien, dès qu'elle était étendue, son ensommeillement était rapide (elle le savait aussi, car, instinctivement, dès qu'elle s'étendait, elle ôtait ses mules, que je lui avais données, et sa bague qu'elle posait à côté d'elle comme elle faisait dans sa chambre avant de se coucher), sachant combien son sommeil était profond, son réveil tendre, je prenais un prétexte pour aller chercher quelque chose, je la faisais étendre sur mon lit. Quand je revenais elle était endormie et je voyais devant moi cette autre femme qu'elle devenait dès qu'elle était entièrement de face. Mais elle changeait bien vite de personnalité car je m'allongeais à côté d'elle et la retrouvais de profil. Je pouvais mettre ma main dans sa main, sur son épaule, sur sa joue. Albertine continuait de dormir.

Je pouvais prendre sa tête, la renverser, la poser contre mes lèvres, entourer mon cou de ses bras, elle continuait à dormir comme une montre qui ne s'arrête pas, comme une bête qui continue de vivre quelque position qu'on lui donne, comme une plante grimpante, un volubilis qui continue de pousser ses branches quelque appui qu'on lui donne. Seul son souffle était modifié par chacun de mes attouchements, comme si elle eût été un instrument dont j'eusse joué et à qui je faisais exécuter des modulations en tirant de l'une, puis de l'autre de ses cordes, des notes différentes. Ma jalousie s'apaisait, car je sentais Albertine devenue un être qui respire, qui n'est pas autre chose, comme le signifiait ce souffle régulier par où s'exprime cette pure fonction physiologique qui, tout fluide, n'a l'épaisseur ni de la parole, ni du silence ; et dans son ignorance de tout mal, son haleine, tirée plutôt d'un roseau creusé que d'un être humain, était vraiment paradisiaque, était le pur chant des anges pour moi qui, dans ces moments-là, sentais Albertine soustraite à tout, non pas seulement matériellement, mais moralement. Et dans ce souffle pourtant, je me disais tout à coup que peut-être bien des noms humains apportés par la mémoire devaient se jouer. Parfois même à cette musique, la voix humaine s'ajoutait. Albertine prononçait quelques mots. Comme j'aurais voulu en saisir le sens ! Il arrivait que le nom d'une personne dont nous avions parlé et qui excitait ma jalousie vînt à ses lèvres, mais sans me rendre malheureux, car le souvenir qu'il y amenait semblait n'être que celui des conversations qu'elle avait eues à ce sujet avec moi. Pourtant un soir où les yeux fermés elle s'éveillait à demi, elle dit en s'adressant à moi : « Andrée. » Je dissimulai mon émotion. « Tu rêves, je ne suis pas Andrée », lui dis-je en riant. Elle sourit aussi ; « Mais non, je voulais te demander ce que t'avait dit tantôt Andrée. » « J'aurais cru plutôt que tu avais été couchée comme cela près d'elle. » « Mais non, jamais », dit-elle. Seulement, avant de me répondre cela, elle avait un instant caché sa figure dans ses mains. Ses silences n'étaient donc que des voiles, ses tendresses de surface ne faisaient donc que retenir au fond mille souvenirs qui m'eussent déchiré, sa vie était donc pleine de ces faits dont le récit moqueur, la rieuse chronique constituent nos bavardages quotidiens au sujet des autres, des indifférents, mais qui, tant qu'un être reste fourvoyé dans notre cœur, nous semblent un éclaircissement si précieux de sa vie que pour connaître ce monde sous-jacent nous donnerions volontiers la nôtre. Alors son sommeil m'apparaissait comme un monde merveilleux et magique où par instant s'élève du fond de l'élément à peine translucide l'aveu d'un secret qu'on ne comprendra pas. Mais d'ordinaire, quand Albertine dormait, elle semblait avoir retrouvé son innocence. Dans l'attitude que je lui avais donnée, mais que dans son sommeil elle avait vite faite sienne, elle avait l'air de se confier à moi ! Sa figure avait perdu toute expression de ruse ou de vulgarité, et entre elle et moi, vers qui elle levait

son bras, sur qui elle reposait sa main, il semblait
y avoir un abandon entier, un indissoluble attachement. Son sommeil d'ailleurs ne la séparait pas de
moi et laissait subsister en elle la notion de notre
tendresse ; il avait plutôt pour effet d'abolir le reste ;
je l'embrassais, je lui disais que j'allais faire quelques
pas dehors, elle entr'ouvrait les yeux, me disait
d'un air étonné — et en effet c'était déjà la nuit :
« Mais où vas-tu comme cela, mon chéri », en me
donnant mon prénom, et aussitôt se rendormait.
Son sommeil n'était qu'une sorte d'effacement
du reste de la vie, qu'un silence uni sur lequel prenaient de temps à autre leur vol des paroles familières de tendresse. En les rapprochant les unes des
autres, on eût composé la conversation sans alliage,
l'intimité secrète d'un pur amour. Ce sommeil
si calme me ravissait comme ravit une mère, qui
lui en fait une qualité, le bon sommeil de son enfant. Et son sommeil était d'un enfant, en effet.
Son réveil aussi, et si naturel, si tendre, avant même
qu'elle eût su où elle était, que je me demandais
parfois avec épouvante si elle avait eu l'habitude,
avant de vivre chez moi, de ne pas dormir seule
et de trouver en ouvrant les yeux quelqu'un à ses
côtés. Mais sa grâce enfantine était plus forte.
Comme une mère encore, je m'émerveillais qu'elle
s'éveillât toujours de si bonne humeur. Au bout
de quelques instants, elle reprenait conscience, avait
des mots charmants, non rattachés les uns aux
autres, de simples pépiements. Par une sorte de
chassé-croisé, son cou habituellement peu remarqué, maintenant presque trop beau, avait pris l'immense importance que ses yeux clos par le sommeil
avaient perdue, ses yeux, mes interlocuteurs habi-

tuels et à qui je ne pouvais plus m'adresser depuis
la retombée des paupières. De même que les yeux
clos donnent une beauté innocente et grave au visage en supprimant tout ce que n'expriment que
trop les regards, il y avait dans les paroles, non sans
signification, mais entrecoupées de silence, qu'Albertine avait au réveil, une pure beauté qui n'est
pas à tout moment souillée, comme est la conversation, d'habitudes verbales, de rengaines, de traces
de défauts. Du reste, quand je m'étais décidé à
éveiller Albertine, j'avais pu le faire sans crainte,
je savais que son réveil ne serait nullement en rapport avec la soirée que nous venions de passer,
mais sortirait de son sommeil comme de la nuit sort
le matin. Dès qu'elle avait entr'ouvert les yeux
en souriant, elle m'avait tendu sa bouche, et avant
qu'elle eût encore rien dit, j'en avais goûté la fraîcheur, apaisante commec elle d'un jardin encore
silencieux avant le lever du jour.

Le lendemain de cette soirée où Albertine m'avait
dit qu'elle irait peut-être, puis qu'elle n'irait pas
chez les Verdurin, je m'éveillai de bonne heure,
et, encore à demi endormi, ma joie m'apprit qu'il
y avait, interpolé dans l'hiver, un jour de printemps. Dehors, des thèmes populaires finement
écrits pour des instruments variés, depuis la corne du
raccommodeur de porcelaine, ou la trompette du
rempailleur de chaises, jusqu'à la flûte du chevrier
qui paraissait dans un beau jour être un pâtre de
Sicile, orchestraient légèrement l'air matinal, en
une « ouverture pour un jour de fête ». L'ouïe, ce
sens délicieux, nous apporte la compagnie de la rue
dont elle nous retrace toutes les lignes, dessine
toutes les formes qui y passent, nous en montrant

la couleur. Les rideaux de fer du boulanger, du crémier, lesquels s'étaient hier abaissés le soir sur toutes les possibilités de bonheur féminin, se levaient maintenant comme les légères poulies d'un navire qui appareille et va filer, traversant la mer transparente, sur un rêve de jeunes employées. Ce bruit du rideau de fer qu'on lève eût peut-être été mon seul plaisir dans un quartier différent. Dans celui-ci cent autres faisaient ma joie, desquels je n'aurais pas voulu perdre un seul en restant trop tard endormi. C'est l'enchantement des vieux quartiers aristocratiques d'être, à côté de cela, populaires. Comme parfois les cathédrales en eurent non loin de leur portail (à qui il arriva même d'en garder le nom, comme celui de la cathédrale de Rouen, appelé des « Libraires », parce que contre lui ceux-ci exposaient en plein vent leur marchandise) divers petits métiers, mais ambulants, passaient devant le noble hôtel de Guermantes, et faisaient penser par moments à la France ecclésiastique d'autrefois. Car l'appel qu'ils lançaient aux petites maisons voisines n'avait, à de rares exceptions près, rien d'une chanson. Il en différait autant que la déclamation — à peine colorée par des variations insensibles — de Boris Godounow et de Pelléas ; mais d'autre part rappelait la psalmodie d'un prêtre au cours d'offices dont ces scènes de la rue ne sont que la contrepartie bon enfant, foraine, et pourtant à demi liturgique. Jamais je n'y avais pris tant de plaisir que depuis qu'Albertine habitait avec moi ; elles me semblaient comme un signal joyeux de son éveil, et en m'intéressant à la vie du dehors me faisaient mieux sentir l'apaisante vertu d'une chère présence, aussi constante que je la souhaitais. Certaines des nourritures criées dans la rue, et que personnellement je détestais, étaient fort au goût d'Albertine, si bien que Françoise en envoyait acheter par son jeune valet, peut-être un peu humilié d'être confondu dans la foule plébéienne. Bien distincts dans ce quartier si tranquille (où les bruits n'étaient plus un motif de tristesse pour Françoise et en étaient devenus un de douceur pour moi) m'arrivaient, chacun avec sa modulation différente, des récitatifs déclamés par ces gens du peuple comme ils le seraient dans la musique, si populaire, de Boris, où une intonation initiale est à peine altérée par l'inflexion d'une note qui se penche sur une autre, musique de la foule qui est plutôt un langage qu'une musique. C'était « ah ! le bigorneau, deux sous le bigorneau », qui faisait se précipiter vers les cornets où on vendait ces affreux petits coquillages, qui, s'il n'y avait pas eu Albertine, m'eussent répugné, non moins d'ailleurs que les escargots que j'entendais vendre à la même heure. Ici c'était bien encore à la déclamation à peine lyrique de Moussorgsky que faisait penser le marchand, mais pas à elle seulement. Car après avoir presque « parlé » : « les escargots, ils sont frais, ils sont beaux », c'était avec la tristesse et le vague de Maeterlinck, musicalement transposés par Debussy, que le marchand d'escargots, dans un de ces douloureux finales par où l'auteur de *Pelléas* s'apparente à Rameau : « Si je dois être vaincue, est-ce à toi d'être mon vainqueur ? » ajoutait avec une chantante mélancolie : « On les vend six sous la douzaine... »

Il m'a toujours été difficile de comprendre pourquoi ces mots fort clairs étaient soupirés sur un ton si peu approprié, mystérieux, comme le secret qui fait que tout le monde a l'air triste dans le vieux palais où Mélisande n'a pas réussi à apporter la joie, et profond comme une pensée du vieillard Arkel qui cherche à proférer, dans des mots très simples, toute la sagesse et la destinée. Les notes mêmes sur lesquelles s'élève avec une douceur grandissante la voix du vieux roi d'Allemonde ou de Goland, pour dire : « On ne sait pas ce qu'il y a ici, cela peut paraître étrange, il n'y a peut-être pas d'événements inutiles », ou bien : « Il ne faut pas s'effrayer, c'était un pauvre petit être mystérieux, comme tout le monde », étaient celles qui servaient au marchand d'escargots pour reprendre, en une cantilène indéfinie : « On les vend six sous la douzaine... » Mais cette lamentation métaphysique n'avait pas le temps d'expirer au bord de l'infini, elle était interrompue par une vive trompette. Cette fois il ne s'agissait pas de mangeailles, les paroles du libretto étaient : « Tond les chiens, coupe les chats, les queues et les oreilles ».

Certes la fantaisie, l'esprit de chaque marchand ou marchande, introduisaient souvent des variantes dans les paroles de toutes ces musiques que j'entendais de mon lit. Pourtant un arrêt rituel mettant un silence au milieu du mot, surtout quand il était répété deux fois, évoquait constamment le souvenir des vieilles églises. Dans sa petite voiture conduite par une ânesse qu'il arrêtait devant chaque maison pour entrer dans les cours, le marchand d'habits, portant un fouet, psalmodiait : « Habits, marchand d'habits, ha... bits » avec la même pause entre les deux dernières syllabes d'habits que s'il eût entonné en plain-chant : « Per omnia sæcula sæculo...rum » ou : « Requiescat in pa...ce » bien qu'il ne dût pas croire à l'éternité de ses habits et ne les offrît pas non plus comme linceuls pour le suprême repos dans la paix. Et de même, comme les motifs commençaient à s'entrecroiser dès cette heure matinale, une marchande de quatre-saisons, poussant sa voiturette, usait pour sa litanie de la division grégorienne :

A la tendresse, à la verduresse
Artichauts tendres et beaux
Arti...chauts.

bien qu'elle fût vraisemblablement ignorante de l'antiphonaire et des sept tons qui symbolisent, quatre les sciences du quadrivium et trois celles du trivium.

Tirant d'un flûtiau, d'une cornemuse, des airs de son pays méridional dont la lumière s'accordait bien avec les beaux jours, un homme en blouse, tenant à la main un nerf de bœuf et coiffé d'un béret basque, s'arrêtait devant les maisons. C'était le chevrier avec deux chiens et devant lui son troupeau de chèvres. Comme il venait de loin il passait assez tard dans notre quartier ; et les femmes accouraient avec un bol pour recueillir le lait qui devait donner la force à leurs petits. Mais aux airs pyrénéens de ce bienfaisant pasteur, se mêlait déjà la cloche du repasseur, lequel criait : « Couteaux, ciseaux, rasoirs ». Avec lui ne pouvait lutter le repasseur de scies, car dépourvu d'instrument il se contentait d'appeler : « Avez-vous des scies à repasser, v'là le repasseur », tandis que plus gai le rétameur après avoir énuméré les chaudrons, les casseroles, tout ce qu'il étamait, entonnait le refrain « Tam, tam, tam, c'est moi qui rétame même le macadam, c'est moi qui mets des fonds partout, qui bouche

tous les trous, trou, trou, trou »; et de petits
Italiens portant de grandes boîtes de fer peintes en
rouge où les numéros — perdants et gagnants —
étaient marqués, et jouant d'une crécelle, propo-
saient : « Amusez-vous, mesdames, v'là le plaisir ».

Françoise m'apporta le Figaro. Un seul coup d'œil
me permit de me rendre compte que mon article
n'avait toujours pas passé. Elle me dit qu'Albertine
demandait si elle ne pouvait pas entrer chez moi
et me faisait dire qu'en tous cas elle avait renoncé
à faire sa visite chez les Verdurin et comptait aller,
comme je le lui avais conseillé, à la matinée « extraordinaire » du Trocadéro — ce qu'on appellerait
aujourd'hui, en bien moins important toutefois,
une matinée de gala — après une petite promenade
à cheval qu'elle devait faire avec Andrée. Maintenant que je savais qu'elle avait renoncé à son désir,
peut-être mauvais, d'aller voir Mme Verdurin, je dis
en riant : « Qu'elle vienne » et je me dis qu'elle pouvait aller où elle voulait et que cela m'était bien
égal. Je savais qu'à la fin de l'après-midi, quand viendrait le crépuscule, je serais sans doute un autre
homme, triste, attachant aux moindres allées et
venues d'Albertine une importance qu'elles n'avaient
pas à cette heure matinale et quand il faisait si beau
temps. Car mon insouciance était suivie par la claire
notion de sa cause, mais n'en était pas altérée.
« Françoise m'a assuré que vous étiez éveillé et que
je ne vous dérangerais pas », me dit Albertine en
entrant. Et, comme avec celle de me faire froid en
ouvrant sa fenêtre à un moment mal choisi, la plus
grande peur d'Albertine était d'entrer chez moi
quand je sommeillais : « J'espère que je n'ai pas eu
tort, ajouta-t-elle. Je craignais que vous ne me di-

siez : « Quel mortel insolent vient chercher le tré-
pas ? » Et elle rit de ce rire qui me troublait tant.
Je lui répondis sur le même ton de plaisanterie :
« Est-ce pour vous qu'est fait cet ordre si sévère ? »
Et de peur qu'elle ne l'enfreignît jamais j'ajoutai :
« Quoique je serais furieux que vous me réveilliez. »
« Je sais, je sais, n'ayez pas peur », me dit Albertine. Et pour adoucir j'ajoutai en continuant à jouer
avec elle la scène d'*Esther*, tandis que dans la rue
continuaient les cris rendus tout à fait confus par
notre conversation : « Je ne trouve qu'en vous je ne
sais quelle grâce qui me charme toujours et jamais
ne me lasse » (et à part moi je pensais : « si, elle me
lasse bien souvent »). Et me rappelant ce qu'elle
avait dit la veille, tout en la remerciant avec exagération d'avoir renoncé aux Verdurin, afin qu'une
autre fois elle m'obéît de même pour telle ou telle
chose, je dis : « Albertine, vous vous méfiez de moi
qui vous aime et vous avez confiance en des gens
qui ne vous aiment pas » (comme s'il n'était pas
naturel de se méfier des gens qui vous aiment et qui
seuls ont intérêt à vous mentir pour savoir, pour
empêcher), et j'ajoutai ces paroles mensongères :
« Vous ne croyez pas au fond que je vous aime,
c'est drôle. En effet je ne vous *adore* pas. » Elle mentit
à son tour en disant qu'elle ne se fiait qu'à moi,
et fut sincère ensuite en assurant qu'elle savait bien
que je l'aimais. Mais cette affirmation ne semblait
pas impliquer qu'elle ne me crût pas menteur et
l'épiant. Et elle semblait me pardonner comme si
elle eût vu là la conséquence insupportable d'un
grand amour ou comme si elle-même se fût trouvée
moins bonne : « Je vous en prie, ma petite chérie,
pas de haute voltige comme vous avez fait l'autre

jour. Pensez, Albertine, s'il vous arrivait un accident ! » Je ne lui souhaitais naturellement aucun mal. Mais quel plaisir si avec ses chevaux elle avait eu la bonne idée de partir je ne sais où, où elle se serait plu, et de ne plus jamais revenir à la maison. Comme cela eût tout simplifié qu'elle allât vivre heureuse ailleurs, je ne tenais même pas à savoir où : « Oh ! je sais bien que vous ne me survivriez pas quarante-huit heures, que vous vous tueriez. »

Ainsi échangeâmes-nous des paroles menteuses. Mais une vérité plus profonde que celle que nous dirions si nous étions sincères peut quelquefois être exprimée et annoncée par une autre voie que celle de la sincérité. « Cela ne vous gêne pas tous ces bruits du dehors, me demanda-t-elle, moi je les adore. Mais vous qui avez déjà le sommeil si léger ? » Je l'avais au contraire parfois très profond (comme je l'ai déjà dit, mais comme l'événement qui va suivre me force à le rappeler) et surtout quand je m'endormais seulement le matin. Comme un tel sommeil a été — en moyenne — quatre fois plus reposant, il paraît à celui qui vient de dormir avoir été quatre fois plus long, alors qu'il fut quatre fois plus court. Magnifique erreur d'une multiplication par 16 qui donne tant de beauté au réveil et introduit dans la vie une véritable novation pareille à ces grands changements de rythmes qui en musique font que, dans un andante, une croche contient autant de durée qu'une blanche dans un prestissimo, et qui sont inconnus à l'état de veille. La vie y est presque toujours la même, d'où les déceptions du voyage. Il semble bien que le rêve soit fait pourtant avec la matière la plus grossière de la vie, mais cette

matière y est traitée, malaxée de telle sorte, avec
un étirement dû à ce qu'aucune des limites horaires
de l'état de veille ne l'empêche de s'effiler jusqu'à
des hauteurs si énormes qu'on ne la reconnaît pas.
Les matins où cette fortune m'était advenue,
où le coup d'éponge du sommeil avait effacé de mon
cerveau les signes des occupations quotidiennes
qui y sont tracés comme sur un tableau noir, il me
fallait faire revivre ma mémoire ; à force de volonté
on peut rapprendre ce que l'amnésie du sommeil
ou d'une attaque a fait oublier et qui renaît peu
à peu au fur et à mesure que les yeux s'ouvrent
ou que la paralysie disparaît. J'avais vécu tant
d'heures en quelques minutes que, voulant tenir,
à Françoise que j'appelais, un langage conforme
à la réalité et réglé sur l'heure, j'étais obligé d'user
de tout mon pouvoir interne de compression pour
ne pas dire : « Eh bien, Françoise, nous voici à
cinq heures du soir et je ne vous ai pas vue depuis
hier après-midi ». Et pour refouler mes rêves, en contradiction avec eux et en me mentant à moi-même,
je disais effrontément, et en me réduisant de toutes
mes forces au silence, des paroles contraires : « Françoise, il est bien dix heures ! » Je ne disais même pas
dix heures du matin, mais simplement dix heures,
pour que ces dix heures si incroyables eussent l'air
prononcés d'un ton plus naturel. Pourtant dire ces
paroles, au lieu de celles que continuait à penser le
dormeur à peine éveillé que j'étais encore, me demandait le même effort d'équilibre qu'à quelqu'un
qui, sortant d'un train en marche et courant un
instant le long de la voie, réussit pourtant à ne pas
tomber. Il court un instant parce que le milieu qu'il
quitte était un milieu animé d'une grande vitesse,

et très dissemblable du sol inerte auquel ses pieds ont quelque difficulté à se faire.

De ce que le monde du rêve n'est pas le monde de la veille, il ne s'ensuit pas que le monde de la veille soit moins vrai, au contraire. Dans le monde du sommeil, nos perceptions sont tellement surchargées, chacune épaissie par une superposée qui la double, l'aveugle inutilement, que nous ne savons même pas distinguer ce qui se passe dans l'étourdissement du réveil ; était-ce Françoise qui était venue, ou moi qui, las de l'appeler, allais vers elle. Le silence à ce moment-là était le seul moyen de ne rien révéler, comme au moment où l'on est arrêté par un juge instruit de circonstances vous concernant mais dans la confidence desquelles on n'a pas été mis. Était-ce Françoise qui était venue, était-ce moi qui avais appelé ? N'était-ce même pas Françoise qui dormait et moi qui venais de l'éveiller ; bien plus, Françoise n'était-elle pas enfermée dans ma poitrine, la distinction des personnes et leur interaction existant à peine dans cette brune obscurité où la réalité est aussi peu translucide que dans le corps d'un porc-épic et où la perception quasi nulle peut peut-être donner l'idée de celle de certains animaux ? Au reste même dans la limpide folie qui précède ces sommeils plus lourds, si des fragments de sagesse flottent lumineusement, si les noms de Taine, de George Eliot n'y sont pas ignorés, il n'en reste pas moins au monde de la veille cette supériorité d'être chaque matin possible à continuer, et non chaque soir le rêve. Mais il est peut-être d'autres mondes plus réels que celui de la veille ? Encore avons-nous vu que, même celui-là, chaque révolution dans les arts le transforme, et bien plus, dans le même temps, le degré d'aptitude et de culture qui différencie un artiste d'un sot ignorant.

Et souvent une heure de sommeil de trop est une attaque de paralysie après laquelle il faut retrouver l'usage de ses membres, apprendre à parler. La volonté n'y réussirait pas. On a trop dormi, on n'est plus. Le réveil est à peine senti mécaniquement, et sans conscience, comme peut l'être dans un tuyau la fermeture d'un robinet. Une vie plus inanimée que celle de la Méduse succède, où l'on croirait aussi bien qu'on est tiré du fond des mers ou revenu du bagne, si seulement l'on pouvait penser quelque chose. Mais alors du haut du ciel la déesse Mnémotechnie se penche et nous tend sous la forme : « habitude de demander son café au lait » l'espoir de la résurrection. Encore le don subit de la mémoire n'est-il pas toujours aussi simple. On a souvent près de soi, dans ces premières minutes où l'on se laisse glisser au réveil, une vérité de réalités diverses où l'on croit pouvoir choisir comme dans un jeu de cartes.

C'est vendredi matin et on rentre de promenade, ou bien c'est l'heure du thé au bord de la mer. L'idée du sommeil et qu'on est couché en chemise de nuit est souvent la dernière qui se présente à vous.

La résurrection ne vient pas tout de suite ; on croit avoir sonné, on ne l'a pas fait, on agite des propos déments. Le mouvement seul rend la pensée et quand on a effectivement pressé la poire électrique, on peut dire avec lenteur mais nettement : « Il est bien dix heures, Françoise, donnez-moi mon café au lait. » O miracle ! Françoise n'avait pu soupçonner la mer d'irréel qui me baignait encore tout

168

entier et à travers laquelle j'avais eu l'énergie de faire passer mon étrange question. Elle me répondait en effet : « Il est dix heures dix. » Ce qui me donnait une apparence raisonnable et me permettait de ne pas laisser apercevoir les conversations bizarres qui m'avaient interminablement bercé, les jours où ce n'était pas une montagne de néant qui m'avait retiré la vie. A force de volonté, je m'étais réintégré dans le réel. Je jouissais encore des débris du sommeil, c'est-à-dire de la seule invention, du seul renouvellement qui existe dans la manière de conter, toutes les narrations à l'état de veille, fussent-elles embellies par la littérature, ne comportant pas ces mystérieuses différences d'où dérive la beauté. Il est aisé de parler de celle que crée l'opium. Mais pour un homme habitué à ne dormir qu'avec des drogues, une heure inattendue de sommeil naturel découvrira l'immensité matinale d'un paysage aussi mystérieux et plus frais. En faisant varier l'heure, l'endroit où on s'endort, en provoquant le sommeil d'une manière artificielle, ou au contraire en revenant pour un jour au sommeil naturel — le plus étrange de tous pour quiconque a l'habitude de dormir avec des soporifiques — on arrive à obtenir des variétés de sommeil mille fois plus nombreuses que, jardinier, on n'obtiendrait de variétés d'œillets ou de roses. Les jardiniers obtiennent des fleurs qui sont des rêves délicieux, d'autres aussi qui ressemblent à des cauchemars. Quand je m'endormais d'une certaine façon, je me réveillais, grelottant, croyant que j'avais la rougeole ou, chose bien plus douloureuse, que ma grand'mère (à qui je ne pensais plus jamais) souffrait parce que je m'étais moqué d'elle le jour où à Balbec, croyant mourir,

elle avait voulu que j'eusse une photographie d'elle.
Vite, bien que réveillé, je voulais aller lui expliquer
qu'elle ne m'avait pas compris. Mais, déjà, je me
réchauffais. Le diagnostic de rougeole était écarté
et ma grand'mère si éloignée de moi qu'elle ne faisait plus souffrir mon cœur. Parfois sur ces sommeils
différents s'abattait une obscurité subite. J'avais
peur en prolongeant ma promenade dans une avenue
entièrement noire où j'entendais passer des rôdeurs.
Tout à coup une discussion s'élevait entre un agent
et une de ces femmes qui exerçaient souvent le
métier de conduire et qu'on prend de loin pour de
jeunes cochers. Sur son siège entouré de ténèbres,
je ne la voyais pas, mais elle parlait, et dans sa voix
je lisais les perfections de son visage et la jeunesse
de son corps. Je marchais vers elle, dans l'obscurité,
pour monter dans son coupé avant qu'elle ne repar-
tît. C'était loin. Heureusement, la discussion avec
l'agent se prolongeait. Je rattrapais la voiture encore
arrêtée. Cette partie de l'avenue s'éclairait de réver-
bères. La conductrice devenait visible. C'était bien
une femme, mais vieille, grande et forte, avec des
cheveux blancs s'échappant de sa casquette, et une
lèpre rouge sur la figure. Je m'éloignais en pensant :
En est-il ainsi de la jeunesse des femmes ? Celles
que nous avons rencontrées, si brusquement nous
désirons les revoir, sont-elles devenues vieilles ?
La jeune femme qu'on désire est-elle comme un
emploi de théâtre où par la défaillance des créatrices
du rôle on est obligé de le confier à de nouvelles
étoiles. Mais alors ce n'est plus la même.

Puis une tristesse m'envahissait. Nous avons
ainsi dans notre sommeil de nombreuses Pitiés,
comme les « Piéta » de la Renaissance, mais non

point comme elles exécutées dans le marbre, incon-
sistantes au contraire. Elles ont leur utilité cependant qui est de nous faire souvenir d'une certaine
vue plus attendrie, plus humaine des choses, qu'on
est trop tenté d'oublier dans le bon sens, glacé,
parfois plein d'hostilité, de la veille. Ainsi m'était
rappelée la promesse que je m'étais faite à Balbec
de garder toujours la pitié de Françoise. Et pour toute
cette matinée au moins je saurais m'efforcer de ne
pas être irrité des querelles de Françoise et du
maître d'hôtel, d'être doux avec Françoise à qui les
autres donnaient si peu de bonté. Cette matinée
seulement, et il faudrait tâcher de me faire un code
un peu plus stable ; car, de même que les peuples
ne sont pas longtemps gouvernés par une politique
de pur sentiment, les hommes ne le sont pas par le
souvenir de leurs rêves. Déjà celui-ci commençait
à s'envoler. En cherchant à me le rappeler pour le
peindre je le faisais fuir plus vite. Mes paupières
n'étaient plus aussi fortement scellées sur mes yeux.
Si j'essayais de reconstituer mon rêve, elles s'ouvri-
raient tout à fait. A tout moment il faut choisir
entre la santé, la sagesse d'une part, et de l'autre
les plaisirs spirituels. J'ai toujours eu la lâcheté de
choisir la première part. Au reste le périlleux pouvoir auquel je renonçais l'était plus encore qu'on ne
le croit. Les pitiés, les rêves ne s'envolent pas seuls.
A varier ainsi les conditions dans lesquelles on s'endort ce ne sont pas les rêves seuls qui s'évanouissent,
mais pour de longs jours, pour des années quelquefois, la faculté non seulement de rêver mais de s'endormir. Le sommeil est divin mais peu stable ; le
plus léger choc le rend volatil. Ami des habitudes,
elles le retiennent chaque soir, plus fixes que lui,

à son lieu consacré, elles le préservent de tout heurt, mais si on le déplace, s'il n'est plus assujetti, il s'évanouit comme une vapeur. Il ressemble à la jeunesse et aux amours, on ne le retrouve plus.

Dans ces divers sommeils, comme en musique encore, c'était l'augmentation ou la diminution de l'intervalle qui créait de la beauté. Je jouissais d'elle, mais, en revanche, j'avais perdu dans ce sommeil, quoique bref, une bonne partie des cris où nous est rendue sensible la vie circulante des métiers, des nourritures de Paris. Aussi, d'habitude (sans prévoir, hélas ! le drame que de tels réveils tardifs et mes lois draconiennes et persanes d'Assuérus racinien devaient bientôt amener pour moi) je m'efforçais de m'éveiller de bonne heure pour ne rien perdre de ces cris.

En plus du plaisir de savoir le goût qu'Albertine avait pour eux et de sortir moi-même tout en restant couché, j'entendais en eux comme le symbole de l'atmosphère du dehors, de la dangereuse vie remuante au sein de laquelle je ne la laissais circuler que sous ma tutelle, dans un prolongement extérieur de la séquestration, et d'où je la retirais à l'heure que je voulais pour la faire rentrer auprès de moi. Aussi fût-ce le plus sincèrement du monde que je pus répondre à Albertine : « Au contraire, ils me plaisent parce que je sais que vous les aimez. » « A la barque, les huîtres, à la barque. » « Oh ! des huîtres, j'en avais si envie ! » Heureusement Albertine, moitié inconstance, moitié docilité, oubliait vite ce qu'elle avait désiré, et avant que j'eusse eu le temps de lui dire qu'elle les aurait meilleures chez Prunier, elle voulait successivement tout ce qu'elle entendait crier par la marchande de poisson :

LA PRISONNIÈRE

« A la crevette, à la bonne crevette, j'ai de la raie toute en vie, toute en vie. » « Merlans à frire, à frire. » « Il arrive le maquereau, maquereau frais, maquereau nouveau. » « Voilà le maquereau, mesdames, il est beau le maquereau. » « A la moule fraîche et bonne, à la moule ! » Malgré moi l'avertissement : « Il arrive le maquereau » me faisait frémir. Mais comme cet avertissement ne pouvait s'appliquer, me semblait-il, à notre chauffeur, je ne songeais qu'au poisson que je détestais, mon inquiétude ne durait pas. « Ah ! des moules, dit Albertine, j'aimerais tant manger des moules. » « Mon chéri ! c'était bon pour Balbec, ici ça ne vaut rien ; d'ailleurs, je vous en prie, rappelez-vous ce que vous a dit Cottard au sujet des moules. » Mais mon observation était d'autant plus malencontreuse que la marchande des quatre-saisons suivante annonçait quelque chose que Cottard défendait bien plus encore :

A la romaine, à la romaine !
On ne la vend pas, on la promène.

Pourtant Albertine me consentait le sacrifice de la romaine pourvu que je lui promisse de faire acheter dans quelques jours à la marchande qui crie : « J'ai de la belle asperge d'Argenteuil, j'ai de la belle asperge. » Une voix mystérieuse, et de qui l'on eût attendu des propositions plus étranges, insinuait : « Tonneaux, tonneaux ! » On était obligé de rester sur la déception qu'il ne fût question que de tonneaux, car ce mot était presque entièrement couvert par l'appel : « Vitri, vitri-er, carreaux cassés, voilà le vitrier, vitri-er », division grégorienne qui me rappela moins cependant la liturgie que ne fit l'appel du marchand de chiffons reproduisant sans le savoir

une de ces brusques interruptions de sonorité, au
milieu d'une prière, qui sont assez fréquentes sur le
rituel de l'Église : « Præceptis salutaribus moniti
et divina institutione formati audemus dicere »,
dit le prêtre en terminant vivement sur « dicere ».
Sans irrévérence, comme le peuple vieux du moyen
âge sur le parvis même de l'église jouait les farces
et les soties, c'est à ce « dicere » que fait penser ce
marchand de chiffons, quand, après avoir traîné
sur les mots, il dit la dernière syllabe avec une brusquerie digne de l'accentuation réglée par le grand
pape du VIIe siècle : « Chiffons, ferrailles à vendre »
(tout cela psalmodié avec lenteur ainsi que ces deux
syllabes qui suivent, alors que la dernière finit plus
vivement que « dicere ») « peaux d' la-pins. » « La
Valence, la belle Valence, la fraîche orange. » Les
modestes poireaux eux-mêmes : « Voilà d'beaux
poireaux », les oignons : « Huit sous mon oignon »,
déferlaient pour moi comme un écho des vagues où,
libre, Albertine eût pu se perdre, et prenaient ainsi
la douceur d'un : « Suave mari magno ». « Voilà des
carottes à deux ronds la botte. » « Oh ! s'écria Albertine, des choux, des carottes, des oranges. Voilà
rien que des choses que j'ai envie de manger. Faites-
en acheter par Françoise. Elle fera les carottes à la
crème. Et puis ce sera gentil de manger tout ça
ensemble. Ce sera tous ces bruits que nous entendons,
transformés en un bon repas. » « Ah ! je vous en
prie, demandez à Françoise de faire plutôt une raie
au beurre noir. C'est si bon ! » « Ma petite chérie,
c'est convenu, ne restez pas ; sans cela c'est tout ce
que poussent les marchandes de quatre-saisons
que vous demanderez. » « C'est dit, je pars, mais je ne
veux plus jamais pour nos dîners que les choses

dont nous aurons entendu le cri. C'est trop amusant.
Et dire qu'il faut attendre encore deux mois pour
que nous entendions : « Haricots verts et tendres,
haricots, v'là l'haricot vert. » Comme c'est bien dit :
Tendres haricots ; vous savez que je les veux tout
fins, tout fins, ruisselants de vinaigrette, on ne dirait
pas qu'on les mange, c'est frais comme une rosée.
Hélas ! c'est comme pour les petits cœurs à la crème,
c'est encore bien loin : « Bon fromage à la cré,
à la cré, bon fromage. » Et le chasselas de Fontaine-
bleau : « J'ai du bon chasselas. » Et je pensais avec
effroi à tout ce temps que j'aurais à rester avec elle
jusqu'au temps du chasselas. « Écoutez, je dis que je
ne veux plus que les choses que nous aurons entendu
crier, mais je fais naturellement des exceptions.
Aussi il n'y aurait rien d'impossible à ce que je passe
chez Rebattet commander une glace pour nous deux.
Vous me direz que ce n'est pas encore la saison,
mais j'en ai une envie ! » Je fus agité par le projet
de Rebattet, rendu plus certain et suspect pour moi
à cause des mots : « il n'y aurait rien d'impossible ».
C'était le jour où les Verdurin recevaient, et depuis
que Swann leur avait appris que c'était la meilleure
maison, c'était chez Rebattet qu'ils commandaient
glaces et petits fours. « Je ne fais aucune objection
à une glace, mon Albertine chérie, mais laissez-moi
vous la commander, je ne sais pas moi-même si ce
sera chez Poiré-Blanche, chez Rebattet, au Ritz,
enfin je verrai. » « Vous sortez donc », me dit-elle
d'un air méfiant. Elle prétendait toujours qu'elle
serait enchantée que je sortisse davantage, mais si
un mot de moi pouvait laisser supposer que je ne
resterais pas à la maison, son air inquiet donnait
à penser que la joie qu'elle aurait à me voir sortir

sans cesse n'était peut-être pas très sincère. « Je
sortirai peut-être, peut-être pas, vous savez bien que
je ne fais jamais de projets d'avance. En tous les
cas, les glaces ne sont pas une chose qu'on crie, qu'on
pousse dans les rues, pourquoi en voulez-vous ? »
Et alors elle me répondit par ces paroles qui me mon-
trèrent en effet combien d'intelligence et de goût
latent s'étaient brusquement développés en elle
depuis Balbec, par ces paroles du genre de celles
qu'elle prétendait dues uniquement à mon influence,
à la constante cohabitation avec moi, ces paroles
que pourtant je n'aurais jamais dites, comme si
quelque défense m'était faite par quelqu'un d'inconnu de jamais user dans la conversation de formes
littéraires. Peut-être l'avenir ne devait-il pas être
le même pour Albertine et pour moi. J'en eus presque
le pressentiment en la voyant se hâter d'employer
en parlant des images si écrites et qui me semblaient
réservées pour un autre usage plus sacré et que j'ignorais encore. Elle me dit (et je fus malgré tout profondément attendri car je pensai : certes je ne parlerais pas comme elle, mais tout de même sans moi
elle ne parlerait pas ainsi, elle a subi profondément
mon influence, elle ne peut donc pas ne pas
m'aimer, elle est mon œuvre) : « Ce que j'aime dans
ces nourritures criées, c'est qu'une chose entendue
comme une rhapsodie, change de nature à table
et s'adresse à mon palais. Pour les glaces (car j'espère bien que vous ne m'en commanderez que prises
dans ces moules démodés qui ont toutes les formes
d'architecture possible), toutes les fois que j'en
prends, temples, églises, obélisques, rochers, c'est
comme une géographie pittoresque que je regarde
d'abord et dont je convertis ensuite les monuments

de framboise ou de vanille en fraîcheur dans mon
gosier. » Je trouvais que c'était un peu trop bien dit,
mais elle sentit que je trouvais que c'était bien dit
et elle continua en s'arrêtant un instant quand sa
comparaison était réussie pour rire de son beau rire
qui m'était si cruel parce qu'il était si voluptueux :
« Mon Dieu, à l'hôtel Ritz je crains bien que vous
ne trouviez des colonnes Vendôme de glace, de glace
au chocolat ou à la framboise, et alors il en faut plusieurs pour que cela ait l'air de colonnes votives
ou de pylônes élevés dans une allée à la gloire de la
Fraîcheur. Ils font aussi des obélisques de framboise
qui se dresseront de place en place dans le désert
brûlant de ma soif et dont je ferai fondre le granit
rose au fond de ma gorge qu'elles désaltèreront
mieux que des oasis (et ici le rire profond éclata
soit de satisfaction de si bien parler, soit par moquerie d'elle-même de s'exprimer par images si suivies,
soit, hélas ! par volupté physique de sentir en elle
quelque chose de si bon, de si frais, qui lui causait
l'équivalent d'une jouissance). Ces pics de glace du
Ritz ont quelquefois l'air du mont Rose, et même
si la glace est au citron je ne déteste pas qu'elle
n'ait pas de forme monumentale, qu'elle soit irré-
gulière, abrupte, comme une montagne d'Elstir.
Il ne faut pas qu'elle soit trop blanche alors mais un
peu jaunâtre, avec cet air de neige sale et blafarde
qu'ont les montagnes d'Elstir. La glace a beau ne
pas être grande, qu'une demi-glace si vous voulez,
ces glaces au citron-là sont tout de même des montagnes réduites à une échelle toute petite, mais
l'imagination rétablit les proportions comme pour
ces petits arbres japonais nains qu'on sent très bien
être tout de même des cèdres, des chênes, des man-

177

cenilliers ; si bien qu'en en plaçant quelques-uns le long d'une petite rigole dans ma chambre j'aurais une immense forêt descendant vers un fleuve et où les petits enfants se perdraient. De même au pied de ma demi-glace jaunâtre au citron, je vois très bien des postillons, des voyageurs, des chaises de poste sur lesquels ma langue se charge de faire rouler de glaciales avalanches qui les engloutiront (la volupté cruelle avec laquelle elle dit cela excita ma jalousie) ; de même, ajouta-t-elle, que je me charge avec mes lèvres de détruire, pilier par pilier, ces églises vénitiennes d'un porphyre qui est de la fraise et de faire tomber sur les fidèles ce que j'aurai épargné. Oui, tous ces monuments passeront de leur place de pierre dans ma poitrine où leur fraîcheur fondante palpite déjà. Mais tenez, même sans glaces, rien n'est excitant et ne donne soif comme les annonces des sources thermales. A Montjouvain, chez M\ll{}e Vinteuil, il n'y avait pas de bon glacier dans le voisinage, mais nous faisions dans le jardin notre tour de France en buvant chaque jour une autre eau minérale gazeuse, comme l'eau de Vichy qui, dès qu'on la verse, soulève des profondeurs du verre un nuage blanc qui vient s'assoupir et se dissiper si on ne boit pas assez vite. » Mais entendre parler de Montjouvain m'était trop pénible, je l'interrompais. « Je vous ennuie, adieu, mon chéri. » Quel changement depuis Balbec où je défie Elstir lui-même d'avoir pu deviner en Albertine ces richesses de poésie, d'une poésie moins étrange, moins personnelle que celle de Céleste Albaret par exemple. Jamais Albertine n'aurait trouvé ce que Céleste me disait, mais l'amour même quand il semble sur le point de finir est partiel. Je préférais la géographie pittoresque des sorbets dont la grâce assez facile me semblait une raison d'aimer Albertine et une preuve que j'avais du pouvoir sur elle, qu'elle m'aimait.

Une fois Albertine sortie, je sentis quelle fatigue était pour moi cette présence perpétuelle, insatiable de mouvement et de vie, qui troublait mon sommeil par ses mouvements, me faisait vivre dans un refroidissement perpétuel par les portes qu'elle laissait ouvertes, me forçait — pour trouver des prétextes qui justifiassent de ne pas l'accompagner, sans pourtant paraître trop malade, et d'autre part pour la faire accompagner — à déployer chaque jour plus d'ingéniosité que Shéhérazade. Malheureusement si par une même ingéniosité la conteuse persane retardait sa mort, je hâtais la mienne. Il y a ainsi dans la vie certaines situations qui ne sont pas toutes créées comme celle-là par la jalousie amoureuse et une santé précaire qui ne permet pas de partager la vie d'un être actif et jeune, mais où tout de même le problème de continuer la vie en commun ou de revenir à la vie séparée d'autrefois se pose d'une façon presque médicale : auquel des deux sortes de repos faut-il se sacrifier (en continuant le surmenage quotidien, ou en revenant aux angoisses de l'absence) — à celui du cerveau ou à celui du cœur ?

J'étais en tous cas bien content qu'Andrée accompagnât Albertine au Trocadéro, car de récents et d'ailleurs minuscules incidents faisaient qu'ayant, bien entendu, la même confiance dans l'honnêteté du chauffeur, sa vigilance, ou du moins la perspicacité de sa vigilance, ne me semblait plus tout à fait aussi grande qu'autrefois. C'est ainsi que tout dernièrement, ayant envoyé Albertine seule avec lui à Versailles, Albertine m'avait dit avoir déjeuné aux Réservoirs, comme le chauffeur m'avait parlé du restaurant Vatel, le jour où je relevai cette contradiction, je pris un prétexte pour descendre parler au mécanicien (toujours le même, celui que nous avons vu à Balbec) pendant qu'Albertine s'habillait. « Vous m'avez dit que vous aviez déjeuné à Vatel, Mlle Albertine me parle des Réservoirs. Qu'est-ce que cela veut dire ? » Le mécanicien me répondit : « Ah ! j'ai dit que j'avais déjeuné au Vatel, mais je ne peux pas savoir où Mademoiselle a déjeuné. Elle m'a quitté en arrivant à Versailles pour prendre un fiacre à cheval, ce qu'elle préfère quand ce n'est pas pour faire de la route. » Déjà j'enrageais en pensant qu'elle avait été seule ; enfin ce n'était que le temps de déjeuner. « Vous auriez pu, dis-je d'un air de gentillesse (car je ne voulais pas paraître faire positivement surveiller Albertine, ce qui eût été humiliant pour moi, et doublement, puisque cela eût signifié qu'elle me cachait ses actions), déjeuner, je ne dis pas avec elle, mais au même restaurant ? » « Mais elle m'avait demandé d'être seulement à six heures du soir à la place d'Armes. Je ne devais pas aller la chercher à la sortie de son déjeuner. » « Ah ! » fis-je en tâchant de dissimuler mon accablement. Et je remontai. Ainsi c'était plus de sept heures de suite qu'Albertine avait été seule, livrée à elle-même. Je savais bien, il est vrai, que le fiacre n'avait pas été un simple expédient pour se débarrasser de la surveillance du chauffeur. En ville, Albertine aimait mieux flâner en fiacre, elle disait qu'on voyait bien, que l'air était plus doux. Malgré cela elle avait passé sept heures sur lesquelles je ne saurais jamais rien. Et je n'osais pas penser à la façon dont elle avait

dû les employer. Je trouvai que le mécanicien avait
été bien maladroit, mais ma confiance en lui fut désormais complète. Car s'il eût été le moins du monde
de mèche avec Albertine, il ne m'eût jamais avoué
qu'il l'avait laissée libre de onze heures du matin
à six heures du soir. Il n'y aurait eu qu'une autre
explication, mais absurde, de cet aveu du chauffeur.
C'est qu'une brouille entre lui et Albertine lui eût
donné le désir, en me faisant une petite révélation,
de montrer à mon amie qu'il était homme à parler
et que si, après le premier avertissement tout bénin,
elle ne marchait pas droit selon ce qu'il voulait,
il mangerait carrément le morceau. Mais cette explication était absurde ; il fallait d'abord supposer
une brouille inexistante entre Albertine et lui,
et ensuite donner une nature de maître-chanteur
à ce beau mécanicien qui s'était toujours montré si
affable et si bon garçon. Dès le surlendemain, du
reste, je vis que, plus que je ne l'avais cru un instant
dans ma soupçonneuse folie, il savait exercer sur
Albertine une surveillance discrète et perspicace.
Car ayant pu le prendre à part et lui parler de ce
qu'il m'avait dit de Versailles, je lui disais d'un air
amical et dégagé : « Cette promenade à Versailles
dont vous me parliez avant-hier, c'était parfait
comme cela, vous avez été parfait comme toujours.
Mais à titre de petite indication, sans importance
du reste, j'ai une telle responsabilité depuis que
Mme Bontemps a mis sa nièce sous ma garde, j'ai
tellement peur des accidents, je me reproche tant
de ne pas l'accompagner, que j'aime mieux que ce
soit vous, vous tellement sûr, si merveilleusement
adroit, à qui il ne peut pas arriver d'accident, qui
conduisiez partout Mlle Albertine. Comme cela je

ne crains rien. » Le charmant mécanicien apostolique
sourit finement, la main posée sur sa roue en forme
de croix de consécration. Puis il me dit ces paroles
qui (chassant les inquiétudes de mon cœur où
elles furent aussitôt remplacées par la joie) me donnèrent envie de lui sauter au cou : « N'ayez crainte,
me dit-il. Il ne peut rien lui arriver car, quand mon
volant ne la promène pas, mon œil la suit partout.
A Versailles, sans avoir l'air de rien j'ai visité la
ville pour ainsi dire avec elle. Des Réservoirs, elle
est allée au château, du château aux Trianons, toujours moi la suivant sans avoir l'air de la voir et le
plus fort c'est qu'elle ne m'a pas vu. Oh ! elle m'aurait vu ç'aurait été un petit malheur. C'était si
naturel qu'ayant toute la journée devant moi à rien
faire je visite aussi le château. D'autant plus que
mademoiselle n'a certainement pas été sans remarquer que j'ai de la lecture et que je m'intéresse
à toutes les vieilles curiosités (c'était vrai, j'aurais
même été surpris si j'avais su qu'il était ami de
Morel, tant il dépassait le violoniste en finesse
et en goût). Mais enfin elle ne m'a pas vu. » « Elle
a dû rencontrer du reste des amies car elle en a
plusieurs à Versailles. » « Non elle était toujours
seule. » « On doit la regarder alors, une jeune fille
éclatante et toute seule. » « Sûr qu'on la regarde,
mais elle n'en sait quasiment rien ; elle est tout le
temps les yeux dans son guide, puis levé sur les
tableaux. » Le récit du chauffeur me sembla d'autant plus exact que c'était en effet une « carte »
représentant le château et une autre représentant les
Trianons qu'Albertine m'avait envoyées le jour de
sa promenade. L'attention avec laquelle le gentil
chauffeur en avait suivi chaque pas me toucha

beaucoup. Comment aurai-je supposé que cette rectification — sous forme d'ample complément à son dire de l'avant-veille, venait de ce qu'entre ces deux jours Albertine, alarmée que le chauffeur m'eût parlé, s'était soumise, avait fait la paix avec lui. Ce soupçon ne me vint même pas. Il est certain que ce récit du mécanicien, en m'ôtant toute crainte qu'Albertine m'eût trompé, me refroidit tout naturellement à l'égard de mon amie et me rendit moins intéressante la journée qu'elle avait passée à Versailles. Je crois pourtant que les explications du chauffeur, qui, en innocentant Albertine, me la rendaient encore plus ennuyeuse, n'auraient peut-être pas suffi à me calmer si vite. Deux petits boutons que pendant quelques jours mon amie eut au front réussirent peut-être mieux encore à modifier les sentiments de mon cœur. Enfin ceux-ci se détournèrent encore plus d'elle, (au point de ne me rappeler son existence que quand je la voyais), par la confidence singulière que me fit la femme de chambre de Gilberte rencontrée par hasard. J'appris que quand j'allais tous les jours chez Gilberte elle aimait un jeune homme qu'elle voyait beaucoup plus que moi. J'en avais eu un instant le soupçon à cette époque, et même j'avais alors interrogé cette même femme de chambre. Mais comme elle savait que j'étais épris de Gilberte, elle avait nié, juré que jamais Mlle Swann n'avait vu ce jeune homme. Mais maintenant, sachant que mon amour était mort depuis si longtemps, que depuis des années j'avais laissé toutes ses lettres sans réponse — et peut-être aussi parce qu'elle n'était plus au service de la jeune fille — d'elle-même elle me raconta tout au long l'épisode amoureux que je n'avais pas su.

Cela lui semblait tout naturel. Je crus, me rappelant ses serments d'alors, qu'elle n'avait pas été au courant. Pas du tout, c'est elle-même, sur l'ordre de Mme Swann, qui allait prévenir le jeune homme dès que celle que j'aimais était seule. Que j'aimais alors... Mais je me demandai si mon amour d'autrefois était aussi mort que je le croyais car ce récit me fut pénible. Comme je ne crois pas que la jalousie puisse réveiller un amour mort, je supposai que ma triste impression était due, en partie du moins, à mon amour-propre blessé, car plusieurs personnes que je n'aimais pas et qui à cette époque et même un peu plus tard — cela a bien changé depuis — affectaient à mon endroit une attitude méprisante, savaient parfaitement, pendant que j'étais amoureux de Gilberte, que j'étais dupe. Et cela me fit même me demander rétrospectivement si dans mon amour pour Gilberte il n'y avait pas eu une part d'amour-propre, puisque je souffrais tant maintenant de voir que toutes les heures de tendresse, qui m'avaient rendu si heureux, étaient connues pour une véritable tromperie de mon amie à mes dépens, par des gens que je n'aimais pas. En tous cas, amour ou amour-propre, Gilberte était presque morte en moi mais pas entièrement, et cet ennui acheva de m'empêcher de me soucier outre mesure d'Albertine qui tenait une si étroite partie dans mon cœur. Néanmoins pour en revenir à elle (après une si longue parenthèse) et à sa promenade à Versailles, les cartes postales de Versailles (peut-on donc avoir ainsi simultanément le cœur pris en écharpe par deux jalousies entrecroisées se rapportant chacune à une personne différente ?) me donnaient une impression un peu désagréable chaque fois qu'en rangeant des papiers

mes yeux tombaient sur elles. Et je songeais que
si le mécanicien n'avait pas été un si brave homme,
la concordance de son deuxième récit avec les
« cartes » d'Albertine n'eût pas signifié grand'chose,
car qu'est-ce qu'on vous envoie d'abord de Versailles sinon le château et les Trianons, à moins que
la carte ne soit choisie par quelque raffiné, amoureux
d'une certaine statue, ou par quelque imbécile
élisant comme vue la station du tramway à chevaux
ou la gare des Chantiers. Encore ai-je tort de dire
un imbécile, de telles cartes postales n'ayant pas
toujours été achetées par l'un d'eux au hasard,
pour l'intérêt de venir à Versailles. Pendant deux
ans les hommes intelligents, les artistes trouvèrent
Sienne, Venise, Grenade, une scie et disaient du
moindre omnibus, de tous les wagons : « Voilà qui
est beau. » Puis ce goût passa comme les autres.
Je ne sais même pas si on n'en revint pas au « sacrilège qu'il y a de détruire les nobles choses du passé ».
En tous cas un wagon de première classe cessa d'être
considéré *a priori* comme plus beau que Saint-Marc
de Venise. On disait pourtant : « C'est là qu'est la
vie, le retour en arrière est une chose factice », mais
sans tirer de conclusion nette. A tout hasard et tout
en faisant pleine confiance au chauffeur, et pour
qu'Albertine ne pût pas le plaquer sans qu'il osât
refuser par crainte de passer pour espion, je ne la
laissai plus sortir qu'avec le renfort d'Andrée, alors
que pendant un temps le chauffeur m'avait suffi.
Je l'avais même laissée alors (ce que je n'aurais
plus osé faire depuis) s'absenter pendant trois jours
seule avec le chauffeur et aller jusqu'auprès de Balbec tant elle avait envie de faire de la route sur
simple châssis en grande vitesse. Trois jours où

j'avais été bien tranquille, bien que la pluie de cartes qu'elle m'avait envoyée, ne me fût parvenue, à cause du détestable fonctionnement de ces postes bretonnes (bonnes l'été, mais sans doute désorganisées l'hiver), que huit jours après le retour d'Albertine et du chauffeur, si vaillants que le matin même de leur retour ils reprirent, comme si de rien n'était, leur promenade quotidienne. J'étais ravi qu'Albertine allât aujourd'hui au Trocadéro à cette matinée « extraordinaire », mais surtout rassuré qu'elle y eût une compagne, Andrée.

Laissant ces pensées, maintenant qu'Albertine était sortie, j'allai me mettre un instant à la fenêtre. Il y eut d'abord un silence, où le sifflet du marchand de tripes et la corne du tramway firent résonner l'air à des octaves différents, comme un accordeur de piano aveugle. Puis peu à peu devinrent distincts les motifs entrecroisés auxquels de nouveaux s'ajoutaient. Il y avait aussi un nouveau sifflet, appel d'un marchand dont je n'ai jamais su ce qu'il vendait, sifflet qui, lui, était exactement pareil à celui d'un tramway, et comme il n'était pas emporté par la vitesse on croyait à un seul tramway, non doué de mouvement, ou en panne, immobilisé, criant à petits intervalles comme un animal qui meurt. Et il me semblait que si jamais je devais quitter ce quartier aristocratique — à moins que ce ne fût pour un tout à fait populaire — les rues et les boulevards du centre (où la fruiterie, la poissonnerie, etc..., stabilisées dans de grandes maisons d'alimentation rendaient inutiles les cris des marchands qui n'eussent pas du reste réussi à se faire entendre) me sembleraient bien mornes, bien inhabitables, dépouillés, décantés de toutes ces litanies des petits métiers et des ambulantes mangeailles, privés de l'orchestre qui venait me charmer dès le matin. Sur le trottoir une femme peu élégante (ou obéissant à une mode laide) passait, trop claire dans un paletot sac en poil de chèvre ; mais non ce n'était pas une femme, c'était un chauffeur qui enveloppé dans sa peau de bique gagnait à pied son garage. Échappés des grands hôtels, les chasseurs ailés, aux teintes changeantes, filaient vers les gares, au ras de leur bicyclette, pour rejoindre les voyageurs au train du matin. Le ronflement d'un violon était dû parfois au passage d'une automobile, parfois à ce que je n'avais pas mis assez d'eau dans ma bouillotte électrique. Au milieu de la symphonie détonait un « air » démodé : remplaçant la vendeuse de bonbons qui accompagnait d'habitude son air avec une crécelle, le marchand de jouets, au mirliton duquel était attaché un pantin qu'il faisait mouvoir en tous sens, promenait d'autres pantins, et sans souci de la déclamation rituelle de Grégoire le Grand, de la déclamation réformée de Palestrina et de la déclamation lyrique des modernes, entonnait à pleine voix, partisan attardé de la pure mélodie : « Allons les papas, allons les mamans, contentez vos petits enfants, c'est moi qui les fais, c'est moi qui les vends, et c'est moi qui boulotte l'argent. Tra la la la. Tra la la la laire, tra la la la la la. Allons les petits ! » De petits Italiens, coiffés d'un béret, n'essayaient pas de lutter avec cet aria vivace, et c'est sans rien dire qu'ils offraient de petites statuettes. Cependant qu'un petit fifre réduisait le marchand de jouets à s'éloigner et à chanter plus confusément quoique presto : « Allons les papas, allons les mamans. » Le petit fifre était-il un de ces

dragons que j'entendais le matin à Doncières ?
Non, car ce qui suivait c'étaient ces mots : « Voilà le
réparateur de faïence et de porcelaine. Je répare
le verre, le marbre, le cristal, l'os, l'ivoire et objets
d'antiquité. Voilà le réparateur. » Dans une bouche-
rie, où à gauche était une auréole de soleil, et à droite
un bœuf entier pendu, un garçon boucher, très
grand et très mince, aux cheveux blonds, son cou
sortant d'un col bleu ciel, mettait une rapidité vertigineuse et une religieuse conscience à mettre d'un
côté les filets de bœuf exquis, de l'autre de la culotte
de dernier ordre, les plaçait dans d'éblouissantes
balances surmontées d'une croix, d'où retombaient
de belles chaînettes, et, — bien qu'il ne fît ensuite
que disposer pour l'étalage, des rognons, des tour-
nedos, des entrecôtes — donnait en réalité beaucoup
plus l'impression d'un bel ange qui, au jour du
Jugement dernier, préparera pour Dieu, selon leur
qualité, la séparation des bons et des méchants
et la pesée des âmes. Et de nouveau le fifre grêle
et fin montait dans l'air, annonciateur non plus
des destructions que redoutait Françoise chaque
fois que défilait un régiment de cavalerie, mais de
« réparations » promises par un « antiquaire » naïf
ou gouailleur, et qui en tout cas fort éclectique,
loin de se spécialiser, avait pour objet de son art
les matières les plus diverses. Les petites porteuses
de pain se hâtaient d'enfiler dans leurs paniers les
flûtes destinées au « grand déjeuner » et, à leurs crochets, les laitières attachaient vivement les bouteilles
de lait. La vue nostalgique que j'avais de ces petites
filles, pouvais-je la croire bien exacte ? N'eût-elle
pas été autre si j'avais pu garder immobile quelques
instants auprès de moi une de celles que, de la

hauteur de ma fenêtre, je ne voyais que dans la boutique ou en fuite. Pour évaluer la perte que me faisait éprouver la réclusion, c'est-à-dire la richesse
que m'offrait la journée, il eût fallu intercepter
dans le long déroulement de la frise animée quelque
fillette portant son linge ou son lait, la faire passer
un moment comme une silhouette d'un décor
mobile, entre les portants, dans le cadre de ma porte,
et la retenir sous mes yeux, non sans obtenir sur
elle quelque renseignement, qui me permît de la
retrouver un jour et pareille, cette fiche signalétique
que les ornithologues ou les ichtyologues attachent
avant de leur rendre la liberté sous le ventre des
oiseaux ou des poissons dont ils veulent pouvoir
identifier les migrations.

Aussi, dis-je à Françoise que pour une course
que j'avais à faire, elle voulût m'envoyer, s'il en
venait quelqu'une, telle ou telle de ces petites qui
venaient sans cesse chercher et rapporter le linge,
le pain, ou les carafes de lait, et par lesquelles souvent elle faisait faire des commissions. J'étais
pareil en cela à Elstir qui, obligé de rester enfermé
dans son atelier, certains jours de printemps où
savoir que les bois étaient pleins de violettes lui
donnait une fringale d'en regarder, envoyait sa
concierge lui en acheter un bouquet ; alors ce n'est
pas la table sur laquelle il avait posé le petit modèle
végétal, mais tout le tapis des sous-bois où il avait
vu autrefois, par milliers, les tiges serpentines, flé-
chissant sous leur bec bleu, qu'Elstir croyait avoir
sous les yeux comme une zone imaginaire qu'encla-
vait dans son atelier la limpide odeur de la fleur
évocatrice.

De blanchisseuse, un dimanche, il ne fallait pas

penser qu'il en vînt. Quant à la porteuse de pain,
par une mauvaise chance, elle avait sonné pendant
que Françoise n'était pas là, avait laissé ses flûtes
dans la corbeille, sur le palier, et s'était sauvée.
La fruitière ne viendrait que bien plus tard. Une fois
j'étais entré commander un fromage chez le crémier,
et au milieu des petites employées j'en avais remarqué une, vraie extravagance blonde, haute de taille
bien que puérile, et qui, au milieu des autres porteuses, semblait rêver, dans une attitude assez fière.
Je ne l'avais vue que de loin et en passant si vite
que je n'aurais pu dire comment elle était, sinon
qu'elle avait dû pousser trop vite et que sa tête
portait une toison donnant l'impression bien moins
des particularités capillaires que d'une stylisation
sculpturale des méandres isolés de névés parallèles.
C'est tout ce que j'avais distingué, ainsi qu'un nez
très dessiné (chose rare chez une enfant) dans une
figure maigre et qui rappelait le bec des petits des
vautours. D'ailleurs le groupement autour d'elle
de ses camarades n'avait pas été seul à m'empêcher de la bien voir, mais aussi l'incertitude des
sentiments que je pouvais, à première vue et ensuite,
lui inspirer, qu'ils fussent de fierté farouche, ou
d'ironie, ou d'un dédain exprimé plus tard à ses
amies. Ces suppositions alternatives que j'avais
faites, en une seconde, à son sujet, avait épaissi
autour d'elle l'atmosphère trouble où elle se dérobait, comme une déesse dans la nue que fait trembler
la foudre. Car l'incertitude morale est une cause
plus grande de difficulté à une exacte perception
visuelle que ne serait un défaut matériel de l'œil.
En cette trop maigre jeune personne, qui frappait
aussi trop l'attention, l'excès de ce qu'un autre eût

peut-être appelé les charmes était justement ce qui
était pour me déplaire, mais avait tout de même eu
pour résultat de m'empêcher même d'apercevoir
rien, à plus forte raison de me rien rappeler des
autres petites crémières, que le nez arqué de celle-
ci, et son regard, — chose si peu agréable, — pensif,
personnel, ayant l'air de juger, avaient plongées dans
la nuit à la façon d'un éclair blond qui enténèbre
le paysage environnant. Et ainsi, de ma visite pour
commander un fromage, chez le crémier, je ne m'étais
rappelé (si on peut dire se rappeler à propos d'un
visage, si mal regardé qu'on adapte dix fois au néant
du visage un nez différent), je ne m'étais rappelé
que la petite qui m'avait déplu. Cela suffit à faire
commencer un amour. Pourtant j'eusse oublié l'extravagance blonde et n'aurais jamais souhaité de la
revoir si Françoise ne m'avait dit que, quoique
gamine, cette petite était délurée et allait quitter
sa patronne, parce que trop coquette elle devait
de l'argent dans le quartier. On a dit que la beauté
est une promesse de bonheur. Inversement la possibilité du plaisir peut être un commencement de
beauté.

Je me mis à lire la lettre de maman. A travers ses
citations de Mme de Sévigné « Si mes pensées ne
sont pas tout à fait noires à Combray, elles sont au
moins d'un gris-brun; je pense à toi à tout moment;
je te souhaite; ta santé, tes affaires, ton éloignement,
que penses-tu que tout cela puisse faire entre chien
et loup ? » je sentais que ma mère était ennuyée
de voir le séjour d'Albertine à la maison se prolonger et s'affermir, quoique non encore déclarées
à la fiancée mes intentions de mariage. Elle ne
me le disait pas plus directement parce qu'elle crai-

gnait que je laissasse traîner mes lettres. Encore, si voilées qu'elles fussent, me reprochait-elle de ne pas l'avertir immédiatement, après chacune, que je l'avais reçue : « Tu sais bien que Mme de Sévigné disait : « Quand on est loin on ne se moque plus des lettres qui commencent par : j'ai reçu la vôtre. » Sans parler de ce qui l'inquiétait le plus, elle se disait fâchée de mes grandes dépenses : « A quoi peut passer tout ton argent ? Je suis déjà assez tourmentée de ce que comme Charles de Sévigné tu ne saches pas ce que tu veuilles et que tu sois « deux ou trois hommes à la fois », mais tâche au moins de ne pas être comme lui pour la dépense et que je ne puisse pas dire de toi : il a trouvé le moyen de dépenser sans paraître, de perdre sans jouer et de payer sans s'acquitter. » Je venais de finir le mot de maman quand Françoise revint me dire qu'elle avait justement là la petite laitière un peu trop hardie dont elle m'avait parlé. « Elle pourra très bien porter la lettre de monsieur et faire les courses si ce n'est pas trop loin. Monsieur va voir, elle a l'air d'un petit chaperon rouge. » Françoise alla la chercher et je l'entendis qui la guidait en lui disant : « Hé bien, voyons, tu as peur parce qu'il y a un couloir, bougre de truffe, je te croyais moins empruntée. Faut-il que je te mène par la main ? » Et Françoise en bonne et honnête servante qui entendait faire respecter son maître comme elle le respecte elle-même s'était drapée de cette majesté qui annoblit les entremetteuses dans les tableaux de vieux maîtres, où, à côté d'elles, s'effacent, presque dans l'insignifiance, la maîtresse et l'amant. Mais Elstir quand il les regardait n'avait pas à se préoccuper de ce que faisaient les violettes. L'entrée de la petite laitière

m'ôta aussitôt mon calme de contemplateur, je ne
songeai plus qu'à rendre vraisemblable la fable de
la lettre à lui faire porter et je me mis à écrire rapi-
dement sans oser la regarder qu'à peine, pour ne
pas paraître l'avoir fait entrer pour cela. Elle était
parée pour moi de ce charme de l'inconnu qui ne
se serait pas ajouté pour moi à une jolie fille trouvée
dans ces maisons où elles vous attendent. Elle n'était
ni nue ni déguisée, mais une vraie crémière, une de
celles qu'on s'imagine si jolies, quand on n'a pas
le temps de s'approcher d'elles ; elle était un peu
de ce qui fait l'éternel désir, l'éternel regret de la
vie, dont le double courant est enfin détourné,
amené auprès de nous. Double, car s'il s'agit d'inconnu, d'un être deviné devoir être divin d'après
sa stature, ses proportions, son indifférent regard, son
calme hautain, d'autre part on veut cette femme
bien spécialisée dans sa profession, nous permettant
de nous évader dans ce monde qu'un costume particulier nous fait romanesquement croire différent.
Au reste si l'on cherche à faire tenir dans une formule la loi de nos curiosités amoureuses, il faudrait
la chercher dans le maximum d'écart entre une
femme aperçue et une femme approchée, caressée.
Si les femmes de ce que l'on appelait autrefois les
maisons closes, si les cocottes elles-mêmes (à condition que nous sachions qu'elles sont des cocottes)
nous attirent si peu, ce n'est pas qu'elles soient
moins belles que d'autres, c'est qu'elles sont toutes
prêtes ; que ce qu'on cherche précisément à atteindre,
elles nous l'offrent déjà ; c'est qu'elles ne sont pas
des conquêtes. L'écart là est à son minimum.
Une grue nous sourit déjà dans la rue comme elle
le fera près de nous. Nous sommes des sculpteurs.

Nous voulons obtenir d'une femme une statue entièrement différente de celle qu'elle nous a présentée. Nous avons vu une jeune fille indifférente, insolente, au bord de la mer, nous avons vu une vendeuse sérieuse et active à son comptoir qui nous répondra sèchement, ne fût-ce que pour ne pas être l'objet des moqueries de ses copines, une marchande de fruits qui nous répond à peine. Hé bien ! nous n'avons de cesse que nous puissions expérimenter si la fière jeune fille du bord de la mer, si la vendeuse à cheval sur le qu'en-dira-t-on, si la distraite marchande de fruits ne sont pas susceptibles, à la suite de manèges adroits de notre part, de laisser fléchir leur attitude rectiligne, d'entourer notre cou de leurs bras qui portaient les fruits, d'incliner sur notre bouche, avec un sourire consentant, des yeux jusque-là glacés ou distraits, — ô beauté des yeux sévères — aux heures de travail où l'ouvrière craignait tant la médisance de ses compagnes, des yeux qui fuyaient nos obsédants regards et qui, maintenant que nous l'avons vue seule à seul, font plier leurs prunelles sous le poids ensoleillé du rire quand nous parlons de faire l'amour. Entre la vendeuse, la blanchisseuse attentive à repasser, la marchande de fruits, la crémière, — et cette même fillette qui va devenir notre maîtresse, le maximum d'écart est atteint, tendu encore à ses extrêmes limites, et varié par ces gestes habituels de la profession qui font des bras, pendant la durée du labeur, quelque chose d'aussi différent que possible comme arabesque de ces souples liens qui déjà chaque soir s'enlacent à notre cou tandis que la bouche s'apprête pour le baiser. Aussi passons-nous toute notre vie en inquiètes démarches sans cesse renouvelées auprès des filles

sérieuses et que leur métier semble éloigner de nous.
Une fois dans nos bras, elles ne sont plus que ce
qu'elles étaient, cette distance que nous rêvions de
franchir est supprimée. Mais on recommence avec
d'autres femmes, on donne à ces entreprises tout son
temps, tout son argent, toutes ses forces, on crève
de rage contre le cocher trop lent qui va peut-être
nous faire manquer notre premier rendez-vous,
on a la fièvre. Ce premier rendez-vous, on sait pourtant qu'il accomplira l'évanouissement d'une illusion. Il n'importe tant que l'illusion dure ; on veut
voir si on peut la changer en réalité, et alors on pense
à la blanchisseuse dont on a remarqué la froideur.
La curiosité amoureuse est comme celle qu'excitent
en nous les noms de pays ; toujours déçue, elle renaît
et reste toujours insatiable.

Hélas ! une fois auprès de moi, la blonde crémière
aux mèches striées, dépouillée de tant d'imagination et de désirs éveillés en moi, se trouva réduite
à elle-même. Le nuage frémissant de mes suppositions ne l'enveloppait plus d'un vertige. Elle prenait un air tout penaud de n'avoir plus (au lieu des
dix, des vingt, que je me rappelais tour à tour
sans pouvoir fixer mon souvenir) qu'un seul nez
plus rond que je ne l'avais cru qui donnait une idée
de bêtise et avait en tous cas perdu le pouvoir de se
multiplier. Ce vol capturé, inerte, anéanti, incapable
de rien ajouter à sa pauvre évidence, n'avait plus
mon imagination pour collaborer avec lui. Tombé
dans le réel immobile, je tâchai de rebondir ; les joues,
non aperçues de la boutique, me parurent si jolies
que j'en fus intimidé et, pour me donner une contenance, je dis à la petite crémière : « Seriez-vous
assez bonne pour me passer *le Figaro* qui est là

il faut que je regarde le nom de l'endroit où je veux vous envoyer. » Aussitôt, en prenant le journal, elle découvrit jusqu'au coude la manche rouge de sa jaquette et me tendit la feuille conservatrice d'un geste adroit et gentil qui me plut par sa rapidité familière, son apparence moelleuse et sa couleur écarlate. Pendant que j'ouvrais *le Figaro,* pour dire quelque chose et sans lever les yeux, je demandai à la petite : « Comment s'appelle ce que vous portez là en tricot rouge, c'est très joli. » Elle me répondit : « C'est mon golf. » Car par une petite déchéance habituelle à toutes les modes, les vêtements et les modes qui, il y a quelques années, semblaient appartenir au monde relativement élégant des amies d'Albertine, étaient maintenant le lot des ouvrières. « Ça ne vous gênerait vraiment pas trop, dis-je en faisant semblant de chercher dans *le Figaro,* que je vous envoie même un peu loin ? ». Dès que j'eus ainsi l'air de trouver pénible le service qu'elle me rendrait en faisant une course, aussitôt elle commença à trouver que c'était gênant pour elle. « C'est que je dois aller tantôt me promener en vélo. Dame nous n'avons que le dimanche. » « Mais vous n'avez pas froid nu-tête comme cela ? » « Ah ! je ne serai pas nu-tête, j'aurai mon polo, et je pourrais m'en passer avec tous mes cheveux. » Je levai les yeux sur les mèches flavescentes et frisées et je sentis que leur tourbillon m'emportait le cœur battant, dans la lumière et les rafales d'un ouragan de beauté. Je continuais à regarder le journal, mais bien que ce ne fût que pour me donner une contenance et me faire gagner du temps, tout en ne faisant que semblant de lire, je comprenais tout de même le sens des mots qui étaient sous mes yeux, et ceux-ci me frappaient : « Au programme de la matinée que nous avons annoncée et qui sera donnée cet après-midi dans la salle des fêtes du Trocadéro, il faut ajouter le nom de Mlle Léa qui a accepté d'y paraître dans *les Fourberies de Nérine*. Elle tiendra bien entendu le rôle de Nérine où elle est étourdissante de verve et d'ensorceleuse gaîté. » Ce fut comme si on avait brutalement arraché de mon cœur le pansement sous lequel il avait commencé depuis mon retour de Balbec à se cicatriser. Le flux de mes angoisses s'échappa à torrents. Léa, c'était la comédienne amie des deux jeunes filles de Balbec qu'Albertine, sans avoir l'air de les voir, avait un après-midi, au casino, regardées dans la glace. Il est vrai qu'à Balbec, Albertine, au nom de Léa, avait pris un ton de componction particulier pour me dire, presque choquée qu'on pût soupçonner une telle vertu : « Oh non, ce n'est pas du tout une femme comme ça, c'est une femme très bien. » Malheureusement pour moi, quand Albertine émettait une affirmation de ce genre, ce n'était jamais que le premier stade d'affirmations différentes. Peu après la première, venait cette deuxième : Je ne la connais pas. En troisième lieu quand Albertine m'avait parlé d'une telle personne « insoupçonnable » et que (secundo) elle ne connaissait pas, elle oubliait peu à peu, d'abord avoir dit qu'elle ne la connaissait pas, et dans une phrase où elle se « coupait » sans le savoir, racontait qu'elle la connaissait. Ce premier oubli consommé et la nouvelle affirmation ayant été émise, un deuxième oubli commençait, celui que la personne était insoupçonnable. « Est-ce qu'une telle, demandais-je, n'a pas telles mœurs ? » « Mais voyons, naturellement, c'est connu comme tout ! » Aussitôt le ton de componction reprenait pour une affirmation qui était un vague écho fort amoindri de la toute première : « Je dois dire qu'avec moi elle a toujours été d'une convenance parfaite. Naturellement, elle savait que je l'aurais remisée et de la belle manière. Mais enfin cela ne fait rien. Je suis obligée de lui être reconnaissante du vrai respect qu'elle m'a toujours témoigné. On voit qu'elle savait à qui elle avait affaire. » On se rappelle la vérité parce qu'elle a un nom, des racines anciennes, mais un mensonge improvisé s'oublie vite. Albertine oubliait ce dernier mensonge-là, le quatrième, et un jour où elle voulait gagner ma confiance par des confidences, elle se laissait aller à me dire de la même personne, au début si comme il faut et qu'elle ne connaissait pas : « Elle a eu le béguin pour moi. Trois ou quatre fois elle m'a demandé de l'accompagner jusque chez elle et de monter la voir. L'accompagner, je n'y voyais pas de mal, devant tout le monde, en plein jour, en plein air. Mais arrivée à sa porte, je trouvais toujours un prétexte et je ne suis jamais montée. » Quelque temps après Albertine faisait allusion à la beauté des objets qu'on voyait chez la même dame. D'approximation en approximation on fût sans doute arrivé à lui faire dire la vérité qui était peut-être moins grave que je n'étais porté à le croire, car, peut-être facile avec les femmes, préférait-elle un amant, et maintenant que j'étais le sien n'eût-elle pas songé à Léa. En tous cas pour cette dernière je n'en étais qu'à la première affirmation et j'ignorais si Albertine la connaissait. Déjà, en tout cas pour bien des femmes, il m'eût suffi de rassembler devant mon amie, en une synthèse, ses affirmations contradictoires pour la convaincre de ses fautes

(fautes qui sont bien plus aisées, comme les lois astronomiques, à dégager par le raisonnement, qu'à
observer, qu'à surprendre dans la réalité). Mais elle
aurait encore mieux aimé dire qu'elle avait menti
quand elle avait émis une de ces affirmations, dont
ainsi le retrait ferait écrouler tout mon système,
plutôt que de reconnaître que tout ce qu'elle avait
raconté dès le début n'était qu'un tissu de contes
mensongers. Il en est de semblables dans les *Mille
et une Nuits* et qui nous charment. Ils nous font
souffrir dans une personne que nous aimons, et
à cause de cela nous permettent d'entrer un peu
plus avant dans la connaissance de la nature humaine au lieu de nous contenter de nous jouer
à sa surface. Le chagrin pénètre en nous et nous force
par la curiosité douloureuse à pénétrer. D'où des
vérités que nous ne nous sentons pas le droit de
cacher, si bien qu'un athée moribond qui les a dé-
couvertes, assuré du néant, insoucieux de la gloire,
use pourtant ses dernières heures à tâcher de les
faire connaître.

Sans doute je n'en étais qu'à la première de ces
affirmations pour Léa. J'ignorais même si Albertine la connaissait ou non. N'importe, cela revenait
au même. Il fallait à tout prix éviter qu'au Trocadéro elle pût retrouver cette connaissance ou faire
la connaissance de cette inconnue. Je dis que je ne
savais si elle connaissait Léa ou non ; j'avais dû
pourtant l'apprendre à Balbec, d'Albertine elle-
même. Car l'oubli anéantissait aussi bien chez moi
que chez Albertine une grande part des choses
qu'elle m'avait affirmées. La mémoire, au lieu d'un
exemplaire en double toujours présent à nos yeux
des divers faits de notre vie, est plutôt un néant

d'où par instant une similitude nous permet de tirer, ressuscités, des souvenirs morts ; mais encore il y a mille petits faits qui ne sont pas tombés dans cette virtualité de la mémoire, et qui resteront à jamais incontrôlables pour nous. Tout ce que nous ignorons se rapporter à la vie réelle de la personne que nous aimons nous n'y faisons aucune attention, nous oublions aussitôt ce qu'elle nous a dit à propos de tel fait ou de telles gens que nous ne connaissons pas, et l'air qu'elle avait en nous le disant. Aussi quand ensuite notre jalousie est excitée par ces mêmes gens, pour savoir si elle ne se trompe pas, si c'est bien à eux qu'elle doit rapporter telle hâte que notre maîtresse a de sortir, tel mécontentement que nous l'en ayons privée en rentrant trop tôt, notre jalousie fouillant le passé pour en tirer des indications n'y trouve rien ; toujours rétrospective elle est comme un historien qui aurait à faire une histoire pour laquelle il n'a aucun document ; toujours en retard elle se précipite comme un taureau furieux là où ne se trouve pas l'être fier et brillant qui l'irrite de ses piqûres et dont la foule cruelle admire la magnificence et la ruse. La jalousie se débat dans le vide, incertaine comme nous le sommes dans ces rêves où nous souffrons de ne pas trouver dans sa maison vide une personne que nous avons bien connue dans la vie, mais qui peut-être en est ici une autre et a seulement emprunté les traits d'un autre personnage, incertaine comme nous le sommes plus encore après le réveil quand nous cherchons à identifier tel ou tel détail de notre rêve. Quel air avait notre amie en nous disant cela ; n'avait-elle pas l'air heureux, ne sifflait-elle même pas, ce qu'elle ne fait que quand elle a quelque

pensée amoureuse? Au temps de l'amour, pour peu
que notre présence l'importune et l'irrite, ne nous
a-t-elle pas dit une chose qui se trouve en contradiction avec ce qu'elle nous affirme maintenant,
qu'elle connaît ou ne connaît pas telle personne ?
Nous ne le savons pas, nous ne le saurons jamais ;
nous nous acharnons à chercher les débris inconsis-
tants d'un rêve, et pendant ce temps notre vie
avec notre maîtresse continue, notre vie distraite
devant ce que nous ignorons être important pour
nous, attentive à ce qui ne l'est peut-être pas, encau-
chemardée par des êtres qui sont sans rapports
réels avec nous, pleine d'oublis, de lacunes, d'an-
xiétés vaines, notre vie pareille à un songe.

Je m'aperçus que la petite laitière était toujours
là. Je lui dis que décidément ce serait bien loin,
que je n'avais pas besoin d'elle. Alors elle trouva
aussi que ce serait trop gênant : « Il y a un beau
match tantôt, je ne voudrais pas le manquer. »
Je sentis qu'elle devait déjà aimer les sports et que
dans quelques années elle dirait : vivre sa vie. Je lui
dis que décidément je n'avais pas besoin d'elle et
je lui donnai cinq francs. Aussitôt, s'y attendant
si peu, et se disant que si elle avait cinq francs
pour ne rien faire, elle aurait beaucoup pour ma
course, elle commença à trouver que son match
n'avait pas d'importance. « J'aurais bien fait votre
course. On peut toujours s'arranger. » Mais je la
poussai vers la porte, j'avais besoin d'être seul,
il fallait à tout prix empêcher qu'Albertine pût
retrouver au Trocadéro les amies de Léa. Il le fallait,
il fallait y réussir ; à vrai dire je ne savais pas encore
comment, et pendant ces premiers instants j'ouvrais
mes mains, les regardais, faisais craquer les join-

tures de mes doigts, soit que l'esprit qui ne peut
trouver ce qu'il cherche, pris de paresse, s'accorde
de faire halte pendant un instant où les choses les
plus indifférentes lui apparaissent distinctement,
comme ces pointes d'herbe des talus qu'on voit du
wagon trembler au vent, quand le train s'arrête en
rase campagne — immobilité qui n'est pas toujours
plus féconde que celle de la bête capturée qui para-
lysée par la peur ou fascinée regarde sans bouger —
soit que je tinsse tout préparé mon corps — avec
mon intelligence au dedans et en celle-ci les moyens
d'action sur telle ou telle personne — comme n'étant
plus qu'une arme d'où partirait le coup qui sépa-
rerait Albertine de Léa et de ses deux amies. Certes
le matin quand Françoise était venue me dire
qu'Albertine irait au Trocadéro, je m'étais dit :
« Albertine peut bien faire ce qu'elle veut » et j'avais
cru que jusqu'au soir, par ce temps radieux, ses
actions resteraient pour moi sans importance per-
ceptible ; mais ce n'était pas seulement le soleil
matinal, comme je l'avais pensé, qui m'avait rendu
si insouciant ; c'était parce que, ayant obligé Albertine à renoncer aux projets qu'elle pouvait peut-être
amorcer ou même réaliser chez les Verdurin et l'ayant
réduite à aller à une matinée que j'avais choisie
moi-même et en vue de laquelle elle n'avait pu rien
préparer, je savais que ce qu'elle ferait serait forcément innocent. De même si Albertine avait dit
quelques instants plus tard : « Si je me tue, cela
m'est bien égal », c'était parce qu'elle était persuadée
qu'elle ne se tuerait pas. Devant moi, devant Albertine, il y avait en ce matin (bien plus que l'ensoleillement du jour) ce milieu que nous ne voyons pas,
mais par l'intermédiaire translucide et changeant

202

duquel nous voyons, moi ses actions, elle l'importance de sa propre vie, c'est-à-dire ces croyances
que nous ne percevons pas mais qui ne sont pas plus
assimilables à un pur vide que n'est l'air qui nous
entoure ; composant autour de nous une atmosphère
variable, parfois excellente, souvent irrespirable,
elles mériteraient d'être relevées et notées avec
autant de soin que la température, la pression barométrique, la saison, car nos jours ont leur originalité,
physique et morale. La croyance non remarquée
ce matin par moi et dont pourtant j'avais été joyeusement enveloppé jusqu'au moment où j'avais
rouvert *le Figaro*, qu'Albertine ne ferait rien que
d'inoffensif, cette croyance venait de disparaître.
Je ne vivais plus dans la belle journée, mais dans
une journée créée au sein de la première par l'inquiétude qu'Albertine renouât avec Léa et plus facilement encore avec les deux jeunes filles si elles allaient,
comme cela me semblait probable, applaudir l'actrice au Trocadéro où il ne leur serait pas difficile,
dans un entr'acte, de retrouver Albertine. Je ne
songeais plus à Mlle Vinteuil, le nom de Léa m'avait
fait revoir, pour en être jaloux, l'image d'Albertine
au Casino près des deux jeunes filles. Car je ne possédais dans ma mémoire que des séries d'Albertine
séparées les unes des autres, incomplètes, des pro-
fils, des instantanés ; aussi ma jalousie se confi-
nait-elle à une expression discontinue, à la fois
fugitive et fixée, et aux êtres qui l'avaient amenée
sur la figure d'Albertine. Je me rappelais celle-ci
quand, à Balbec, elle était trop regardée par les
deux jeunes filles ou par des femmes de ce genre ;
je me rappelais la souffrance que j'éprouvais à voir
parcourir par des regards actifs, comme ceux d'un

peintre qui veut prendre un croquis, le visage entièrement recouvert par eux et qui, à cause de ma présence sans doute, subissait ce contact sans avoir
l'air de s'en apercevoir, avec une passivité peut-être
clandestinement voluptueuse. Et avant qu'elle se
ressaisît et me parlât, il y avait une seconde pendant
laquelle Albertine ne bougeait pas, souriait dans le
vide, avec le même air de naturel feint et de plaisir
dissimulé que si on avait été en train de faire sa
photographie ; ou même pour choisir devant l'ob-
jectif une pose plus fringante — celle même qu'elle
avait prise à Doncières quand nous nous promenions
avec Saint-Loup, riant et passant sa langue sur ses
lèvres, elle faisait semblant d'agacer un chien.
Certes à ces moments elle n'était nullement la même
que quand c'était elle qui était intéressée par des
fillettes qui passaient. Dans ce dernier cas au contraire son regard étroit et velouté se fixait, se collait
sur la passante, si adhérent, si corrosif, qu'il semblait
qu'en se retirant il aurait dû emporter la peau.
Mais en ce moment ce regard-là, qui du moins lui
donnait quelque chose de sérieux, jusqu'à la faire
paraître souffrante, m'avait semblé doux auprès
du regard atone et heureux qu'elle avait près des
deux jeunes filles, et j'aurais préféré la sombre
expression du désir qu'elle ressentait peut-être
quelquefois à la riante expression causée par le
désir qu'elle inspirait. Elle avait beau essayer de
voiler la conscience qu'elle en avait, celle-ci la baignait, l'enveloppait, vaporeuse, voluptueuse, faisait
paraître sa figure toute rose. Mais tout ce qu'Albertine tenait à ces moments-là en suspens en elle,
qui irradiait autour d'elle et me faisait tant souffrir,
qui sait si hors de ma présence elle continuerait à le

taire, si aux avances des deux jeunes filles, maintenant que je n'étais pas là, elle ne répondrait pas
audacieusement. Certes ces souvenirs me causaient
une grande douleur, ils étaient comme un aveu total
des goûts d'Albertine, une confession générale de
son infidélité contre quoi ne pouvaient prévaloir
les serments particuliers qu'elle me faisait, auxquels
je voulais croire, les résultats négatifs de mes incomplètes enquêtes, les assurances, peut-être faites de
connivence avec elle, d'Andrée. Albertine pouvait
me nier ses trahisons particulières, par des mots
qui lui échappaient, plus forts que les déclarations
contraires, par ces regards seuls, elle avait fait
l'aveu de ce qu'elle eût voulu cacher, bien plus que
de faits particuliers, de ce qu'elle se fût fait tuer
plutôt que de reconnaître : de son penchant. Car
aucun être ne veut livrer son âme. Malgré la douleur que ces souvenirs me causaient, aurais-je pu
nier que c'était le programme de la matinée du Trocadéro qui avait réveillé mon besoin d'Albertine ?
Elle était de ces femmes à qui leurs fautes pourraient
au besoin tenir lieu de charme, et autant que leurs
fautes, leur bonté qui y succède et ramène en nous
cette douceur qu'avec elles, comme un malade qui
n'est jamais bien portant deux jours de suite, nous
sommes sans cesse obligés de reconquérir. D'ailleurs
plus même que leurs fautes pendant que nous les
aimons, il y a leurs fautes avant que nous les con-
naissions, et la première de toutes : leur nature. Ce
qui rend douloureuses de telles amours en effet, c'est
qu'il leur préexiste une espèce de péché originel de
la femme, un péché qui nous les fait aimer, de sorte
que, quand nous l'oublions, nous avons moins besoin
d'elle et que pour recommencer à aimer il faut

récommencer à souffrir. En ce moment, qu'elle ne
retrouvât pas les deux jeunes filles et savoir si elle
connaissait Léa ou non était ce qui me préoccupait
le plus, en dépit de ce qu'on ne devrait pas s'intéresser aux faits particuliers autrement qu'à cause de
leur signification générale, et malgré la puérilité qu'il
y a aussi grande que celle du voyage ou du désir de
connaître des femmes, de fragmenter sa curiosité sur
ce qui du torrent invisible des réalités cruelles qui
nous resteront toujours inconnues a fortuitement
cristallisé dans notre esprit. D'ailleurs arriverions-
nous à détruire cette cristallisation qu'elle serait
remplacé par une autre aussitôt. Hier je craignais
qu'Albertine n'allât chez Mme Verdurin. Maintenant
je n'étais plus préoccupé que de Léa. La jalousie qui
a un bandeau sur les yeux n'est pas seulement
impuissante à rien découvrir dans les ténèbres qui
l'enveloppent, elle est encore un de ces supplices
où la tâche est à recommencer sans cesse, comme
celle des Danaïdes, comme celle d'Ixion. Même si
ses amies n'étaient pas là, quelle impression pouvait faire sur elle Léa embellie par le travestisse-
ment, glorifiée par le succès, quelles rêveries lais-
serait-elle à Albertine, quels désirs qui, même réfré-
nés, chez moi lui donneraient le dégoût d'une vie
où elle ne pouvait les assouvir ?

D'ailleurs qui sait si elle ne connaissait pas Léa
et n'irait pas la voir dans sa loge, et même si Léa
ne la connaissait pas ; qui m'assurait que l'ayant
en tous cas aperçue à Balbec, elle ne la reconnaîtrait
pas et ne lui ferait pas de la scène un signe qui autori-
serait Albertine à se faire ouvrir la porte des coulisses ? Un danger semble très évitable quand il est
conjuré. Celui-ci ne l'était pas encore, j'avais peur

qu'il ne pût pas l'être et il me semblait d'autant plus terrible. Et pourtant cet amour pour Albertine que je sentais presque s'évanouir quand j'essayais de le réaliser, la violence de ma douleur en ce moment semblait en quelque sorte m'en donner la preuve. Je n'avais plus souci de rien d'autre, je ne pensais qu'aux moyens de l'empêcher de rester au Trocadéro, j'aurais offert n'importe quelle somme à Léa pour qu'elle n'y allât pas. Si donc on prouve sa préférence par l'action qu'on accomplit plus que par l'idée qu'on forme, j'aurais aimé Albertine. Mais cette reprise de ma souffrance ne donnait pas plus de consistance en moi à l'image d'Albertine. Elle causait mes maux comme une divinité qui reste invisible. Faisant mille conjectures je cherchais à parer à ma souffrance sans réaliser pour cela mon amour. D'abord il fallait être certain que Léa allât vraiment au Trocadéro. Après avoir congédié la laitière, je téléphonai à Bloch, lié lui aussi avec Léa, pour le lui demander. Il n'en savait rien et parut étonné que cela pût m'intéresser. Je pensai qu'il me fallait aller vite, que Françoise était tout habillée et moi pas, et pendant que moi-même je me levais, je lui fis prendre une automobile ; elle devait aller au Trocadéro, prendre un billet, chercher Albertine partout dans la salle et lui remettre un mot de moi. Dans ce mot, je lui disais que j'étais bouleversé par une lettre reçue à l'instant de la même dame à cause de qui elle savait que j'avais été si malheureux une nuit à Balbec. Je lui rappelais que le lendemain elle m'avait reproché de ne pas l'avoir fait appeler. Aussi je me permettais, lui disais-je, de lui demander de me sacrifier sa matinée et de venir me chercher pour aller prendre un peu l'air ensemble

afin de tâcher de me remettre. Mais comme j'en
avais pour assez longtemps avant d'être habillé et
prêt, elle me ferait plaisir de profiter de la présence
de Françoise pour aller acheter aux Trois-Quartiers
(ce magasin étant plus petit m'inquiétait moins
que le Bon Marché) la guimpe de tulle blanc dont elle
avait besoin. Mon mot n'était probablement pas
inutile. A vrai dire je ne savais rien qu'eût fait Albertine, depuis que je la connaissais, ni même avant.
Mais dans sa conversation (Albertine aurait pu, si je
lui en eusse parlé, dire que j'avais mal entendu),
il y avait certaines contradictions, certaines re-
touches qui me semblaient aussi décisives qu'un
flagrant délit, mais moins utilisables contre Albertine
qui, souvent prise en fraude comme un enfant, grâce
à de brusques redressements stratégiques, avait
chaque fois rendu vaines mes cruelles attaques
et rétabli la situation. Cruelles surtout pour moi.
Elle usait, non par raffinement de style, mais pour
réparer ses imprudences, de ces brusques sautes de
syntaxe ressemblant un peu à ce que les gram-
mairiens appellent anacoluthe ou je ne sais comment. S'étant laissée aller en parlant femmes
à dire : « Je me rappelle que dernièrement je »,
brusquement après un « quart de soupir », « je »
devenait « elle », c'était une chose qu'elle avait
aperçue en promeneuse innocente, et nullement
accomplie. Ce n'était pas elle qui était le sujet de
l'action. J'aurais voulu me rappeler exactement le
commencement de la phrase pour conclure moi-
même, puisqu'elle lâchait pied, à ce qu'en eût été
la fin. Mais comme j'avais entendu cette fin, je
me rappelais mal le commencement que peut-être
mon air d'intérêt lui avait fait dévier et je restais

anxieux de sa pensée vraie, de son souvenir véridique. Il en est malheureusement des commencements d'un mensonge de notre maîtresse, comme des
commencements de notre propre amour, ou d'une
vocation. Ils se forment, se conglomèrent, ils passent,
inaperçus de notre propre attention. Quand on veut
se rappeler de quelle façon on a commencé d'aimer
une femme, on aime déjà ; les rêveries d'avant,
on ne se disait pas : c'est le prélude d'un amour,
faisons attention, et elles avançaient par surprise,
à peine remarquées de nous. De même, sauf des cas
relativement assez rares, ce n'est guère que pour la
commodité du récit que j'ai souvent opposé ici un
dire mensonger d'Albertine avec son assertion première sur le même sujet. Cette assertion première,
souvent, ne lisant pas dans l'avenir et ne devinant
pas quelle affirmation contradictoire lui ferait pendant, elle s'était glissée inaperçue, entendue certes de
mes oreilles, mais sans que je l'isolasse de la continuité des paroles d'Albertine. Plus tard, devant le
mensonge parlant, ou pris d'un doute anxieux,
j'aurais voulu me rappeler ; c'était en vain ; ma
mémoire n'avait pas été prévenue à temps ; elle
avait cru inutile de garder copie.

Je recommandai à Françoise, quand elle aurait
fait sortir Albertine de la salle, de m'en avertir par
téléphone et de la ramener contente ou non. « Il ne
manquerait plus que cela qu'elle ne soit pas contente
de venir voir monsieur », répondit Françoise.
« Mais je ne sais pas si elle aime tant que cela me voir ».
« Il faudrait qu'elle soit bien ingrate », reprit Françoise, en qui Albertine renouvelait après tant d'années le même supplice d'envie que lui avait causé
jadis Eulalie auprès de ma tante. Ignorant que la

209

situation d'Albertine auprès de moi n'avait pas été cherchée par elle mais voulue par moi (ce que par amour-propre et pour faire enrager Françoise j'aimais autant lui cacher) elle admirait et exécrait son habileté, l'appelait quand elle parlait d'elle aux autres domestiques une « comédienne », une « enjôleuse » qui faisait de moi ce qu'elle voulait. Elle n'osait pas encore entrer en guerre contre elle, lui faisait bon visage et se faisait mérite auprès de moi des services qu'elle lui rendait dans ses relations avec moi, pensant qu'il était inutile de me rien dire et qu'elle n'arriverait à rien, mais à l'affût d'une occasion ; si jamais elle découvrait dans la situation d'Albertine une fissure, elle se promettait bien de l'élargir et de nous séparer complètement. « Bien ingrate ? — Mais non, Françoise, c'est moi qui me trouve ingrat, vous ne savez pas comme elle est bonne avec moi. (Il m'était si doux d'avoir l'air d'être aimé.) — Partez vite. — Je vais me cavaler et presto. » L'influence de sa fille commençait à altérer un peu le vocabulaire de Françoise. Ainsi perdent leur pureté toutes les langues par l'adjonction de termes nouveaux. Cette décadence du parler de Françoise, que j'avais connu à ses belles époques, j'en étais du reste indirectement responsable. La fille de Françoise n'aurait pas fait dégénérer jusqu'au plus bas jargon le langage classique de sa mère, si elle s'était contentée de parler patois avec elle. Elle ne s'en était jamais privée, et quand elles étaient toutes deux auprès de moi si elles avaient des choses secrètes à se dire, au lieu d'aller s'enfermer dans la cuisine, elles se faisaient en plein milieu de ma chambre une protection plus infranchissable que la porte la mieux fermée, en parlant patois. Je sup-

posais seulement que la mère et la fille ne vivaient
pas toujours en très bonne intelligence, si j'en jugeais
par la fréquence avec laquelle revenait le seul mot
que je pusse distinguer : m'esasperate (à moins que
l'objet de cette exaspération ne fût moi). Malheureusement la langue la plus inconnue finit par s'apprendre quand on l'entend toujours parler. Je
regrettais que ce fût le patois, car j'arrivais à le savoir
et n'aurais pas moins bien appris si Françoise avait
eu l'habitude de s'exprimer en persan. Françoise,
quand elle s'aperçut de mes progrès, eut beau accé-
lérer son débit, et sa fille pareillement, rien n'y fit.
La mère fut désolée que je comprisse le patois, puis
contente de me l'entendre parler. A vrai dire ce
contentement, c'était de la moquerie, car bien que
j'eusse fini par le prononcer à peu près comme elle,
elle trouvait entre nos deux prononciations des
abîmes qui la ravissaient et se mit à regretter de ne
plus voir des gens de son pays auxquels elle n'avait
jamais pensé depuis bien des années et qui, paraît-il,
se seraient tordus d'un rire qu'elle eût voulu entendre,
en m'écoutant parler si mal le patois. Cette seule
idée la remplissait de gaîté et de regret, et elle énu-
mérait tel ou tel paysan qui en aurait eu des larmes
de rire. En tout cas aucune joie ne mélangea la tristesse que, même le prononçant mal, je le comprisse
bien. Les clefs deviennent inutiles quand celui qu'on
veut empêcher d'entrer peut se servir d'un passe-
partout ou d'une pince-monseigneur. Le patois
devenant une défense sans valeur, elle se mit à parler
avec sa fille un français qui devint bien vite celui des
plus basses époques.

J'étais prêt, Françoise n'avait pas encore téléphoné ; fallait-il partir sans attendre. Mais qui sait

si elle trouverait Albertine ? si celle-ci ne serait pas
dans les coulisses, si même rencontrée par Françoise
elle se laisserait ramener. Une demi-heure plus tard
le tintement du téléphone retentit et dans mon cœur
battaient tumultueusement l'espérance et la crainte.
C'étaient, sur l'ordre d'un employé de téléphone,
un escadron volant de sons qui avec une vitesse
instantanée m'apportaient les paroles du télépho-
niste, non celles de Françoise qu'une timidité et une
mélancolie ancestrales, appliquées à un objet inconnu de ses pères, empêchaient de s'approcher
d'un récepteur, quitte à visiter des contagieux.
Elle avait trouvé au promenoir Albertine seule, qui,
étant allée seulement prévenir Andrée qu'elle ne
restait pas, avait rejoint aussitôt Françoise. « Elle
n'était pas fâchée ? — Ah ! pardon ! Demandez
à cette dame si cette demoiselle n'était pas fâchée ? »
« Cette dame me dit de vous dire que non pas du
tout, que c'était tout le contraire ; en tout cas si
elle n'était pas contente ça ne se connaissait pas.
Elles partent maintenant aux Trois-Quartiers et
seront rentrées à deux heures. » Je compris que
deux heures signifiaient trois heures, car il était plus
de deux heures. Mais c'était chez Françoise un de
ces défauts particuliers, permanents, inguérissables,
que nous appelons maladies, de ne pouvoir jamais
regarder ni dire l'heure exactement. Je n'ai jamais
pu comprendre ce qui se passait dans sa tête. Quand
Françoise ayant regardé sa montre, s'il était deux
heures, disait : il est une heure, ou il est trois heures,
je n'ai jamais pu comprendre si le phénomène qui
avait lieu alors avait pour siège la vue de Françoise
ou sa pensée, ou son langage ; ce qui est certain
c'est que ce phénomène avait toujours lieu. L'hu-

manité est très vieille. L'hérédité, les croisements
ont donné une force immuable à de mauvaises habitudes, à des réflexes vicieux. Une personne éternue
et râle parce qu'elle passe près d'un rosier, une autre
a une éruption à l'odeur de la peinture fraîche,
beaucoup des coliques s'il faut partir en voyage,
et des petits-fils de voleurs qui sont millionnaires
et généreux ne peuvent résister à nous voler cinquante francs. Quant à savoir en quoi consistait
l'impossibilité où était Françoise de dire l'heure
exactement, ce n'est pas elle qui m'a jamais fourni
aucune lumière à cet égard. Car malgré la colère
où ces réponses inexactes me mettaient d'habitude,
Françoise ne cherchait ni à s'excuser de son erreur,
ni à l'expliquer. Elle restait muette, avait l'air de
ne pas m'entendre, ce qui achevait de m'exaspérer.
J'aurais voulu entendre une parole de justification,
ne fût-ce que pour la battre en brèche, mais rien,
un silence indifférent. En tout cas pour ce qui était
d'aujourd'hui il n'y avait pas de doute, Albertine
allait rentrer avec Françoise à trois heures, Albertine ne verrait ni Léa ni ses amies. Alors ce danger
qu'elle renouât des relations avec elles étant conjuré,
il perdit aussitôt à mes yeux de son importance et je
m'étonnai, en voyant avec quelle facilité il l'avait
été, d'avoir cru que je ne réussirais pas à ce qu'il le
fût. J'éprouvai un vif mouvement de reconnaissance pour Albertine qui, je le voyais, n'était pas
allée au Trocadéro pour les amies de Léa, et qui me
montrait, en quittant la matinée et en rentrant
sur un signe de moi, qu'elle m'appartenait plus que
je ne me le figurais. Il fut plus grand encore quand
un cycliste me porta un mot d'elle pour que je prisse
patience et où il y avait de ces gentilles expressions

qui lui étaient familières : « Mon chéri et cher Marcel, j'arrive moins vite que ce cycliste dont je voudrais bien prendre la bécane pour être plus tôt près de vous. Comment pouvez-vous croire que je puisse être fâchée et que quelque chose puisse m'amuser autant que d'être avec vous ; ce sera gentil de sortir tous les deux, ce serait encore plus gentil de ne jamais sortir que tous les deux. Quelles idées vous faites-vous donc ? Quel Marcel ! Quel Marcel ! Toute à vous, ton Albertine. »

Les robes que je lui achetais, le yatch dont je lui avais parlé, les peignoirs de Fortuny, tout cela ayant dans cette obéissance d'Albertine, non pas sa compensation, mais son complément, m'apparaissait comme autant de privilèges que j'exerçais ; car les devoirs et les charges d'un maître font partie de la domination et le définissent, le prouvent, tout autant que ses droits. Et ces droits qu'elle me reconnaissait donnaient précisément à mes charges leur véritable caractère : j'avais une femme à moi qui, au premier mot que je lui envoyais à l'improviste, me faisait téléphoner avec déférence qu'elle revenait, qu'elle se laissait ramener, aussitôt. J'étais plus maître que je n'avais cru. Plus maître, c'est-à-dire plus esclave. Je n'avais plus aucune impatience de voir Albertine. La certitude qu'elle était en train de faire une course avec Françoise, ou qu'elle reviendrait avec celle-ci à un moment prochain et que j'eusse volontiers prorogé, éclairait comme un astre radieux et paisible un temps que j'eusse eu maintenant bien plus de plaisir à passer seul. Mon amour pour Albertine m'avait fait lever et me préparer pour sortir, mais il m'empêcherait de jouir de ma sortie. Je pensais que par ce dimanche-là des petites ou-

vrières, des midinettes, des cocottes, devaient se
promener au Bois. Et avec ces mots de midinettes,
de petites ouvrières (comme cela m'était souvent
arrivé avec un nom propre, un nom de jeune fille
lu dans le compte rendu d'un bal), avec l'image d'un
corsage blanc, d'une jupe courte, parce que derrière cela je mettais une personne inconnue et qui
pourrait m'aimer, je fabriquais tout seul des femmes
désirables, et je me disais : « Comme elles doivent
être bien ! » Mais à quoi me servirait-il qu'elles le
fussent puisque je ne sortirais pas seul. Profitant
de ce que j'étais encore seul et fermant à demi les
rideaux pour que le soleil ne m'empêchât pas de lire
les notes, je m'assis au piano et ouvris au hasard
la sonate de Vinteuil qui y était posée et je me mis
à jouer ; parce que l'arrivée d'Albertine était encore
un peu éloignée mais en revanche tout à fait certaine, j'avais à la fois du temps et de la tranquillité
d'esprit. Baigné dans l'attente pleine de sécurité
de son retour avec Françoise et la confiance en sa
docilité comme dans la béatitude d'une lumière
intérieure aussi réchauffante que celle du dehors,
je pouvais disposer de ma pensée, la détacher un
moment d'Albertine, l'appliquer à la sonate. Même
en celle-ci, je ne m'attachai pas à remarquer combien
la combinaison du motif voluptueux et du motif
anxieux répondait davantage maintenant à mon
amour pour Albertine, duquel la jalousie avait été
si longtemps absente que j'avais pu confesser
à Swann mon ignorance de ce sentiment. Non,
prenant la sonate à un autre point de vue, la regardant en soi-même comme l'œuvre d'un grand artiste, j'étais ramené par le flot sonore vers les jours
de Combray — je ne veux pas dire de Montjouvain

215

et du côté de Méséglise, mais des promenades du côté de Guermantes — où j'avais moi-même désiré d'être un artiste. En abandonnant en fait cette ambition, avais-je renoncé à quelque chose de réel ? La vie pouvait-elle me consoler de l'art, y avait-il dans l'art une réalité plus profonde où notre personnalité véritable trouve une expression que ne lui donnent pas les actions de la vie ? Chaque grand artiste semble en effet si différent des autres, et nous donne tant cette sensation de l'individualité que nous cherchons en vain dans l'existence quotidienne. Au moment où je pensais cela, une mesure de la sonate me frappa, mesure que je connaissais bien pourtant, mais parfois l'attention éclaire différemment des choses connues pourtant depuis longtemps et où nous remarquons ce que nous n'avions jamais vu. En jouant cette mesure, et bien que Vinteuil fût là en train d'exprimer un rêve qui fût resté tout à fait étranger à Wagner, je ne pus m'empêcher de murmurer : « Tristan » avec le sourire qu'a l'ami d'une famille retrouvant quelque chose de l'aïeul dans une intonation, un geste du petit-fils qui ne l'a pas connu. Et comme on regarde alors une photographie qui permet de préciser la ressemblance, par-dessus la sonate de Vinteuil, j'installai sur le pupitre la partition de *Tristan* dont on donnait justement cet après-midi-là des fragments au concert Lamoureux. Je n'avais, à admirer le maître de Bayreuth, aucun des scrupules de ceux à qui, comme à Nietzsche, le devoir dicte de fuir dans l'art comme dans la vie la beauté qui les tente et qui, s'arrachant à *Tristan* comme ils renient *Parsifal* et, par ascétisme spirituel, de mortification en mortification parviennent, en suivant le plus sanglant des

216

chemins de croix, à s'élever jusqu'à la pure connaissance et à l'adoration parfaite du *Postillon de Long-
jumeau*. Je me rendais compte de tout ce qu'a de
réel l'œuvre de Wagner, en revoyant ces thèmes
insistants et fugaces qui visitent un acte, ne s'éloi-
gnent que pour revenir, et parfois lointains, assoupis,
presque détachés, sont à d'autres moments, tout en
restant vagues, si pressants et si proches, si internes,
si organiques, si viscéraux qu'on dirait la reprise
moins d'un motif que d'une névralgie.

La musique, bien différente en cela de la société
d'Albertine, m'aidait à descendre en moi-même,
à y découvrir du nouveau : la diversité que j'avais en
vain cherchée dans la vie, dans le voyage, dont
pourtant la nostalgie m'était donnée par ce flot sonore qui faisait mourir à côté de moi ses vagues
ensoleillées. Diversité double. Comme le spectre
extériorise pour nous la composition de la lumière,
l'harmonie d'un Wagner, la couleur d'un Elstir
nous permettent de connaître cette essence quali-
tative des sensations d'un autre où l'amour pour un
autre être ne nous fait pas pénétrer. Puis diversité
au sein de l'œuvre même, par le seul moyen qu'il y a
d'être effectivement divers : réunir diverses indivi-
dualités. Là où un petit musicien prétendrait qu'il
peint un écuyer, un chevalier, alors qu'il leur ferait
chanter la même musique, au contraire, sous chaque
dénomination, Wagner met une réalité différente,
et chaque fois que paraît un écuyer, c'est une figure
particulière, à la fois compliquée et simpliste, qui,
avec un entrechoc de lignes joyeux et féodal, s'inscrit dans l'immensité sonore. D'où la plénitude d'une
musique que remplissent en effet tant de musiques
dont chacune est un être. Un être ou l'impression

que nous donne un aspect momentané de la nature. Même ce qui est le plus indépendant du sentiment qu'elle nous fait éprouver, garde sa réalité extérieure et entièrement définie ; le chant d'un oiseau, la sonnerie du cor d'un chasseur, l'air que joue un pâtre sur son chalumeau, découpent à l'horizon leur silhouette sonore. Certes Wagner allait la rapprocher, s'en servir, la faire entrer dans un orchestre, l'asservir aux plus hautes idées musicales, mais en respectant toutefois son originalité première comme un huchier les fibres, l'essence particulière du bois qu'il sculpte.

Mais malgré la richesse de ces œuvres où la contemplation de la nature a sa place à côté de l'action, à côté d'individus qui ne sont pas que des noms de personnages, je songeais combien tout de même ces œuvres participent à ce caractère d'être — bien que merveilleusement — toujours incomplètes, qui est le caractère de toutes les grandes œuvres du xixe siècle, du xixe siècle dont les plus grands écrivains ont marqué leurs livres, mais, se regardant travailler comme s'ils étaient à la fois l'ouvrier et le juge, ont tiré de cette autocontemplation une beauté nouvelle extérieure et supérieure à l'œuvre, lui imposant rétroactivement une unité, une grandeur qu'elle n'a pas. Sans s'arrêter à celui qui a vu après coup dans ses romans une *Comédie Humaine* ni à ceux qui appelèrent des poèmes ou des essais disparates *La Légende des siècles* et *La Bible de l'Humanité*, ne peut-on pas dire pourtant de ce dernier qu'il incarne si bien le xixe siècle, que les plus grandes beautés de Michelet, il ne faut pas tant les chercher dans son œuvre même que dans les attitudes qu'il prend en face de son œuvre, non pas dans son *Histoire de France* ou dans son *Histoire de la Révolution*, mais dans ses préfaces à ses livres. Préfaces, c'est-à-dire pages écrites après eux, où il les considère, et auxquelles il faut joindre çà et là quelques phrases commençant d'habitude par un : « Le dirai-je » qui n'est pas une précaution de savant, mais une cadence de musicien. L'autre musicien, celui qui me ravissait en ce moment, Wagner, tirant de ses tiroirs un morceau délicieux pour le faire entrer comme thème rétrospectivement nécessaire dans une œuvre à laquelle il ne songeait pas au moment où il l'avait composé, puis ayant composé un premier opéra mythologique, puis un second, puis d'autres encore et s'apercevant tout à coup qu'il venait de faire une tétralogie, dut éprouver un peu de la même ivresse que Balzac quand jetant sur ses ouvrages le regard à la fois d'un étranger et d'un père, trouvant à celui-ci la pureté de Raphaël, à cet autre la simplicité de l'Évangile, il s'avisa brusquement, en projetant sur eux une illumination rétrospective, qu'ils seraient plus beaux réunis en un cycle où les mêmes personnages reviendraient et ajouta à son œuvre, en ce raccord, un coup de pinceau, le dernier et le plus sublime. Unité ultérieure, non factice, sinon elle fût tombée en poussière comme tant de systématisations d'écrivains médiocres qui à grand renfort de titres et de sous-titres se donnent l'apparence d'avoir poursuivi un seul et transcendant dessein. Non fictive, peut-être même plus réelle d'être ultérieure, d'être née d'un moment d'enthousiasme où elle est découverte entre des morceaux qui n'ont plus qu'à se rejoindre. Unité qui s'ignorait, donc vitale et non logique, qui n'a pas proscrit la variété, refroidi l'exécution. Elle surgit (mais s'appliquant cette fois à l'ensemble) comme tel morceau composé à part, né d'une inspiration, non exigé par le développement artificiel d'une thèse, et qui vient s'intégrer au reste. Avant le grand mouvement d'orchestre qui précède le retour d'Yseult, c'est l'œuvre elle-même qui a attiré à soi l'air de chalumeau à demi oublié d'un pâtre. Et, sans doute, autant la progression de l'orchestre à l'approche de la nef, quand il s'empare de ces notes du chalumeau, les transforme, les associe à son ivresse, brise leur rythme, éclaire leur tonalité, accélère leur mouvement, multiplie leur instrumentation, autant sans doute Wagner lui-même a eu de joie quand il découvrit dans sa mémoire l'air d'un pâtre, l'agrégea à son œuvre, lui donna toute sa signification. Cette joie du reste ne l'abandonne jamais. Chez lui, quelle que soit la tristesse du poète, elle est consolée, surpassée — c'est-à-dire malheureusement vite détruite — par l'allégresse du fabricateur. Mais alors, autant que par l'identité que j'avais remarquée tout à l'heure entre la phrase de Vinteuil et celle de Wagner, j'étais troublé par cette habileté vulcanienne. Serait-ce elle qui donnerait chez les grands artistes l'illusion d'une originalité foncière, irréductible en apparence, reflet d'une réalité plus qu'humaine, en fait produit d'un labeur industrieux? Si l'art n'est que cela, il n'est pas plus réel que la vie et je n'avais pas tant de regrets à avoir. Je continuais à jouer *Tristan*. Séparé de Wagner, par la cloison sonore, je l'entendais exulter, m'inviter à partager sa joie, j'entendais redoubler le rire immortellement jeune et les coups de marteau de Siegfried, en qui, du reste, plus merveilleusement frappées étaient ces phrases, l'habileté

technique de l'ouvrier ne servait qu'à leur faire
plus librement quitter la terre, oiseaux pareils, non
au cygne de Lohengrin mais à cet aéroplane que
j'avais vu à Balbec changer son énergie en éléva-
tion, planer au-dessus des flots, et se perdre dans le
ciel. Peut-être comme les oiseaux qui montent le
plus haut, qui volent le plus vite, ont une aile plus
puissante, fallait-il de ces appareils vraiment maté-
riels pour explorer l'infini, de ces cent-vingt chevaux
marque Mystère, où pourtant si haut qu'on plane
on est un peu empêché de goûter le silence des
espaces par le puissant ronflement du moteur !

Je ne sais pourquoi le cours de mes rêveries, qui
avait suivi jusque-là des souvenirs de musique, se
détourna sur ceux qui en ont été, à notre époque,
les meilleurs exécutants et parmi lesquels, le sur-
faisant un peu, je faisais figurer Morel. Aussitôt
ma pensée fit un brusque crochet, et c'est au caractère de Morel, à certaines des singularités de ce
caractère que je me mis à songer. Au reste — et cela
pouvait se conjoindre, mais non se confondre avec
la neurasthénie qui le rongeait — Morel avait l'habitude de parler de sa vie, mais en présentant une
image si enténébrée qu'il était très difficile de rien
distinguer. Il se mettait par exemple à la complète
disposition de M. de Charlus à condition de garder
ses soirées libres, car il désirait pouvoir après le
dîner aller suivre un cours d'algèbre. M. de Charlus
autorisait, mais demandait à le voir après. « Impossible, c'est une vieille peinture italienne » (cette
plaisanterie n'a aucun sens transcrite ainsi ; mais
M. de Charlus ayant fait lire à Morel l'*Education
sentimentale*, à l'avant-dernier chapitre duquel Fré-
déric Moreau dit cette phrase, par plaisanterie

Morel ne prononçait jamais le mot « impossible » sans le faire suivre de ceux-ci : « c'est une vieille peinture italienne »), le cours dure fort tard et c'est déjà un grand dérangement pour le professeur qui naturellement serait froissé. » — « Mais il n'y a même pas besoin de cours, l'algèbre ce n'est pas la natation ni même l'anglais, cela s'apprend aussi bien dans un livre », répliquait M. de Charlus, qui avait deviné aussitôt dans le cours d'algèbre une de ces images où on ne pouvait rien débrouiller du tout. C'était peut-être une coucherie avec une femme, ou, si Morel cherchait à gagner de l'argent par des moyens louches et s'était affilié à la police secrète, une expédition avec des agents de la sûreté, et qui sait, pis encore, l'attente d'un gigolo dont on pourra avoir besoin dans une maison de prostitution. « Bien plus facilement même, dans un livre, répondait Morel à M. de Charlus, car on ne comprend rien à un cours d'algèbre. » « Alors pourquoi ne l'étudies-tu pas plutôt chez moi où tu es tellement plus confortablement », aurait pu répondre M. de Charlus, mais il s'en gardait bien, sachant qu'aussitôt, conservant seulement le même caractère nécessaire de réserver les heures du soir, le cours d'algèbre imaginé se fût changé immédiatement en une obligatoire leçon de danse ou de dessin. En quoi M. de Charlus put s'apercevoir qu'il se trompait, en partie du moins, Morel s'occupant souvent chez le baron à résoudre des équations. M. de Charlus objecta bien que l'algèbre ne pouvait guère servir à un violoniste. Morel riposta qu'elle était une distraction pour passer le temps et combattre la neurasthénie. Sans doute M. de Charlus eût pu chercher à se renseigner, à apprendre ce qu'étaient, au vrai, ces mystérieux et inéluctables cours d'algèbre qui ne se donnaient que la nuit. Mais pour s'occuper de dévider l'écheveau des occupations de Morel, M. de Charlus était trop engagé dans celles du monde. Les visites reçues ou faites, le temps passé au cercle, les dîners en ville, les soirées au théâtre l'empêchaient d'y penser, ainsi qu'à cette méchanceté violente et sournoise que Morel avait à la fois, disait-on, laissé éclater et dissimulée dans les milieux successifs, les différentes villes par où il avait passé, et où on ne parlait de lui qu'avec un frisson, en baissant la voix, et sans oser rien raconter.

Ce fut malheureusement un des éclats de cette nervosité méchante qu'il me fut donné ce jour-là d'entendre, comme, ayant quitté le piano, j'étais descendu dans la cour pour aller au-devant d'Albertine qui n'arrivait pas. En passant devant la boutique de Jupien, où Morel et celle que je croyais devoir être bientôt sa femme étaient seuls, Morel criait à tue-tête, ce qui faisait sortir de lui un accent que je ne lui connaissais pas, paysan, refoulé d'habitude, et extrêmement étrange. Les paroles ne l'étaient pas moins, fautives au point de vue du français, mais il connaissait tout imparfaitement. « Voulez-vous sortir, grand pied de grue, grand pied de grue, grand pied de grue », répétait-il à la pauvre petite qui certainement au début n'avait pas compris ce qu'il voulait dire, puis qui, tremblante et fière, restait immobile devant lui. « Je vous ai dit de sortir, grand pied de grue, grand pied de grue, allez chercher votre oncle pour que je lui dise ce que vous êtes, putain. » Juste à ce moment la voix de Jupien qui rentrait en causant avec un de ses amis se fit entendre dans la cour, et comme je savais que Morel était extrêmement poltron, je trouvai inutile de joindre mes forces à celles de Jupien et de son ami, lesquels dans un instant seraient dans la boutique et je remontai pour éviter Morel qui, bien qu'ayant feint de tant désirer qu'on fît venir Jupien, (probablement pour effrayer et dominer la petite, par un chantage ne reposant peut-être sur rien) se hâta de sortir dès qu'il l'entendit dans la cour. Les paroles rapportées ne sont rien, elles n'expliqueraient pas le battement de cœur avec lequel je remontai. Ces scènes auxquelles nous assistons dans la vie trouvent un élément de force incalculable dans ce que les militaires appellent en matière d'offensive le bénéfice de la surprise, et j'avais beau éprouver tant de calme douceur à savoir qu'Albertine, au lieu de rester au Trocadéro, allait rentrer auprès de moi, je n'en avais pas moins dans l'oreille l'accent de ces mots dix fois répétés : « grand pied de grue, grand pied de grue », qui m'avaient bouleversé.

Peu à peu mon agitation se calma. Albertine allait rentrer. Je l'entendrais sonner à la porte dans un instant. Je sentis que ma vie n'était plus comme elle aurait pu être, et qu'avoir ainsi une femme avec qui tout naturellement, quand elle allait être de retour, je devrais sortir, vers l'embellissement de qui allait être de plus en plus détournées les forces et l'activité de mon être, faisait de moi comme une tige accrue, mais alourdie par le fruit opulent en qui passent toutes ses réserves. Contrastant avec l'anxiété que j'avais encore il y a une heure, le calme que me causait le retour d'Albertine était plus vaste que celui que j'avais ressenti le matin avant son départ. Anticipant sur l'avenir, dont la docilité de mon amie me rendait à peu près

maître, plus résistant, comme rempli et stabilisé
par la présence imminente, importune, inévitable
et douce, c'était le calme (nous dispensant de chercher le bonheur en nous-mêmes) qui naît d'un sentiment familial et d'un bonheur domestique. Familial
et domestique : tel fut encore, non moins que le
sentiment qui avait amené tant de paix en moi
tandis que j'attendais Albertine, celui que j'éprouvai
ensuite en me promenant avec elle. Elle ôta un instant son gant, soit pour toucher ma main, soit
pour m'éblouir en me laissant voir à son petit doigt
à côté de celle donnée par Mme Bontemps une bague
où s'étendait la large et liquide nappe d'une claire
feuille de rubis : « Encore une nouvelle bague,
Albertine. Votre tante est d'une générosité ! »
« Non, celle-là ce n'est pas ma tante, dit-elle en riant.
C'est moi qui l'ai achetée, comme, grâce à vous,
je peux faire de grosses économies. Je ne sais même
pas à qui elle a appartenu. Un voyageur qui n'avait
pas d'argent la laissa au propriétaire d'un hôtel
où j'étais descendue au Mans. Il ne savait qu'en
faire et l'aurait vendue bien au-dessous de sa valeur.
Mais elle était encore bien trop chère pour moi.
Maintenant que, grâce à vous, je deviens une dame
chic, je lui ai fait demander s'il l'avait encore.
Et la voici. » « Cela fait bien des bagues, Albertine.
Où mettrez-vous celle que je vais vous donner ?
En tous cas celle-ci est très jolie, je ne peux pas distinguer les ciselures autour du rubis, on dirait une
tête d'homme grimaçante. Mais je n'ai pas une
assez bonne vue. » « Vous l'auriez meilleure que cela
ne vous avancerait pas beaucoup. Je ne distingue
pas non plus. » Jadis il m'était souvent arrivé en
lisant des mémoires, un roman, où un homme sort

225

toujours avec une femme, goûte avec elle, de désirer pouvoir faire ainsi. J'avais cru parfois y réussir, par exemple en amenant avec moi la maîtresse de Saint-Loup, en allant dîner avec elle. Mais j'avais beau appeler à mon secours l'idée que je jouais bien à ce moment-là le personnage que j'avais envié dans le roman, cette idée me persuadait que je devais avoir du plaisir auprès de Rachel et ne m'en donnait pas. C'est que chaque fois que nous voulons imiter quelque chose qui fut vraiment réel, nous oublions que ce quelque chose fut produit non par la volonté d'imiter, mais par une force inconsciente, et réelle, elle aussi ; mais cette impression particulière que n'avait pu me donner tout mon désir d'éprouver un plaisir délicat à me promener avec Rachel, voici maintenant que je l'éprouvais sans l'avoir cherchée le moins du monde, mais pour des raisons tout autres, sincères, profondes ; pour citer un exemple, pour cette raison que ma jalousie m'empêchait d'être loin d'Albertine, et, du moment que je pouvais sortir, de la laisser aller se promener sans moi. Je ne l'éprouvais que maintenant parce que la connaissance est non des choses extérieures qu'on veut observer, mais des sensations involontaires, parce qu'autrefois une femme avait beau être dans la même voiture que moi, elle n'était pas *en réalité* à côté de moi, tant que ne l'y recréait pas à tout instant un besoin d'elle comme j'en avais un d'Albertine, tant que la caresse constante de mon regard ne lui rendait pas sans cesse ces teintes qui demandent à être perpétuellement rafraîchies, tant que les sens, même apaisés mais qui se souviennent, ne mettaient pas sous ces couleurs la saveur et la consistance, tant qu'unie aux sens et à l'imagination

226

qui les exalte la jalousie ne maintenait pas cette femme en équilibre auprès de moi par une attraction compensée aussi puissante que la loi de la gravitation. Notre voiture descendait vite les boulevards, les avenues dont les hôtels en rangée, rose congélation de soleil et de froid, me rappelaient mes visites chez Mme Swann doucement éclairée par les chrysanthèmes en attendant l'heure des lampes.

J'avais à peine le temps d'apercevoir, aussi séparé d'elles derrière la vitre de l'auto que je l'aurais été derrière la fenêtre de ma chambre, une jeune fruitière, une crémière, debout devant sa porte, illuminée par le beau temps comme une héroïne que mon désir suffisait à engager dans des péripéties délicieuses, au seuil d'un roman que je ne connaîtrais pas. Car je ne pouvais demander à Albertine de m'arrêter et déjà n'étaient plus visibles les jeunes femmes dont mes yeux avaient à peine distingué les traits et caressé la fraîcheur dans la blonde vapeur où elles étaient baignées. L'émotion dont je me sentais saisi en apercevant la fille d'un marchand de vins à sa caisse ou une blanchisseuse causant dans la rue était l'émotion qu'on a à reconnaître des Déesses. Depuis que l'Olympe n'existe plus, ses habitants vivent sur la terre. Et quand, faisant un tableau mythologique, les peintres ont fait poser pour Vénus ou Cérès des filles du peuple exerçant les plus vulgaires métiers, bien loin de commettre un sacrilège, ils n'ont fait que leur ajouter, que leur rendre la qualité, les attributs divers dont elles étaient dépouillées. « Comment vous a semblé le Trocadéro, petite folle ? » « Je suis rudement contente de l'avoir quitté pour venir avec vous. Comme monument c'est assez moche, n'est-ce pas ?

C'est de Davioud, je crois. » « Mais comme ma petite
Albertine s'instruit ! En effet c'est de Davioud,
mais je l'avais oublié. » « Pendant que vous dormez
je lis vos livres, grand paresseux. » « Petite, voilà,
vous changez tellement vite et vous devenez tellement intelligente (c'était vrai, mais de plus je n'étais
pas fâché qu'elle eût la satisfaction, à défaut d'autres,
de se dire que du moins le temps qu'elle passait chez
moi n'était pas entièrement perdu pour elle) que je
vous dirais au besoin des choses qui seraient généralement considérées comme fausses et qui correspon-
dent à une vérité que je cherche. Vous savez ce que
c'est que l'impressionnisme ? » « Très bien. » « Eh !
bien ! voyez ce que je veux dire : vous vous rappelez
l'église de Marcouville l'Orgueilleuse qu'Elstir n'aimait pas parce qu'elle était neuve. Est-ce qu'il n'est
pas en contradiction avec son propre impressionnisme quand il retire ainsi ces monuments de l'impression globale où ils sont compris pour les amener
hors de la lumière où ils sont dissous et examiner
en archéologue leur valeur intrinsèque ? Quand il
peint, est-ce qu'un hôpital, une école, une affiche
sur un mur ne sont pas de la même valeur qu'une
cathédrale inestimable qui est à côté dans une image
indivisible ? Rappelez-vous comme la façade était
cuite par le soleil, comme le relief de ces saints
de Marcouville surnageait dans la lumière. Qu'importe qu'un monument soit neuf s'il paraît vieux
et même s'il ne le paraît pas. Ce que les vieux quartiers contiennent de poésie a été extrait jusqu'à la
dernière goutte, mais certaines maisons nouvellement bâties pour de petits bourgeois cossus, dans des
quartiers neufs, où la pierre trop blanche est fraî-
chement sciée, ne déchirent-elles pas l'air torride

de midi en juillet, à l'heure où les commerçants
reviennent déjeuner dans la banlieue, d'un cri aussi
acide que l'odeur des cerises attendant que le déjeuner soit servi dans la salle à manger obscure, où les
prismes de verre pour poser les couteaux projettent
des feux multicolores et aussi beaux que les ver-
rières de Chartres ? » « Ce que vous êtes gentil ! Si
je deviens jamais intelligente, ce sera grâce à vous. »
« Pourquoi dans une belle journée détacher ses yeux
du Trocadéro dont les tours en cou de girafe font
penser à la chartreuse de Pavie ? » « Il m'a rappelé
aussi, dominant comme cela sur son tertre, une
reproduction de Mantegna que vous avez, je crois
que c'est Saint-Sébastien, où il y a au fond une ville
en amphithéâtre et où on jurerait qu'il y a le Trocadéro ? » « Vous voyez bien ! Mais comment avez-
vous vu la reproduction de Mantegna ? Vous êtes
renversante. » Nous étions arrivés dans des quartiers plus populaires et l'érection d'une Vénus ancil-
laire derrière chaque comptoir faisait de lui comme
un autel suburbain au pied duquel j'aurais voulu
passer ma vie.

Comme on fait à la veille d'une mort prématurée,
je dressais le compte des plaisirs dont me privait le
point final qu'Albertine mettait à ma liberté.
A Passy ce fut sur la chaussée même, à cause de
l'encombrement, que des jeunes filles se tenant par
la taille m'émerveillèrent de leur sourire. Je n'eus
pas le temps de le bien distinguer, mais il était peu
probable que je le surprisse ; dans toute foule en
effet, dans toute foule jeune, il n'est pas rare que
l'on rencontre l'effigie d'un noble profil. De sorte
que ces cohues populaires des jours de fête sont pour
le voluptueux aussi précieuses que pour l'archéo-

logue le désordre d'une terre où une fouille fait
apparaître des médailles antiques. Nous arrivâmes
au Bois. Je pensais que si Albertine n'était pas sortie
avec moi, je pourrais en ce moment, au cirque des
Champs-Élysées, entendre la tempête wagnérienne
faire gémir tous les cordages de l'orchestre, attirer
à elle comme une écume légère l'air de chalumeau
que j'avais joué tout à l'heure, le faire voler, le
pétrir, le déformer, le diviser, l'entraîner dans un
tourbillon grandissant. Du moins je voulais que notre
promenade fût courte et que nous rentrions de bonne
heure, car, sans en parler à Albertine, j'avais décidé
d'aller le soir chez les Verdurin. Ils m'avaient envoyé dernièrement une invitation que j'avais jetée
au panier avec toutes les autres. Mais je me ravisais
pour ce soir, car je voulais tâcher d'apprendre
quelles personnes Albertine avait pu espérer rencontrer l'après-midi chez eux. A vrai dire j'en étais
arrivé avec Albertine à ce moment où, si tout continue de même, si les choses se passent normalement,
une femme ne sert plus pour nous que de transition
avec une autre femme. Elle tient à notre cœur
encore, mais bien peu ; nous avons hâte d'aller
chaque soir trouver des inconnues, et surtout des
inconnues connues d'elle, lesquelles pourront nous
raconter sa vie. Elle, en effet, nous avons possédé,
épuisé tout ce qu'elle a consenti à nous livrer d'elle-
même. Sa vie, c'est elle-même encore, mais justement
la partie que nous ne connaissons pas, les choses
sur quoi nous l'avons vainement interrogée et que
nous pourrons recueillir sur des lèvres neuves.
Si ma vie avec Albertine devait m'empêcher d'aller
à Venise, de voyager, du moins j'aurais pu tantôt,
si j'avais été seul, connaître les jeunes midinettes

éparses dans l'ensoleillement de ce beau dimanche et dans la beauté de qui je faisais entrer pour une grande part la vie inconnue qui les animait. Les yeux qu'on voit ne sont-ils pas tout pénétrés par un regard dont on ne sait pas les images, les souvenirs, les attentes, les dédains qu'il porte et dont on ne peut pas les séparer ? Cette existence qui est celle de l'être qui passe, ne donnera-t-elle pas, selon ce qu'elle est, une valeur variable au froncement de ces sourcils, à la dilatation de ces narines ? La présence d'Albertine me privait d'aller à elles et peut-être ainsi de cesser de les désirer. Celui qui veut entretenir en soi le désir de continuer à vivre et la croyance en quelque chose de plus délicieux que les choses habituelles, doit se promener ; car les rues, les avenues, sont pleines de Déesses. Mais les Déesses ne se laissent pas approcher. Çà et là, entre les arbres, à l'entrée de quelque café, une servante veillait comme une nymphe à l'orée d'un bois sacré, tandis qu'au fond trois jeunes filles étaient assises à côté de l'arc immense de leurs bicyclettes posées à côté d'elles, comme trois immortelles accoudées au nuage ou au coursier fabuleux sur lesquels elles accomplissaient leurs voyages mythologiques. Je remarquais que chaque fois qu'Albertine les regardait un instant, toutes ces filles, avec une attention profonde, se retournaient aussitôt vers moi. Mais je n'étais trop tourmenté ni par l'intensité de cette contemplation, ni par sa brièveté que l'intensité compensait ; en effet, pour cette dernière, il arrivait souvent qu'Albertine, soit fatigue, soit manière de regarder particulière à un être attentif, considérait ainsi dans une sorte de méditation, fût-ce mon père, fût-ce Françoise ; et quant à sa vitesse à se retourner

231

vers moi, elle pouvait être motivée par le fait qu'Albertine, connaissant mes soupçons, pouvait vouloir, même s'ils n'étaient pas justifiés, éviter de leur donner prise. Cette attention d'ailleurs, qui m'eût semblé criminelle de la part d'Albertine (et tout autant si elle avait eu pour objet des jeunes gens), je l'attachais, sans me croire un instant coupable et en trouvant presque qu'Albertine l'était en m'empêchant, par sa présence, de m'arrêter et de descendre vers elles, sur toutes les midinettes. On trouve innocent de désirer et atroce que l'autre désire. Et ce contraste entre ce qui concerne ou bien nous, ou bien celle que nous aimons n'a pas trait au désir seulement, mais aussi au mensonge. Quelle chose plus usuelle que lui, qu'il s'agisse de masquer par exemple les faiblesses quotidiennes d'une santé qu'on veut faire croire forte, de dissimuler un vice, ou d'aller sans froisser autrui à la chose que l'on préfère. Il est l'instrument de conservation le plus nécessaire et le plus employé. Or c'est lui que nous avons la prétention de bannir de la vie de celle que nous aimons, c'est lui que nous épions, que nous flairons, que nous détestons partout. Il nous bouleverse, il suffit à amener une rupture, il nous semble cacher les plus grandes fautes, à moins qu'il ne les cache si bien que nous ne les soupçonnions pas. Étrange état que celui où nous sommes à ce point sensibles à un agent pathogène que son pullulement universel rend inoffensif aux autres et si grave pour le malheureux qui ne se trouve plus avoir d'immunité contre lui.

La vie de ces jolies filles (à cause de mes longues périodes de réclusion, j'en rencontrais si rarement) me paraissait ainsi qu'à tous ceux chez qui la facilité

des réalisations n'a pas amorti la puissance de conce-
voir, quelque chose d'aussi différent de ce que je
connaissais, d'aussi désirable que les villes les plus
merveilleuses que promet le voyage.

La déception éprouvée auprès des femmes que
j'avais connues, dans les villes où j'étais allé, ne
m'empêchait pas de me laisser prendre à l'attrait des
nouvelles et de croire à leur réalité ; aussi de même
que voir Venise — Venise dont le temps printanier
me donnait aussi la nostalgie et que le mariage
avec Albertine m'empêcherait de connaître — voir
Venise dans un panorama que Ski eût peut-être
déclaré plus joli de tons que la ville réelle, ne m'eût
en rien remplacé le voyage à Venise dont la longueur
déterminée sans que j'y fusse pour rien me semblait
indispensable à franchir ; de même, si jolie fût-elle,
la midinette qu'une entremetteuse m'eût artificiellement procurée, n'eût nullement pu se substituer
pour moi à celle qui, la taille dégingandée, passait
en ce moment sous les arbres en riant avec une amie.
Celle que j'eusse trouvée dans une maison de passe
eût-elle été plus jolie que cela n'eût pas été la même
chose, parce que nous ne regardons pas les yeux
d'une fille que nous ne connaissons pas comme nous
ferions d'une petite plaque d'opale ou d'agate.
Nous savons que le petit rayon qui l'irise ou les
grains de brillant qui les font étinceler sont tout
ce que nous pouvons voir d'une pensée, d'une volonté, d'une mémoire où réside la maison familiale
que nous ne connaissons pas, les amis chers que
nous envions. Arriver à nous emparer de tout cela,
qui est si difficile, si rétif, c'est ce qui donne sa
valeur au regard bien plus que sa seule beauté
matérielle (par quoi peut être expliqué qu'un même

233

jeune homme éveille tout un roman dans l'imagination d'une femme qui a entendu dire qu'il était
le Prince de Galles, alors qu'elle ne fait plus attention
à lui quand elle apprend qu'elle s'est trompée) ;
trouver la midinette dans la maison de passe, c'est
la trouver vidée de cette vie inconnue qui la pénètre
et que nous aspirons à posséder avec elle, c'est
nous approcher d'yeux devenus en effet de simples pierres précieuses, d'un nez dont le froncement est aussi dénué de signification que celui d'une
fleur. Non, cette midinette inconnue et qui passait
là, il me semblait aussi indispensable, si je voulais continuer à croire à sa réalité, d'essayer ses
résistances en y adaptant mes directions, en allant
au-devant d'un affront, en revenant à la charge, en
obtenant un rendez-vous, en l'attendant à la sortie
des ateliers, en connaissant épisode par épisode ce
qui composait la vie de cette petite, en traversant ce dont s'enveloppait pour elle le plaisir que
je cherchais et la distance que ses habitudes différentes et sa vie spéciale mettaient entre moi et l'attention, la faveur que je voulais atteindre et capter
que de faire un long trajet en chemin de fer si je
voulais croire à la réalité de Venise que je verrais
et qui ne serait pas qu'un spectacle d'exposition uni-
verselle. Mais ces similitudes mêmes du désir et du
voyage firent que je me promis de serrer un jour
d'un peu plus près la nature de cette force invisible
mais aussi puissante que les croyances, ou, dans le
monde physique, que la pression atmosphérique, qui
portait si haut les cités, les femmes, tant que je ne les
connaissais pas, et qui se dérobait sous elles dès que
je les avais approchées, les faisait tomber aussitôt
à plat sur le terre à terre de la plus triviale réalité.

Plus loin une autre fillette était agenouillée près de sa bicyclette qu'elle arrangeait. Une fois la réparation faite, la jeune coureuse monta sur sa bicyclette, mais sans l'enfourcher comme eût fait un homme. Pendant un instant la bicyclette tangua, et le jeune corps sembla s'être accru d'une voile, d'une aile immense ; et bientôt nous vîmes s'éloigner à toute vitesse la jeune créature mi-humaine, mi-ailée, ange ou péri, poursuivant son voyage.

Voilà ce dont une vie avec Albertine me privait justement. Dont elle me privait ? N'aurais-je pas dû penser : dont elle me gratifiait au contraire. Si Albertine n'avait pas vécu avec moi, avait été libre, j'eusse imaginé, et avec raison, toutes ces femmes comme des objets possibles, probables, de son désir, de son plaisir. Elles me fussent apparues comme ces danseuses qui, dans un ballet diabolique, représentant les Tentations pour un être, lancent leurs flèches au cœur d'un autre être. Les midinettes, les jeunes filles, les comédiennes, comme je les aurais haïes ! Objet d'horreur, elles eussent été exceptées pour moi de la beauté de l'univers. Le servage d'Albertine, en me permettant de ne plus souffrir par elles, les restituait à la beauté du monde. Inoffensives, ayant perdu l'aiguillon qui met au cœur la jalousie, il m'était loisible de les admirer, de les caresser du regard, un autre jour plus intimement peut-être. En enfermant Albertine, j'avais du même coup rendu à l'univers toutes ces ailes chatoyantes qui bruissent dans les promenades, dans les bals, dans les théâtres, et qui redevenaient tentatrices pour moi, parce qu'elles ne pouvaient plus succomber à leur tentation. Elles faisaient la beauté du monde. Elles avaient fait jadis

celle d'Albertine. C'est parce que je l'avais vue
comme un oiseau mystérieux, puis comme une grande
actrice de la plage, désirée, obtenue peut-être, que
je l'avais trouvée merveilleuse. Une fois captif
chez moi, l'oiseau que j'avais vu un soir marcher
à pas comptés sur la digue, entouré de la congré-
gation des autres jeunes filles pareilles à des mouettes
venues on ne sait d'où, Albertine avait perdu toutes
ses couleurs, avec toutes les chances qu'avaient
les autres de l'avoir à eux. Elle avait peu à peu perdu
sa beauté. Il fallait des promenades comme celles-là,
où je l'imaginais sans moi accostée par telle femme,
ou tel jeune homme, pour que je la revisse dans la
splendeur de la plage, bien que ma jalousie fût sur
un autre plan que le déclin des plaisirs de mon
imagination. Mais malgré ces brusques sursauts
où, désirée par d'autres, elle me redevenait belle,
je pouvais très bien diviser son séjour chez moi en
deux périodes, la première où elle était encore,
quoique moins chaque jour, la chatoyante actrice
de la plage, la seconde où, devenue la grise prison-
nière, réduite à son terne elle-même, il lui fallait
ces éclairs où je me ressouvenais du passé pour lui
rendre des couleurs.

Parfois, dans les heures où elle m'était le plus
indifférente, me revenait le souvenir d'un moment
lointain où sur la plage, quand je ne la connaissais
pas encore, non loin de telle dame avec qui j'étais
fort mal et avec qui j'étais presque certain maintenant qu'elle avait eu des relations, elle éclatait
de rire en me regardant d'une façon insolente.
La mer polie et bleue bruissait tout autour. Dans
le soleil de la plage, Albertine, au milieu de ses
amies, était la plus belle. C'était une fille magni-

fique, qui dans le cadre habituel d'eaux immenses
m'avait, elle, précieux à la dame qui l'admirait,
infligé ce définitif affront. Il était définitif, car la
dame retournait peut-être à Balbec, constatait peut-
être, sur la plage lumineuse et bruissante, l'absence
d'Albertine. Mais elle ignorait que la jeune fille
vécût chez moi, rien qu'à moi. Les eaux immenses
et bleues, l'oubli des préférences qu'elle avait pour
cette jeune fille et qui allaient à d'autres, s'étaient
refermées sur l'avanie que m'avait faite Albertine,
l'enfermant dans un éblouissant et infrangible écrin.
Alors la haine pour cette femme mordait mon cœur ;
pour Albertine aussi, mais une haine mêlée d'admiration pour la belle jeune fille adulée, à la chevelure merveilleuse, et dont l'éclat de rire sur la plage
était un affront. La honte, la jalousie, le ressouvenir
des désirs premiers et du cadre éclatant avaient
redonné à Albertine sa beauté, sa valeur d'autrefois.
Et ainsi alternait, avec l'ennui un peu lourd que
j'avais auprès d'elle, un désir frémissant, plein
d'orages magnifiques et de regrets ; selon qu'elle
était à côté de moi dans ma chambre ou que je lui
rendais sa liberté dans ma mémoire sur la digue,
dans ses gais costumes de plage, au jeu des instruments de musique de la mer, Albertine, tantôt
sortie de ce milieu, possédée et sans grande valeur,
tantôt replongée en lui, m'échappant dans un passé
que je ne pourrais connaître, m'offensant, auprès
de son amie, autant que l'éclaboussure de la vague
ou l'étourdissement du soleil, Albertine remise sur
la plage, ou rentrée dans ma chambre, en une sorte
d'amour amphibie.

Ailleurs une bande nombreuse jouait au ballon.
Toutes ces fillettes avaient voulu profiter du soleil,

car ces journées de février, même quand elles sont si brillantes, ne durent pas tard et la splendeur de leur lumière ne retarde pas la venue de son déclin. Avant qu'il fût encore proche, nous eûmes quelque temps de pénombre, parce qu'après avoir poussé jusqu'à la Seine, où Albertine admira, et par sa présence m'empêcha d'admirer, les reflets de voiles rouges sur l'eau hivernale et bleue, une maison blottie au loin comme un seul coquelicot dans l'horizon clair dont Saint-Cloud semblait plus loin la pétrification fragmentaire, friable et côtelée, nous descendîmes de voiture et marchâmes longtemps ; même pendant quelques instants je lui donnai le bras, et il me semblait que cet anneau que le sien faisait sous le mien unissait en un seul être nos deux personnes et attachait l'une à l'autre nos deux destinées.

A nos pieds, nos ombres parallèles, rapprochées et jointes, faisaient un dessin ravissant. Sans doute il me semblait déjà merveilleux à la maison qu'Albertine habitât avec moi, que ce fût elle qui s'étendît sur mon lit. Mais c'en était comme l'exportation au dehors, en pleine nature, que devant ce lac du Bois que j'aimais tant, au pied des arbres, ce fût justement son ombre, l'ombre pure et simplifiée de sa jambe, de son buste, que le soleil eût à peindre au lavis à côté de la mienne sur le sable de l'allée. Et je trouvais un charme plus immatériel sans doute, mais non pas moins intime, qu'au rapprochement, à la fusion de nos corps, à celle de nos ombres. Puis nous remontâmes dans la voiture. Et elle s'engagea pour le retour dans de petites allées sinueuses où les arbres d'hiver habillés de lierre et de ronces, comme des ruines, semblaient conduire à la demeure d'un magicien. À peine sortis de leur couvert assombri, nous retrouvâmes, pour sortir du Bois, le plein jour si clair encore que je croyais avoir le temps de faire tout ce que je voudrais avant le dîner, quand, quelques instants seulement après, au moment où notre voiture approchait de l'Arc de Triomphe, ce fut avec un brusque mouvement de surprise et d'effroi que j'aperçus au-dessus de Paris la lune pleine et prématurée comme le cadran d'une horloge arrêtée qui nous fait croire qu'on s'est mis en retard. Nous avions dit au cocher de rentrer. Pour Albertine, c'était aussi revenir chez moi. La présence des femmes, si aimées soient-elles, qui doivent nous quitter pour rentrer, ne donne pas cette paix que je goûtais dans la présence d'Albertine assise au fond de la voiture à côté de moi, présence qui nous acheminait non au vide où l'on est séparé, mais à la réunion plus stable encore et mieux enclose dans mon chez-moi, qui était aussi son chez-elle, symbole matériel de la possession que j'avais d'elle. Certes pour posséder il faut avoir désiré. Nous ne possédons une ligne, une surface, un volume que si notre amour l'occupe. Mais Albertine n'avait pas été pour moi pendant notre promenade, comme avait été jadis Rachel, une vaine poussière de chair et d'étoffe. L'imagination de mes yeux, de mes lèvres, de mes mains, avait à Balbec si solidement construit, si tendrement poli son corps que maintenant dans cette voiture, pour toucher ce corps, pour le contenir, je n'avais pas besoin de me serrer contre Albertine, ni même de la voir, il me suffisait de l'entendre, et si elle se taisait de la savoir auprès de moi ; mes sens tressés ensemble l'enveloppaient tout entière et quand, arrivée devant la maison, tout naturelle-

ment elle descendit, je m'arrêtai un instant pour
dire au chauffeur de revenir me prendre, mais
mes regards l'enveloppaient encore tandis qu'elle
s'enfonçait devant moi sous la voûte, et c'était
toujours ce même calme inerte et domestique que je
goûtais à la voir ainsi lourde, empourprée, opulente
et captive, rentrer tout naturellement avec moi,
comme une femme que j'avais à moi, et, protégée
par les murs, disparaître dans notre maison. Malheureusement elle semblait s'y trouver en prison et
être de l'avis de cette Mme de La Rochefoucauld qui,
comme on lui demandait si elle n'était pas contente
d'être dans une aussi belle demeure que Liancourt
répondit qu' « il n'est pas de belle prison », si j'en
jugeais par l'air triste et las qu'elle eût ce soir-là
pendant notre dîner en tête-à-tête dans sa chambre.
Je ne le remarquai pas d'abord ; et c'était moi qui
me désolais de penser que s'il n'y avait pas eu Albertine (car avec elle j'eusse trop souffert de la jalousie
dans un hôtel où elle eût toute la journée subi le
contact de tant d'êtres), je pourrais en ce moment
dîner à Venise dans une de ces petites salles à manger
surbaissées comme une cale de navire, et où on voit
le grand canal par de petites fenêtres cintrées qu'en-
tourent des moulures mauresques.

Je dois ajouter qu'Albertine admirait beaucoup
chez moi un grand bronze de Barbedienne qu'avec
beaucoup de raison Bloch trouvait fort laid. Il en
avait peut-être moins de s'étonner que je l'eusse
gardé. Je n'avais jamais cherché comme lui à faire
des ameublements artistiques, à composer des pièces,
j'étais trop paresseux pour cela, trop indifférent
à ce que j'avais l'habitude d'avoir sous les yeux.
Puisque mon goût ne s'en souciait pas, j'avais le

droit de ne pas nuancer mon intérieur. J'aurais peut-être pu malgré cela ôter le bronze. Mais les choses laides et cossues sont fort utiles, car elles ont auprès des personnes qui ne nous comprennent pas, qui n'ont pas notre goût et dont nous pouvons être amoureux, un prestige que n'aurait pas une fière chose qui ne révèle pas sa beauté. Or les êtres qui ne nous comprennent pas sont justement les seuls à l'égard desquels il puisse nous être utile d'user d'un prestige que notre intelligence suffit à nous assurer auprès d'êtres supérieurs. Albertine avait beau commencer à avoir du goût, elle avait encore un certain respect pour le bronze, et ce respect rejaillissait sur moi en une considération qui, venant d'Albertine, m'importait infiniment plus que de garder un bronze un peu déshonorant, puisque j'aimais Albertine.

Mais la pensée de mon esclavage cessait tout d'un coup de me peser et je souhaitais de le prolonger encore, parce qu'il me semblait apercevoir qu'Albertine sentait cruellement le sien. Sans doute chaque fois que je lui avais demandé si elle ne se déplaisait pas chez moi, elle m'avait toujours répondu qu'elle ne savait pas où elle pourrait être plus heureuse. Mais souvent ces paroles étaient démenties par un air de nostalgie, d'énervement.

Certes si elle avait les goûts que je lui avais crus, cet empêchement de jamais les satisfaire devait être aussi incitant pour elle qu'il était calmant pour moi, calmant au point que j'eusse trouvé l'hypothèse que je l'avais accusée injustement la plus vraisemblable si dans celle-ci je n'eusse eu beaucoup de peine à expliquer cette application extraordinaire que mettait Albertine à ne jamais être seule,

à ne jamais être libre, à ne pas s'arrêter un instant
devant la porte quand elle rentrait, à se faire accompagner ostensiblement, chaque fois qu'elle allait
téléphoner, par quelqu'un qui pût me répéter ses
paroles, par Françoise, par Andrée, à me laisser
toujours seul, sans avoir l'air que ce fût exprès,
avec cette dernière, quand elles étaient sorties ensemble pour que je pusse me faire faire un rapport
détaillé sur leur sortie. Avec cette merveilleuse
docilité contrastaient certains mouvements vite
réprimés d'impatience, qui me firent me demander
si Albertine n'aurait pas formé le projet de secouer
sa chaîne. Des faits accessoires étayaient ma suppo-
sition. Ainsi, un jour où j'étais sorti seul, ayant rencontré, près de Passy, Gisèle, nous causâmes de choses
et d'autres. Bientôt assez heureux de pouvoir le
lui apprendre, je lui dis que je voyais constamment
Albertine. Gisèle me demanda où elle pourrait la
trouver car elle avait *justement* quelque chose à lui
dire. « Quoi donc ? » « Des choses qui se rappor-
taient à de petites camarades à elle. »« Quelles camarades ? Je pourrai peut-être vous renseigner, ce
qui ne vous empêchera pas de la voir. » « Oh ! des
camarades d'autrefois, je ne me rappelle pas les
noms », répondit Gisèle d'un air vague, en battant
en retraite. Elle me quitta croyant avoir parlé
avec une prudence telle que rien ne pouvait me paraître que très clair. Mais le mensonge est si peu
exigeant, a besoin de si peu de chose pour se mani-
fester ! S'il s'était agi de camarades d'autrefois,
dont elle ne savait même pas les noms, pourquoi
aurait-elle eu « justement » besoin d'en parler à Albertine. Cet adverbe assez parent d'une expression
chère à Madame Cottard : « cela tombe à pic », ne

pouvait s'appliquer qu'à une chose particulière,
opportune, peut-être urgente, se rapportant à des
êtres déterminés. D'ailleurs rien que la façon d'ouvrir la bouche comme quand on va bâiller, d'un air
vague, en me disant (en reculant presque avec son
corps, comme elle faisait machine en arrière à partir de ce moment dans notre conversation) : « Ah !
je ne sais pas, je ne me rappelle pas les noms »,
faisait aussi bien de sa figure, et, s'accordant avec
elle, de sa voix, une figure de mensonge, que l'air
tout autre, serré, animé, à l'avant, de « j'ai justement » signifiait une vérité. Je ne questionnai pas
Gisèle. A quoi cela m'eût-il servi ? Certes elle ne
mentait pas de la même manière qu'Albertine.
Et certes les mensonges d'Albertine m'étaient plus
douloureux. Mais d'abord il y avait entre eux un
point commun : le fait même du mensonge qui,
dans certains cas, est une évidence. Non pas de la
réalité qui se cache dans ce mensonge. On sait bien
que chaque assassin en particulier s'imagine avoir
tout si bien combiné qu'il ne sera pas pris, et parmi
les menteurs, plus particulièrement les femmes qu'on
aime. On ignore où elle est allée, ce qu'elle y a fait.
Mais au moment même où elle parle, où elle parle
d'une autre chose sous laquelle il y a cela, qu'elle ne
dit pas, le mensonge est perçu instantanément, et la
jalousie redoublée puisqu'on sent le mensonge, et
qu'on n'arrive pas à savoir la vérité. Chez Albertine,
la sensation du mensonge était donnée par bien des
particularités qu'on a déjà vues au cours de ce récit,
mais principalement par ceci que quand elle mentait
son récit péchait soit par insuffisance, omission,
invraisemblance, soit par excès au contraire de petits
faits destinés à le rendre vraisemblable. Le vraisem-

blable, malgré l'idée que se fait le menteur, n'est
pas du tout le vrai. Dès qu'en écoutant quelque
chose de vrai, on entend quelque chose qui est seulement vraisemblable, qui l'est peut-être plus que le
vrai, qui l'est peut-être trop, l'oreille un peu musi-
cienne sent que ce n'est pas cela, comme pour un
vers faux, ou un mot lu à haute voix pour un autre.
L'oreille le sent, et si l'on aime, le cœur s'alarme.
Que ne songe-t-on alors, quand on change toute sa
vie parce qu'on ne sait pas si une femme est passée
rue de Berri ou rue Washington, que ne songe-t-on
que ces quelques mètres de différence, et la femme
elle-même, seront réduits au cent millionième (c'est-
à-dire à une grandeur que nous ne pouvons perce-
voir), si seulement nous avons la sagesse de rester
quelques années sans voir cette femme et que ce qui
était Gulliver en bien plus grand deviendra une
liliputienne qu'aucun microscope — au moins du
cœur — car celui de la mémoire indifférente est
plus puissant et moins fragile — ne pourra plus per-
cevoir! Quoi qu'il en soit, s'il y avait un point commun — le mensonge même — entre ceux d'Albertine et de Gisèle, pourtant Gisèle ne mentait pas de
la même manière qu'Albertine, ni non plus de la
même manière qu'Andrée, mais leurs mensonges
respectifs s'emboîtaient si bien les uns dans les
autres, tout en présentant une grande variété, que
la petite bande avait la solidité impénétrable de
certaines maisons de commerce, de librairie ou de
presse par exemple, où le malheureux auteur n'ar-
rivera jamais, malgré la diversité des personnalités
composantes, à savoir s'il est ou non floué. Le directeur du journal ou de la revue ment avec une attitude de sincérité d'autant plus solennelle qu'il a

besoin de dissimuler en mainte occasion qu'il fait exactement la même chose et se livre aux mêmes pratiques mercantiles que celles qu'il a flétries chez les autres directeurs de journaux ou de théâtres, chez les autres éditeurs, quand il a pris pour bannière, levé contre eux l'étendard de la Sincérité. Avoir proclamé (comme chef d'un parti politique, comme n'importe quoi) qu'il est atroce de mentir, oblige le plus souvent à mentir plus que les autres, sans quitter pour cela le masque solennel, sans déposer la tiare auguste de la sincérité. L'associé de l' «homme sincère » ment autrement et de façon plus ingénue. Il trompe son auteur comme il trompe sa femme, avec des trucs de vaudeville. Le secrétaire de la rédaction, honnête homme et grossier, ment tout simplement, comme un architecte qui vous promet que votre maison sera prête, à une époque où elle ne sera pas commencée. Le rédacteur en chef, âme angélique, voltige au milieu des trois autres, et sans savoir de quoi il s'agit, leur porte, par scrupule fraternel et tendre solidarité, le secours précieux d'une parole insoupçonnable. Ces quatre personnes vivent dans une perpétuelle dissension que l'arrivée de l'auteur fait cesser. Par-dessus les querelles particulières, chacun se rappelle le grand devoir militaire de venir en aide au « corps » menacé. Sans m'en rendre compte, j'avais depuis longtemps joué le rôle de cet auteur vis-à-vis de la « petite bande ». Si Gisèle avait pensé, quand elle avait dit : « justement », à telle camarade d'Albertine disposée à voyager avec elle dès que mon amie, sous un prétexte ou un autre, m'aurait quitté, et à prévenir Albertine que l'heure était venue ou sonnerait bientôt, Gisèle se serait fait couper en morceaux plutôt que de me le dire; il était

donc bien inutile de lui poser des questions. Des
rencontres comme celles de Gisèle n'étaient pas seules
à accentuer mes doutes. Par exemple, j'admirais les
peintures d'Albertine. Les peintures d'Albertine,
touchantes distractions de la captive, m'émurent
tant que je la félicitai. « Non, c'est très mauvais,
mais je n'ai jamais pris une seule leçon de dessin. »
« Mais un soir vous m'aviez fait dire à Balbec
que vous étiez restée à prendre une leçon de dessin. »
Je lui rappelai le jour et je lui dis que j'avais bien
compris tout de suite qu'on ne prenait pas de leçons
de dessin à cette heure-là. Albertine rougit. « C'est
vrai, dit-elle, je ne prenais pas de leçons de dessin,
je vous ai beaucoup menti au début, cela je le re-
connais. Mais je ne vous mens plus jamais. » J'aurais tant voulu savoir quels étaient les nombreux
mensonges du début, mais je savais d'avance que
ses aveux seraient de nouveaux mensonges. Aussi
je me contentai de l'embrasser. Je lui demandai
seulement un de ces mensonges. Elle répondit :
« Eh bien ! par exemple que l'air de la mer me faisait mal. » Je cessai d'insister devant ce mauvais
vouloir.

   Pour lui faire paraître sa chaîne plus légère, le
mieux était sans doute de lui faire croire que j'allais
moi-même la rompre. En tous cas, ce projet mensonger je ne pouvais le lui confier en ce moment,
elle était revenue avec trop de gentillesse du Trocadéro tout à l'heure ; ce que je pouvais faire, bien
loin de l'affliger d'une menace de rupture, c'était
tout au plus de taire les rêves de perpétuelle vie
commune que formait mon cœur reconnaissant.
En la regardant, j'avais de la peine à me retenir
de les épancher en elle, et peut-être s'en apercevait-

elle. Malheureusement leur expression n'est pas contagieuse. Le cas d'une vieille femme maniérée comme M. de Charlus qui, à force de ne voir dans son imagination qu'un fier jeune homme, croit devenir lui-même fier jeune homme et d'autant plus qu'il devient plus maniéré et plus risible, ce cas est plus général, et c'est l'infortune d'un amant épris de ne pas se rendre compte que, tandis qu'il voit une figure belle devant lui, sa maîtresse voit sa figure à lui qui n'est pas rendue plus belle, au contraire, quand la déforme le plaisir qu'y fait naître la vue de la beauté. Et l'amour n'épuise même pas toute la généralité de ce cas ; nous ne voyons pas notre corps, que les autres voient, et nous « suivons » notre pensée, l'objet invisible aux autres qui est devant nous. Cet objet-là parfois l'artiste le fait voir dans son œuvre. De là vient que les admirateurs de celle-ci sont désillusionnés par l'auteur dans le visage de qui cette beauté intérieure s'est imparfaitement reflétée.

Tout être aimé, même dans une certaine mesure, tout être est pour nous comme Janus, nous présentant le front qui nous plaît si cet être nous quitte, le front morne si nous le savons à notre perpétuelle disposition. Pour Albertine, la société durable avec elle avait quelque chose de pénible d'une autre façon que je ne peux dire en ce récit. C'est terrible d'avoir la vie d'une autre personne attachée à la sienne comme une bombe qu'on tiendrait sans qu'on puisse la lâcher sans crime. Mais qu'on prenne comme comparaison les hauts et les bas, les dangers, l'inquiétude, la crainte de voir crues plus tard des choses fausses et vraisemblables qu'on ne pourra plus expliquer, sentiments éprouvés si on a dans son intimité un fou. Par exemple, je plaignais M. de Charlus de vivre

avec Morel (aussitôt le souvenir de la scène de
l'après-midi me fit sentir le côté gauche de ma poitrine bien plus gros que l'autre) ; en laissant de côté
les relations qu'ils avaient ou non ensemble, M. de
Charlus avait dû ignorer au début que Morel était
fou. La beauté de Morel, sa platitude, sa fierté,
avaient dû détourner le baron de chercher si loin,
jusqu'aux jours de mélancolie où Morel accusait
M. de Charlus de sa tristesse, sans pouvoir fournir
d'explications, l'insultait de sa méfiance, à l'aide de
raisonnements faux, mais extrêmement subtils,
le menaçait de résolutions désespérées, au milieu
desquelles persistait le souci le plus retors de l'intérêt le plus immédiat. Tout ceci n'est que comparaison. Albertine n'était pas folle.

*
* *

J'appris que ce jour-là avait eu lieu une mort
qui me fit beaucoup de peine, celle de Bergotte.
On sait que sa maladie durait depuis longtemps.
Non pas celle évidemment qu'il avait eue d'abord
et qui était naturelle. La nature ne semble guère
capable de donner que des maladies assez courtes.
Mais la médecine s'est annexé l'art de les prolonger.
Les remèdes, la rémission qu'ils procurent, le malaise que leur interruption fait renaître, composent
un simulacre de maladie que l'habitude du patient
finit par stabiliser, par styliser, de même que les
enfants toussent régulièrement par quintes, longtemps après qu'ils sont guéris de la coqueluche.
Puis les remèdes agissent moins, on les augmente,
ils ne font plus aucun bien, mais ils ont commencé
à faire du mal grâce à cette indisposition durable.

La nature ne leur aurait pas offert une durée si longue. C'est une grande merveille que la médecine égalant presque la nature puisse forcer à garder le lit, à continuer sous peine de mort l'usage d'un médicament. Dès lors la maladie artificiellement greffée a pris racine, est devenue une maladie secondaire mais vraie, avec cette seule différence que les maladies naturelles guérissent, mais jamais celles que crée la médecine, car elle ignore le secret de la guérison.

Il y avait des années que Bergotte ne sortait plus de chez lui. D'ailleurs, il n'avait jamais aimé le monde, ou l'avait aimé un seul jour pour le mépriser comme tout le reste et de la même façon, qui était la sienne, à savoir non de mépriser parce qu'on ne peut obtenir, mais aussitôt qu'on a obtenu. Il vivait si simplement qu'on ne soupçonnait pas à quel point il était riche, et l'eût-on su qu'on se fût trompé encore, l'ayant cru alors avare alors que personne ne fut jamais si généreux. Il l'était surtout avec des femmes, des fillettes pour mieux dire, et qui étaient honteuses de recevoir tant pour si peu de chose. Il s'excusait à ses propres yeux parce qu'il savait ne pouvoir jamais si bien produire que dans l'atmosphère de se sentir amoureux. L'amour, c'est trop dire, le plaisir un peu enfoncé dans la chair, aide au travail des lettres parce qu'il anéantit les autres plaisirs, par exemple les plaisirs de la société, ceux qui sont les mêmes pour tout le monde. Et même si cet amour amène des désillusions, du moins agite-t-il, de cette façon-là aussi, la surface de l'âme qui sans cela risquerait de devenir stagnante. Le désir n'est donc pas inutile à l'écrivain pour l'éloigner des autres hommes d'abord et de se conformer

249

à eux, pour rendre ensuite quelques mouvements
à une machine spirituelle qui, passé un certain âge,
a tendance à s'immobiliser. On n'arrive pas à être
heureux mais on fait des remarques sur les raisons
qui empêchent de l'être et qui nous fussent restées
invisibles sans ces brusques percées de la déception.
Les rêves ne sont pas réalisables, nous le savons ;
nous n'en formerions peut-être pas sans le désir,
et il est utile d'en former pour les voir échouer
et que leur échec instruise. Aussi Bergotte se disait-
il : « Je dépense plus que des multimillionnaires
pour des fillettes, mais les plaisirs ou les déceptions
qu'elles me donnent me font écrire un livre qui me
rapporte de l'argent. » Économiquement ce raisonnement était absurde, mais sans doute trouvait-il
quelque agrément à transmuter ainsi l'or en caresses et les caresses en or. Nous avons vu au moment de la mort de ma grand'mère que la vieillesse
fatiguée aimait le repos. Or dans le monde il n'y a
que la conversation. Elle y est stupide, mais a le
pouvoir de supprimer les femmes qui ne sont plus
que questions et réponses. Hors du monde les femmes
redeviennent ce qui est si reposant pour le vieillard
fatigué, un objet de contemplation. En tout cas,
maintenant, il n'était plus question de rien de tout
cela. J'ai dit que Bergotte ne sortait plus de chez lui,
et quand il se levait une heure dans sa chambre,
c'était tout enveloppé de châles, de plaids, de tout
ce dont on se couvre au moment de s'exposer à un
grand froid ou de monter en chemin de fer. Il s'en
excusait auprès des rares amis qu'il laissait pénétrer auprès de lui et montrant ses tartans, ses couvertures, il disait gaiement : « Que voulez-vous,
mon cher, Anaxagore l'a dit, la vie est un voyage ».

Il allait ainsi se refroidissant progressivement, petite planète qui offrait une image anticipée de la grande quand peu à peu la chaleur se retirera de la terre, puis la vie. Alors la résurrection aura pris fin, car si avant dans les générations futures que brillent les œuvres des hommes, encore faut-il qu'il y ait des hommes. Si certaines espèces d'animaux résistent plus longtemps au froid envahisseur, quand il n'y aura plus d'hommes, et à supposer que la gloire de Bergotte ait duré jusque-là, brusquement elle s'éteindra à tout jamais. Ce ne sont pas les derniers animaux qui le liront, car il est peu probable que, comme les apôtres à la Pentecôte, ils puissent comprendre le langage des divers peuples humains sans l'avoir appris.

Dans les mois qui précédèrent sa mort, Bergotte souffrait d'insomnies, et ce qui est pire, dès qu'il s'endormait, de cauchemars qui, s'il s'éveillait, faisaient qu'il évitait de se rendormir. Longtemps il avait aimé les rêves, même les mauvais rêves, parce que grâce à eux, grâce à la contradiction qu'ils présentent avec la réalité qu'on a devant soi à l'état de veille, ils nous donnent, au plus tard dès le réveil, la sensation profonde que nous avons dormi. Mais les cauchemars de Bergotte n'étaient pas cela. Quand il parlait de cauchemars, autrefois il entendait des choses désagréables qui se passaient dans son cerveau. Maintenant, c'est comme venus du dehors de lui qu'il percevait une main munie d'un torchon mouillé qui, passée sur sa figure par une femme méchante, s'efforçait de le réveiller, d'intolérables chatouillements sur les hanches, la rage — parce que Bergotte avait murmuré en dormant qu'il conduisait mal — d'un cocher fou furieux

qui se jetait sur l'écrivain et lui mordait les doigts,
les lui sciait. Enfin dès que dans son sommeil l'obscurité était suffisante, la nature faisait une espèce
de répétition sans costumes de l'attaque d'apoplexie
qui l'emporterait : Bergotte entrait en voiture sous
le porche du nouvel hôtel des Swann, voulait descendre. Un vertige foudroyant le clouait sur sa ban-
quette, le concierge essayait de l'aider à descendre,
il restait assis ne pouvant se soulever, dresser ses
jambes. Il essayait de s'accrocher au pilier de pierre
qui était devant lui, mais n'y trouvait pas un suffi-
sant appui pour se mettre debout.

Il consulta les médecins qui, flattés d'être appelés
par lui, virent dans ses vertus de grand travailleur
(il y avait vingt ans qu'il n'avait rien fait), dans son
surmenage, la cause de ses malaises. Ils lui conseil-
lèrent de ne pas lire de contes terrifiants (il ne lisait
rien), de profiter davantage du soleil « indispensable
à la vie » (il n'avait dû quelques années de mieux
relatif qu'à sa claustration chez lui), de s'alimenter
davantage (ce qui le fit maigrir et alimenta surtout
ses cauchemars). Un de ses médecins étant doué
de l'esprit de contradiction et de taquinerie, dès que
Bergotte le voyait en l'absence des autres, et pour
ne pas le froisser, lui soumettait comme des idées
de lui ce que les autres lui avaient conseillé : le médecin contredisant, croyant que Bergotte cherchait
à se faire ordonner quelque chose qui lui plaisait,
le lui défendait aussitôt, et souvent avec des raisons
fabriquées si vite pour les besoins de la cause que
devant l'évidence des objections matérielles que
faisait Bergotte, le docteur contredisant était obligé
dans la même phrase de se contredire lui-même,
mais, pour des raisons nouvelles, renforçait la même

prohibition. Bergotte revenait à un des premiers
médecins, homme qui se piquait d'esprit, surtout
devant un des maîtres de la plume et qui, si Bergotte insinuait : « Il me semble pourtant que le
Dr X... m'avait dit — autrefois bien entendu —
que cela pouvait me congestionner le rein et le cerveau... », souriait malicieusement, levait le doigt
et prononçait : « J'ai dit user, je n'ai pas dit abuser.
Bien entendu tout remède, si on exagère, devient
une arme à double tranchant. » Il y a dans notre
corps un certain instinct de ce qui nous est salutaire,
comme dans le cœur de ce qui est le devoir moral,
et qu'aucune autorisation du docteur en médecine
ou en théologie ne peut suppléer. Nous savons que
les bains froids nous font mal, nous les aimons,
nous trouverons toujours un médecin pour nous les
conseiller, non pour empêcher qu'ils ne nous fassent
mal. A chacun de ces médecins Bergotte prit ce que,
par sagesse, il s'était défendu depuis des années.
Au bout de quelques semaines, les accidents d'autrefois avaient reparu, les récents s'étaient aggravés.
Affolé par une souffrance de toutes les minutes,
à laquelle s'ajoutait l'insomnie coupée de brefs
cauchemars, Bergotte ne fit plus venir de médecin
et essaya avec succès, mais avec excès, de différents
narcotiques, lisant avec confiance le prospectus
accompagnant chacun d'eux, prospectus qui pro-
clamait la nécessité du sommeil mais insinuait que
tous les produits qui l'amènent (sauf celui contenu
dans le flacon qu'il enveloppait et qui ne produisait
jamais d'intoxication) étaient toxiques et par là
rendaient le remède pire que le mal. Bergotte les
essaya tous. Certains sont d'une autre famille que
ceux auxquels nous sommes habitués, dérivés par

exemple de l'amyle et de l'éthyle. On n'absorbe le
produit nouveau, d'une composition toute différente, qu'avec la délicieuse attente de l'inconnu.
Le cœur bat comme à un premier rendez-vous.
Vers quels genres ignorés de sommeil, de rêves,
le nouveau venu va-t-il nous conduire ? Il est maintenant en nous, il a la direction de notre pensée.
De quelle façon allons-nous nous endormir ? Et une
fois que nous le serons, par quels chemins étranges,
sur quelles cîmes, dans quels gouffres inexplorés
le maître tout-puissant nous conduira-t-il ? Quel
groupement nouveau de sensations allons-nous connaître dans ce voyage ? Nous mènera-t-il au malaise ?
A la béatitude ? A la mort ? Celle de Bergotte survint
la veille de ce jour-là et où il s'était ainsi confié à un
de ces amis (ami ? ennemi ?) trop puissant. Il mourut dans les circonstances suivantes. Une crise
d'urémie assez légère était cause qu'on lui avait
prescrit le repos. Mais un critique ayant écrit
que dans la *Vue de Delft* de Ver Meer (prêté par le
musée de La Haye pour une exposition hollandaise),
tableau qu'il adorait et croyait connaître très bien,
un petit pan de mur jaune (qu'il ne se rappelait pas)
était si bien peint, qu'il était, si on le regardait seul,
comme une précieuse œuvre d'art chinoise, d'une
beauté qui se suffirait à elle-même. Bergotte mangea
quelques pommes de terre, sortit et entra à l'exposition. Dès les premières marches qu'il eut à gravir,
il fut pris d'étourdissements. Il passa devant plusieurs tableaux et eut l'impression de la sécheresse
et de l'inutilité d'un art si factice, et qui ne valait
pas les courants d'air et de soleil d'un palazzo de
Venise, ou d'une simple maison au bord de la mer.
Enfin il fut devant le Ver Meer qu'il se rappelait

plus éclatant, plus différent de tout ce qu'il connaissait, mais où, grâce à l'article du critique, il remar-
qua pour la première fois des petits personnages en
bleu, que le sable était rose, et enfin la précieuse
matière du tout petit pan de mur jaune. Ses étourdissements augmentaient ; il attachait son regard,
comme un enfant à un papillon jaune qu'il veut
saisir, au précieux petit pan de mur. « C'est ainsi
que j'aurais dû écrire, disait-il. Mes derniers livres
sont trop secs, il aurait fallu passer plusieurs couches
de couleur, rendre ma phrase en elle-même précieuse, comme ce petit pan de mur jaune. » Cependant la gravité de ses étourdissements ne lui échappait pas. Dans une céleste balance lui apparaissait,
chargeant l'un des plateaux, sa propre vie, tandis
que l'autre contenait le petit pan de mur si bien peint
en jaune. Il sentait qu'il avait imprudemment donné
le premier pour le second. « Je ne voudrais pourtant
pas, se disait-il, être pour les journaux du soir le
fait divers de cette exposition. »

Il se répétait : « Petit pan de mur jaune avec un
auvent, petit pan de mur jaune. » Cependant il
s'abattit sur un canapé circulaire ; aussi brusquement il cessa de penser que sa vie était en jeu et,
revenant à l'optimisme, se dit : « C'est une simple
indigestion que m'ont donnée ces pommes de terre
pas assez cuites, ce n'est rien. » Un nouveau coup
l'abattit, il roula du canapé par terre où accoururent
tous les visiteurs et gardiens. Il était mort. Mort
à jamais ? Qui peut le dire ? Certes les expériences
spirites, pas plus que les dogmes religieux, n'ap-
portent la preuve que l'âme subsiste. Ce qu'on peut
dire, c'est que tout se passe dans notre vie comme si
nous y entrions avec le faix d'obligations contrac-

tées dans une vie antérieure ; il n'y a aucune raison dans nos conditions de vie sur cette terre pour que nous nous croyions obligés à faire le bien, à être délicats, même à être polis, ni pour l'artiste cultivé à ce qu'il se croie obligé de recommencer vingt fois un morceau dont l'admiration qu'il excitera importera peu à son corps mangé par les vers, comme le pan de mur jaune que peignit avec tant de science et de raffinement un artiste à jamais inconnu, à peine identifié sous le nom de Ver Meer. Toutes ces obligations qui n'ont pas leur sanction dans la vie présente semblent appartenir à un monde différent, fondé sur la bonté, le scrupule, le sacrifice, un monde entièrement différent de celui-ci, et dont nous sortons pour naître à cette terre, avant peut-être d'y retourner revivre sous l'empire de ces lois inconnues auxquelles nous avons obéi parce que nous en portions l'enseignement en nous, sans savoir qui les y avait tracées, — ces lois dont tout travail profond de l'intelligence nous rapproche et qui sont invisibles seulement — et encore ! — pour les sots. De sorte que l'idée que Bergotte n'était pas mort à jamais est sans invraisemblance.

On l'enterra, mais toute la nuit funèbre, aux vitrines éclairées, ses livres disposés trois par trois veillaient comme des anges aux ailes éployées et semblaient, pour celui qui n'était plus, le symbole de sa résurrection.

J'appris, ai-je dit, ce jour-là que Bergotte était mort. Et j'admirais l'inexactitude des journaux qui — reproduisant les uns et les autres une même note — disaient qu'il était mort la veille. Or la veille, Albertine l'avait rencontré, me raconta-t-elle le

soir même, et cela l'avait même un peu retardée,
car il avait causé assez longtemps avec elle. C'est
sans doute avec elle qu'il avait eu son dernier
entretien. Elle le connaissait par moi qui ne le voyais
plus depuis longtemps, mais comme elle avait eu
la curiosité de lui être présentée, j'avais, un an auparavant, écrit au vieux maître pour la lui amener.
Il m'avait accordé ce que j'avais demandé, tout en
souffrant un peu, je crois, que je ne le revisse que pour
faire plaisir à une autre personne, ce qui confirmait
mon indifférence pour lui. Ces cas sont fréquents :
parfois celui ou celle qu'on implore non pour le plaisir de causer de nouveau avec lui, mais pour une
tierce personne, refuse si obstinément, que notre
protégée croit que nous nous sommes targués d'un
faux pouvoir ; plus souvent le génie ou la beauté
célèbre consentent, mais humiliés dans leur gloire,
blessés dans leur affection, ne nous gardent plus
qu'un sentiment amoindri, douloureux, un peu méprisant. Je devinai longtemps après que j'avais fausse-
ment accusé les journaux d'inexactitude, car ce
jour-là Albertine n'avait nullement rencontré Bergotte, mais je n'en avais point eu un seul instant
le soupçon tant elle me l'avait conté avec naturel,
et je n'appris que bien plus tard l'art charmant
qu'elle avait de mentir avec simplicité. Ce qu'elle
disait, ce qu'elle avouait avait tellement les mêmes
caractères que les formes de l'évidence — ce que
nous voyons, ce que nous apprenons d'une manière
irréfutable — qu'elle semait ainsi dans les intervalles
de la vie les épisodes d'une autre vie dont je ne soupçonnais pas alors la fausseté et dont je n'ai eu que
beaucoup plus tard la perception. J'ai ajouté :
« quand elle avouait », voici pourquoi. Quelquefois

des rapprochements singuliers me donnaient à son sujet des soupçons jaloux où à côté d'elle figurait dans le passé, ou hélas dans l'avenir, une autre personne. Pour avoir l'air d'être sûr de mon fait, je disais le nom et Albertine me disait : « Oui je l'ai rencontrée, il y a huit jours, à quelques pas de la maison. Par politesse j'ai répondu à son bonjour. J'ai fait deux pas avec elle. Mais il n'y a jamais rien eu entre nous. Il n'y aura jamais rien. » Or Albertine n'avait même pas rencontré cette personne, pour la bonne raison que celle-ci n'était pas venue à Paris depuis dix mois. Mais mon amie trouvait que nier complètement était peu vraisemblable. D'où cette courte rencontre fictive, dite si simplement que je voyais la dame s'arrêter, lui dire bonjour, faire quelques pas avec elle. Le témoignage de mes sens, si j'avais été dehors à ce moment, m'aurait peut-être appris que la dame n'avait pas fait quelques pas avec Albertine. Mais si j'avais su le contraire, c'était par une de ces chaînes de raisonnement (où les paroles de ceux en qui nous avons confiance insèrent de fortes mailles) et non par le témoignage des sens. Pour invoquer ce témoignage des sens il eût fallu que j'eusse été précisément dehors, ce qui n'avait pas eu lieu. On peut imaginer pourtant qu'une telle hypothèse n'est pas invraisemblable : j'aurais pu être sorti et passer dans la rue à l'heure où Albertine m'aurait dit ce soir (ne m'ayant pas vu) qu'elle avait fait quelques pas avec la dame, et j'aurais su alors qu'Albertine avait menti. Est-ce bien sûr encore ? Une obscurité sacrée se fût emparée de mon esprit, j'aurais mis en doute que je l'avais vue seule, à peine aurais-je cherché à comprendre par quelle illusion d'optique je n'avais pas aperçu la dame et je n'aurais pas été autrement étonné de m'être trompé, car le monde des astres est moins difficile à connaître que les actions réelles des êtres, surtout des êtres que nous aimons, fortifiés qu'ils sont contre notre doute par des fables destinées à les protéger. Pendant combien d'années peuvent-ils laisser notre amour apathique croire que la femme aimée a à l'étranger une sœur, un frère, une belle-sœur qui n'ont jamais existé !

Le témoignage des sens est lui aussi une opération de l'esprit où la conviction crée l'évidence. Nous avons vu bien des fois le sens de l'ouïe apporter à Françoise non le mot qu'on avait prononcé, mais celui qu'elle croyait le vrai, ce qui suffisait pour qu'elle n'entendît pas la rectification implicite d'une prononciation meilleure. Notre maître d'hôtel n'était pas constitué autrement. M. de Charlus portait à ce moment-là — car il changeait beaucoup — des pantalons fort clairs et reconnaissables entre mille. Or notre maître d'hôtel, qui croyait que le mot « pissotière » (le mot désignant ce que M. de Rambuteau avait été si fâché d'entendre le duc de Guermantes appeler un édicule Rambuteau) était « pistière », n'entendit jamais dans toute sa vie une seule personne dire « pissotière », bien que très souvent on prononçât ainsi devant lui. Mais l'erreur est plus entêtée que la foi et n'examine pas ses croyances. Constamment le maître d'hôtel disait : « Certainement M. le baron de Charlus a pris une maladie pour rester si longtemps dans une pistière. Voilà ce que c'est que d'être un vieux coureur de femmes. Il en a les pantalons. Ce matin, madame m'a envoyé faire une course à Neuilly. A la pistière de la rue de Bourgogne j'ai vu entrer M. le baron de

Charlus. En revenant de Neuilly, bien une heure après, j'ai vu ses pantalons jaunes dans la même pistière, à la même place, au milieu où il se met toujours pour qu'on ne le voie pas. » Je ne connais rien de plus beau, de plus noble et plus jeune qu'une nièce de Mme de Guermantes. Mais j'entendis le concierge d'un restaurant où j'allais quelquefois dire sur son passage : « Regarde-moi cette vieille rombière, quelle touche ! et ça a au moins quatre-vingts ans. » Pour l'âge il me paraît difficile qu'il le crût. Mais les chasseurs groupés autour de lui, qui ricanaient chaque fois qu'elle passait devant l'hôtel pour aller voir non loin de là ses deux charmantes grand'tantes, Mmes de Fezensac et de Bellery, virent sur le visage de cette jeune beauté, les quatre-vingts ans que par plaisanterie ou non avait donnés le concierge à la vieille « rombière ». On les aurait fait tordre en leur disant qu'elle était plus distin-guée que l'une des deux caissières de l'hôtel, et qui, rongée d'eczéma, ridicule de grosseur, leur semblait belle femme. Seul peut-être le désir sexuel eût été capable d'empêcher leur erreur de se former, s'il avait joué sur le passage de la prétendue vieille rombière, et si les chasseurs avaient brusquement convoité la jeune déesse. Mais pour des raisons in-connues, et qui devaient être probablement de nature sociale, ce désir n'avait pas joué. Il y aurait du reste beaucoup à discuter. L'univers est vrai pour nous tous et dissemblable pour chacun. Si nous n'étions pas, pour l'ordre du récit, obligé de nous borner à des raisons frivoles, combien de plus sérieuses nous per-mettraient de montrer la minceur menteuse du début de ce volume où, de mon lit, j'entends le monde s'éveiller, tantôt par un temps, tantôt par un autre.

Oui, j'ai été forcé d'amincir la chose et d'être mensonger, mais ce n'est pas un univers, c'est des millions, presque autant qu'il existe de prunelles et d'intelligences humaines, qui s'éveillent tous les matins.

Pour revenir à Albertine, je n'ai jamais connu de femmes douées plus qu'elle d'heureuse aptitude au mensonge animé, coloré des teintes mêmes de la vie, si ce n'est une de ses amies — une des mes jeunes filles en fleurs aussi, rose comme Albertine, mais dont le profil irrégulier, creusé, puis proéminent à nouveau, ressemblait tout à fait à certaines grappes de fleurs roses dont j'ai oublié le nom et qui ont ainsi de longs et sinueux rentrants. Cette jeune fille était, au point de vue de la fable, supérieure à Albertine, car elle n'y mêlait aucun des moments douloureux, des sous-entendus rageurs qui étaient fréquents chez mon amie. J'ai dit pourtant qu'elle était charmante quand elle inventait un récit qui ne laissait pas de place au doute, car on voyait alors devant soi la chose — pourtant imaginée, — qu'elle disait, en se servant comme vue de sa parole. La vraisemblance seule inspirait Albertine, nullement le désir de me donner de la jalousie. Car Albertine, sans être intéressée peut-être, aimait qu'on lui fît des gentillesses. Or si au cours de cet ouvrage j'ai eu et j'aurai bien des occasions de montrer comment la jalousie redouble l'amour, c'est au point de vue de l'amant que je me suis placé. Mais pour peu que celui-ci ait un peu de fierté, et dût-il mourir d'une séparation, il ne répondra pas à une trahison supposée par une gentillesse, il s'écartera, ou sans s'éloigner s'ordonnera de feindre la froideur. Aussi est-ce en pure perte pour elle que sa maîtresse le fait tant souffrir. Dissipe-t-elle au contraire d'un mot adroit, de tendres caresses, les soupçons qui le torturaient bien qu'il s'y prétendît indifférent, sans doute l'amant n'éprouve pas cet accroissement désespéré de l'amour où le hausse la jalousie, mais cessant brusquement de souffrir, heureux, attendri, détendu comme on l'est après un orage quand la pluie est tombée et qu'à peine sent-on encore sous les grands marronniers s'égoutter à longs intervalles les gouttes suspendues que déjà le soleil reparu colore, il ne sait comment exprimer sa reconnaissance à celle qui l'a guéri. Albertine savait que j'aimais à la récompenser de ses gentillesses, et cela expliquait peut-être qu'elle inventât pour s'innocenter des aveux naturels comme ses récits dont je ne doutais pas et dont un avait été la rencontre de Bergotte alors qu'il était déjà mort. Je n'avais su jusque-là de mensonges d'Albertine que ceux que par exemple à Balbec m'avait rapportés Françoise et que j'ai omis de dire bien qu'ils m'eussent fait si mal : « Comme elle ne voulait pas venir, elle m'a dit : « Est-ce que vous ne pourriez pas dire à monsieur que vous ne m'avez pas trouvée, que j'étais sortie ? » Mais les « inférieurs », qui nous aiment comme Françoise m'aimait, ont du plaisir à nous froisser dans notre amour-propre.

CHAPITRE DEUXIÈME

Les Verdurin se brouillent avec M. de Charlus.

Après le dîner, je dis à Albertine que j'avais envie de profiter de ce que j'étais levé pour aller voir des amis, Mme Villeparisis, Mme de Guermantes, les Cambremer, je ne savais trop, ceux que je trouverais chez eux. Je tus seulement le nom de ceux chez qui je comptais aller, les Verdurin. Je lui demandai si elle ne voulait pas venir avec moi. Elle allégua qu'elle n'avait pas de robe. « Et puis je suis si mal coiffée. Est-ce que vous tenez à ce que je continue à garder cette coiffure ? » Et pour me dire adieu elle me tendit la main de cette façon brusque, le bras allongé, les épaules se redressant, qu'elle avait jadis sur la plage de Balbec, et qu'elle n'avait plus jamais eue depuis. Ce mouvement oublié refit du corps qu'il anima, celui de cette Albertine qui me connaissait encore à peine. Il rendit à Albertine, cérémonieuse sous un air de brusquerie, sa nouveauté première, son inconnu, et jusqu'à son cadre. Je vis la mer derrière cette jeune fille que je n'avais jamais vue me saluer ainsi depuis que je n'étais plus au bord de la mer. « Ma tante trouve que cela me vieillit », ajouta-t-elle d'un air maussade. « Puisse sa tante dire vrai ! » pensai-je. « Qu'Albertine en ayant l'air

263

d'une enfant fasse paraître Mme Bontemps plus jeune, c'est tout ce que celle-ci demande, et qu'Albertine aussi ne lui coûte rien, en attendant le jour, où en m'épousant, elle lui rapportera. » Mais qu'Albertine parût moins jeune, moins jolie, fît moins retourner les têtes dans la rue, voilà ce que moi au contraire je souhaitais. Car la vieillesse d'une duègne ne rassure pas tant un amant jaloux que la vieillesse du visage de celle qu'il aime. Je souffrais seulement que la coiffure que je lui avais demandé d'adopter pût paraître à Albertine une claustration de plus. Et ce fut encore ce sentiment domestique nouveau qui ne cessa, même loin d'Albertine, de m'attacher à elle comme un lien.

Je dis à Albertine, peu en train, m'avait-elle dit, pour m'accompagner chez les Guermantes ou les Cambremer, que je ne savais trop où j'irais et je partis chez les Verdurin. Au moment où la pensée du concert que j'y entendrais me rappelait la scène de l'après-midi : « grand pied de grue, grand pied de grue », — scène d'amour déçu, d'amour jaloux, peut-être, mais alors aussi bestiale que celle que, à la parole près, peut faire à une femme un orang-outang qui en est, si l'on peut dire, épris, — au moment où dans la rue j'allais appeler un fiacre, j'entendis des sanglots qu'un homme, qui était assis sur une borne, cherchait à réprimer. Je m'approchai, l'homme qui avait la tête dans ses mains avait l'air d'un jeune homme, et je fus surpris de voir, à la blancheur qui sortait du manteau, qu'i était en habit et en cravate blanche. En m'entendant il découvrit son visage inondé de pleurs, mais aussitôt m'ayant reconnu le détourna. C'était Morel. Il comprit que je l'avais reconnu et tâchant d'arrêter ses larmes il me dit qu'il s'était arrêté un instant tant il souffrait. « J'ai grossièrement insulté aujourd'hui même, me dit-il, une personne pour qui j'ai eu de très grands sentiments. C'est d'un lâche car elle m'aime. » « Avec le temps elle oubliera peut-être », répondis-je sans penser qu'en parlant ainsi, j'avais l'air d'avoir entendu la scène de l'après-midi. Mais il était si absorbé dans son chagrin qu'il n'eut même pas l'idée que je pusse savoir quelque chose. « Elle oubliera peut-être, me dit-il. Mais moi je ne pourrai pas oublier. J'ai le sentiment de ma honte, j'ai un dégoût de moi ! Mais enfin c'est dit, rien ne peut faire que ce n'ait pas été dit. Quand on me met en colère je ne sais plus ce que je fais. Et c'est si malsain pour moi, j'ai les nerfs tout entrecroisés les uns dans les autres », car comme tous les neurasthéniques il avait un grand souci de sa santé. Si, dans l'après-midi, j'avais vu la colère amoureuse d'un animal furieux, ce soir, en quelques heures, des siècles avaient passé et un sentiment nouveau, un sentiment de honte, de regret, de chagrin, montrait qu'une grande étape avait été franchie dans l'évolution de la bête destinée à se transformer en créature humaine. Malgré tout j'entendais toujours « grand pied de grue » et je craignais une prochaine récurrence à l'état sauvage. Je comprenais d'ailleurs très mal ce qui s'était passé, et c'est d'autant plus naturel que M. de Charlus lui-même ignorait entièrement que depuis quelques jours et particulièrement ce jour-là, même avant le honteux épisode qui ne se rapportait pas directement à l'état du violoniste, Morel était repris de neurasthénie. En effet, il avait, le mois précédent, poussé aussi vite qu'il avait pu, beaucoup plus lentement qu'il eût voulu, la séduction de la nièce de Jupien avec laquelle il pouvait, en tant que fiancé, sortir à son gré. Mais dès qu'il avait été un peu loin dans ses entreprises vers le viol, et surtout quand il avait parlé à sa fiancée de se lier avec d'autres jeunes filles qu'elle lui procurerait, il avait rencontré des résistances qui l'avaient exaspéré. Du coup (soit qu'elle eût été trop chaste, ou au contraire se fût donnée) son désir était tombé. Il avait résolu de rompre, mais sentant le baron bien plus moral, quoique vicieux, il avait peur que, dès la rupture, M. de Charlus ne le mît à la porte. Aussi avait-il décidé, il y avait une quinzaine de jours, de ne plus revoir la jeune fille, de laisser M. de Charlus et Jupien se débrouiller (il employait un verbe plus cambronesque) entre eux, et avant d'annoncer la rupture, de « fout' le camp » pour une destination inconnue.

Bien que la conduite qu'il avait eue avec la nièce de Jupien fût exactement superposable, dans les moindres détails, avec celle dont il avait fait la théorie devant le baron pendant qu'ils dînaient à Saint-Mars-le-Vêtu, il est probable qu'elles étaient fort différentes, et que des sentiments moins atroces et qu'il n'avait pas prévus dans sa conduite théorique avaient embelli, rendu sentimentale sa conduite réelle. Le seul point où au contraire la réalité était pire que le projet, est que dans le projet il ne lui paraissait pas possible de rester à Paris après une telle trahison. Maintenant au contraire vraiment « fout' le camp » pour une chose aussi simple lui paraissait beaucoup. C'était quitter le baron qui, sans doute, serait furieux, et briser sa situation. Il perdrait tout l'argent que lui donnait le baron. La pensée que c'était inévitable lui donnait des crises de nerfs, il restait des heures à larmoyer, prenait pour ne pas y penser de la morphine avec prudence. Puis tout à coup s'était trouvée dans son esprit une idée qui sans doute y prenait peu à peu vie et forme depuis quelque temps, et cette idée était que l'alternative, le choix entre la rupture et la brouille complète avec M. de Charlus, n'était peut-être pas forcés. Perdre tout l'argent du baron était beaucoup. Morel, incertain, fut pendant quelques jours plongé dans des idées noires, comme celles que lui donnaient la vue de Bloch. Puis il décida que Jupien et sa nièce avaient essayé de le faire tomber dans un piège, qu'ils avaient dû s'estimer heureux d'en être quittes à si bon marché. Il trouvait en somme que la jeune fille était dans son tort d'avoir été si maladroite, de n'avoir pas su le garder par les sens. Non seulement le sacrifice de sa situation chez M. de Charlus lui semblait absurde, mais il regrettait jusqu'aux dîners dispendieux qu'il avait offerts à la jeune fille depuis qu'ils étaient fiancés et desquels il eût pu dire le coût, en fils de valet de chambre qui venait tous les mois apporter son « livre » à mon oncle. Car livre, au singulier, qui signifie ouvrage imprimé pour le commun des mortels, perd ce sens pour les Altesses et pour les valets de chambre. Pour les seconds il signifie le livre de comptes, pour les premières le registre où on s'inscrit. (A Balbec, un jour où la Princesse de Luxembourg m'avait dit qu'elle n'avait pas emporté de livre, j'allais lui prêter *Pêcheur d'Islande* et *Tartarin de Tarascon*, quand je compris ce qu'elle avait voulu dire, non qu'elle passerait le temps moins agréablement, mais que je pourrais plus difficilement mettre mon nom chez elle.)

Malgré le changement de point de vue de Morel quant aux conséquences de sa conduite, bien que celle-ci lui eût semblé abominable il y a deux mois quand il aimait passionnément la nièce de Jupien, et que depuis quinze jours il ne cessât de se répéter que cette même conduite était naturelle, louable, elle ne laissait pas d'augmenter chez lui l'état de nervosité dans lequel tantôt il avait signifié la rupture. Et il était tout prêt à « passer sa colère » sinon (sauf dans un accès momentané) sur la jeune fille envers qui il gardait ce reste de crainte, dernière trace de l'amour, du moins sur le baron. Il se garda cependant de lui rien dire avant le dîner, car, mettant au-dessus de tout sa propre virtuosité professionnelle, au moment où il avait des morceaux difficiles à jouer (comme ce soir chez les Verdurin), il évitait (autant que possible, et c'était déjà bien trop que la scène de l'après-midi) tout ce qui pouvait donner à ses mouvements quelque chose de saccadé. Tel un chirurgien, passionné d'automobile, cesse de conduire quand il a à opérer. C'est ce qui m'explique que, tout en me parlant, il faisait remuer doucement ses doigts l'un après l'autre afin de voir s'ils avaient repris leur souplesse. Un froncement de sourcil s'ébaucha qui semblait signifier qu'il y avait encore un peu de raideur nerveuse. Mais pour ne pas l'accroître, il déplissait son visage, comme on s'empêche de s'énerver de ne pas dormir ou de ne pas posséder aisément une femme, de peur que la phobie elle-même retarde encore l'instant du sommeil ou du plaisir. Aussi, désireux de reprendre sa sérénité afin d'être comme d'habitude tout à ce qu'il jouerait chez les Verdurin et désireux, tant que je le verrais, de me permettre de constater sa douleur,

le plus simple lui parut de me supplier de partir
immédiatement. La supplication était inutile et le
départ m'était un soulagement. J'avais tremblé
qu'allant dans la même maison, à quelques minutes
d'intervalle, il ne me demandât de le conduire et je
me rappelais trop la scène de l'après-midi pour ne
pas éprouver quelque dégoût à avoir Morel auprès
de moi pendant le trajet. Il est très possible que
l'amour, puis l'indifférence ou la haine de Morel
à l'égard de la nièce de Jupien eussent été sincères.
Malheureusement ce n'était pas la première fois
qu'il agissait ainsi, qu'il « plaquait » brusquement
une jeune fille à laquelle il avait juré de l'aimer toujours, allant jusqu'à lui montrer un revolver chargé
en lui disant qu'il se ferait sauter la cervelle s'il
était assez lâche pour l'abandonner. Il ne l'abandon-
nait pas moins ensuite et éprouvait, au lieu de remords, une sorte de rancune. Ce n'était pas la première fois qu'il agissait ainsi, ce ne devait pas être
la dernière, de sorte que bien des têtes de jeunes
filles — de jeunes filles moins oublieuses de lui qu'il
n'était d'elles — souffrirent — comme souffrit encore
longtemps la nièce de Jupien, continuant à aimer
Morel tout en le méprisant — souffrirent, prêtes
à éclater sous l'élancement d'une douleur interne
parce qu'en chacune d'elles, — comme le fragment
d'une sépulture grecque, — un aspect du visage de
Morel, dur comme le marbre et beau comme l'an-
tique, était enclos dans leur cervelle, avec ses cheveux en fleurs, ses yeux fins, son nez droit, for-
mant protubérance pour un crâne non destiné à le
recevoir, et qu'on ne pouvait pas opérer. Mais à la
longue ces fragments si durs finissent par glisser
jusqu'à une place où ils ne causent pas trop de

déchirements, n'en bougent plus ; on ne sent plus leur présence : c'est l'oubli, ou le souvenir indifférent.

J'avais en moi deux produits de ma journée. C'était d'une part, grâce au calme apporté par la docilité d'Albertine, la possibilité et, en conséquence, la résolution de rompre avec elle. C'était d'autre part, fruit de mes réflexions pendant le temps que je l'avais attendue, assis devant mon piano, l'idée que l'Art, auquel je tâcherais de consacrer ma liberté reconquise, n'était pas quelque chose qui valût la peine d'un sacrifice, quelque chose d'en dehors de la vie, ne participant pas à sa vanité et son néant, l'apparence d'individualité réelle obtenue dans les œuvres n'étant due qu'au trompe-l'œil de l'habileté technique. Si mon après-midi avait laissé en moi d'autres résidus, plus profonds peut-être, ils ne devaient venir à ma connaissance que bien plus tard. Quant aux deux que je soupesais clairement, ils n'allaient pas être durables ; car, dès cette soirée même, mes idées de l'art allaient se relever de la diminution qu'elles avaient éprouvée l'après-midi, tandis qu'en revanche le calme, et par conséquent la liberté qui me permettrait de me consacrer à lui, allait m'être de nouveau retiré.

Comme ma voiture, longeant le quai, approchait de chez les Verdurin, je la fis arrêter. Je venais en effet de voir Brichot descendre de tramway au coin de la rue Bonaparte, essuyer ses souliers avec un vieux journal, et passer des gants gris-perle. J'allai à lui. Depuis quelque temps son affection de la vue ayant empiré, il avait été doté — aussi richement qu'un observatoire — de lunettes nouvelles puissantes et compliquées qui, comme des instruments astronomiques, semblaient vissées à ses yeux ; il braqua sur moi leurs feux excessifs et me reconnut. Elles étaient en merveilleux état. Mais derrière elles j'aperçus minuscule, pâle, convulsif, expirant, un regard lointain placé sous ce puissant appareil, comme dans les laboratoires trop richement subventionnés pour les besognes que l'on y fait on place une insignifiante bestiole agonisante sous les appareils les plus perfectionnés. J'offris mon bras au demi-aveugle pour assurer sa marche. « Ce n'est pas cette fois près du grand Cherbourg que nous nous rencontrons, me dit-il, mais à côté du petit Dunkerque », phrase qui me parut fort ennuyeuse, car je ne compris pas ce qu'elle voulait dire ; et cependant je n'osai pas le demander à Brichot, par crainte moins encore de son mépris que de ses explications. Je lui répondis que j'étais assez curieux de voir le salon où Swann rencontrait jadis tous les soirs Odette. « Comment, vous connaissez ces vieilles histoires, me dit-il. Il y a pourtant de cela jusqu'à la mort de Swann ce que le poète appelle à bon droit : *Grande Spatium mortalis ævi.* »

La mort de Swann m'avait à l'époque bouleversé. La mort de Swann ! Swann ne joue pas dans cette phrase le rôle d'un simple génitif. J'entends par là la mort particulière, la mort envoyée par le destin au Service de Swann. Car nous disons la mort pour simplifier, mais il y en a presque autant que de personnes. Nous ne possédons pas de sens qui nous permette de voir, courant à toutes vitesses dans toutes les directions, les morts, les morts actives dirigées par le destin vers tel ou tel. Souvent ce sont des morts qui ne seront entièrement libérées de leur tâche que deux, trois ans après. Elles courent vite

poser un cancer au flanc d'un Swann, puis repartent
pour d'autres besognes, ne revenant que quand,
l'opération des chirurgiens ayant eu lieu, il faut
poser le cancer à nouveau. Puis vient le moment
où on lit dans *le Gaulois* que la santé de Swann a
inspiré des inquiétudes, mais que son indisposition
est en parfaite voie de guérison. Alors quelques
minutes avant le dernier souffle, la mort, comme une
religieuse qui vous aurait soigné, au lieu de vous
détruire, vient assister à vos derniers instants,
couronne d'une auréole suprême l'être à jamais glacé
dont le cœur a cessé de battre. Et c'est cette diversité des morts, le mystère de leurs circuits, la couleur de leur fatale écharpe qui donne quelque chose
de si impressionnant aux lignes des journaux :

« Nous apprenons avec un vif regret que M. Charles
Swann a succombé hier à Paris, dans son hôtel,
des suites d'une douloureuse maladie. Parisien dont
l'esprit était apprécié de tous, comme la sûreté de
ses relations choisies mais fidèles, il sera unanime-
ment regretté, aussi bien dans les milieux artistiques
et littéraires où la finesse avisée de son goût le faisait se plaire et être recherché de tous, qu'au Jockey-
Club dont il était l'un des membres les plus anciens
et les plus écoutés. Il appartenait aussi au Cercle
de l'Union et au Cercle Agricole. Il avait donné
depuis peu sa démission de membre du Cercle de la
rue Royale. Sa physionomie spirituelle comme sa
notoriété marquante ne laissaient pas d'exciter la
curiosité du public dans tout *great event* de la musique et de la peinture et notamment aux « vernis-
sages » dont il avait été l'habitué fidèle jusqu'à ses
dernières années, où il n'était plus sorti que rarement de sa demeure. Les obsèques auront lieu, etc. ».

LA PRISONNIÈRE

A ce point de vue si l'on n'est pas « quelqu'un »
l'absence de titre connu rend plus rapide encore la
décomposition de la mort. Sans doute c'est d'une
façon anonyme, sans distinction d'individualité,
qu'on demeure le duc d'Uzès. Mais la couronne
ducale en tient quelque temps ensemble les éléments
comme ceux de ces glaces aux formes bien dessinées
qu'appréciait Albertine, tandis que les noms de
bourgeois ultra-mondains, aussitôt qu'ils sont morts,
se désagrègent et fondent « démoulés ». Nous avons
vu Mme de Guermantes parler de Cartier comme du
meilleur ami du duc de la Trémoille, comme d'un
homme très recherché dans les milieux aristocratiques. Pour la génération suivante, Cartier est
devenu quelque chose de si informe qu'on le gran-
dirait presque en l'apparentant au bijoutier Cartier,
avec lequel il eût souri que des ignorants pussent
le confondre ! Swann était au contraire une remar-
quable personnalité intellectuelle et artistique ; et
bien qu'il n'eût rien « produit » il eut pourtant la
chance de durer un peu plus. Et pourtant, cher
Charles Swann, que j'ai connu quand j'étais encore
si jeune et vous près du tombeau, c'est parce que
celui que vous deviez considérer comme un petit
imbécile a fait de vous le héros d'un de ses romans,
qu'on recommence à parler de vous et que peut-être
vous vivrez. Si dans le tableau de Tissot représentant le balcon du Cercle de la rue Royale où vous
êtes entre Galliffet, Edmond Polignac et Saint-
Maurice, on parle tant de vous, c'est parce qu'on sait
qu'il y a quelques traits de vous dans le personnage
de Swann.

Pour revenir à des réalités plus générales, c'est
de cette mort prédite et pourtant imprévue de

Swann que je l'avais entendu parler lui-même à la duchesse de Guermantes, le soir où avait eu lieu la fête chez la cousine de celle-ci. C'est la même mort dont j'avais retrouvé l'étrangeté spécifique et saisissante un soir où j'avais parcouru le journal et où son annonce m'avait arrêté net, comme tracée en mystérieuses lignes inopportunément interpolées. Elles avaient suffi à faire d'un vivant quelqu'un qui ne peut plus répondre à ce qu'on lui dit, qu'un nom, un nom écrit, passé tout à coup du monde réel dans le royaume du silence. C'étaient elles qui me donnaient encore maintenant le désir de mieux connaître la demeure où avaient autrefois résidé les Verdurin et où Swann, qui alors n'était pas seulement quelques lettres passées dans un journal, avait si souvent dîné avec Odette. Il faut ajouter aussi (et cela me rendit longtemps la mort de Swann plus douloureuse qu'une autre, bien que ces motifs n'eussent pas trait à l'étrangeté individuelle de *sa* mort) que je n'étais pas allé voir Gilberte comme je le lui avais promis chez la princesse de Guermantes, qu'il ne m'avait pas appris cette « autre raison » à laquelle il avait fait allusion ce soir-là, pour laquelle il m'avait choisi comme confident de son entretien avec le prince, que mille questions me revenaient (comme des bulles montent du fond de l'eau), que je voulais lui poser sur les sujets les plus disparates : sur Ver Meer, sur M. de Mouchy, sur lui-même, sur une tapisserie de Boucher, sur Combray, questions sans doute peu pressantes puisque je les avais remises de jour en jour mais qui me semblaient capitales depuis que, ses lèvres s'étant scellées, la réponse ne viendrait plus.

« Mais non, reprit Brichot, ce n'était pas ici que

274

Swann rencontrait sa future femme ou du moins
ce ne fut ici que dans les tout à fait derniers temps
après le sinistre qui détruisit partiellement la première habitation de Madame Verdurin. »

Malheureusement, dans la crainte d'étaler aux
yeux de Brichot un luxe qui me semblait déplacé
puisque l'universitaire n'en prenait pas sa part,
j'étais descendu trop précipitamment de la voiture
et le cocher n'avait pas compris ce que je lui avais
jeté à toute vitesse pour avoir le temps de m'éloigner de lui avant que Brichot m'aperçût. La conséquence fut que le cocher vint nous accoster et me
demanda s'il devait venir me reprendre ; je lui dis
en hâte que oui et redoublai d'autant plus de respect
à l'égard de l'universitaire venu en omnibus.

« Ah ! vous étiez en voiture », me dit-il d'un air
grave. « Mon Dieu, par le plus grand des hasards ;
cela ne m'arrive jamais. Je suis toujours en omnibus
ou à pied. Mais cela me vaudra peut-être le grand
honneur de vous reconduire ce soir si vous consentez
pour moi à entrer dans cette guimbarde ; nous serons
un peu serrés. Mais vous êtes si bienveillant pour
moi. » Hélas, en lui proposant cela, je ne me prive
de rien, pensai-je, puisque je serai toujours obligé
de rentrer à cause d'Albertine. Sa présence chez
moi, à une heure où personne ne pouvait venir la
voir, me laissait disposer aussi librement de mon
temps que l'après-midi quand, au piano, je savais
qu'elle allait revenir du Trocadéro et que je n'étais
pas pressé de la revoir. Mais enfin, comme l'après-
midi aussi, je sentais que j'avais une femme et qu'en
rentrant je ne connaîtrais pas l'exaltation forti-
fiante de la solitude. « J'accepte de grand cœur,
me répondit Brichot. A l'époque à laquelle vous

275

faites allusion nos amis habitaient rue Montalivet un magnifique rez-de-chaussée avec entresol donnant sur un jardin, moins somptueux évidemment et que pourtant je préfère à l'hôtel des Ambassadeurs de Venise. » Brichot m'apprit qu'il y avait ce soir au « Quai Conti » (c'est ainsi que les fidèles disaient en parlant du salon Verdurin depuis qu'il s'était transporté là) grand « tra la la » musical, organisé par M. de Charlus. Il ajouta qu'au temps ancien dont je parlais le petit noyau était autre, et le ton différent, pas seulement parce que les fidèles étaient plus jeunes. Il me raconta des farces d'Elstir (ce qu'il appelait de « pures pantalonnades »), comme un jour où celui-ci, ayant feint de lâcher au dernier moment, était venu déguisé en maître d'hôtel extra et tout en passant les plats avait dit des gaillardises à l'oreille de la très prude baronne Putbus, rouge d'effroi et de colère ; puis disparaissant avant la fin du dîner, avait fait apporter dans le salon une baignoire pleine d'eau, d'où, quand on était sorti de table, il avait émergé tout nu en poussant des jurons ; et aussi des soupers où on venait dans des costumes en papier, dessinés, coupés, peints par Elstir, qui étaient des chefs-d'œuvre, Brichot ayant porté une fois celui d'un grand seigneur de la cour de Charles VII, avec des souliers à la *poulaine*, et une autre fois celui de Napoléon Ier, où Elstir avait fait le grand cordon de la Légion d'honneur avec de la cire à cacheter. Bref Brichot revoyant dans son passé le salon d'alors avec ses grandes fenêtres, ses canapés bas mangés par le soleil de midi et qu'il avait fallu remplacer, déclarait qu'il le préférait à celui d'aujourd'hui. Certes, je comprenais bien que par « salon » Brichot entendait — comme le mot église ne signifie pas seulement l'édifice religieux mais la communauté des fidèles — non pas seulement l'entresol, mais les gens qui le fréquentaient, les plaisirs particuliers qu'ils venaient chercher là, et auxquels dans sa mémoire avaient donné leur forme ces canapés sur lesquels, quand on venait voir Mme Verdurin l'après-midi, on attendait qu'elle fût prête, cependant que les fleurs des marronniers, dehors, et sur la cheminée des œillets dans des vases, semblaient, dans une pensée de gracieuse sympathie pour le visiteur, que traduisait la souriante bienvenue de ces couleurs roses, épier fixement la venue tardive de la maîtresse de maison. Mais si le salon lui semblait supérieur à l'état actuel, c'était peut-être parce que notre esprit est le vieux Protée qui ne peut rester esclave d'aucune forme et, même dans le domaine mondain, se dégage soudain d'un salon arrivé lentement et difficilement à son point de perfection pour préférer un salon moins brillant, comme les photographies « retouchées » qu'Odette avait fait faire chez Otto, où, élégante, elle était en grande robe princesse et ondulée par Lenthéric, ne plaisaient pas tant à Swann qu'une petite « carte album » faite à Nice, où, en capeline de drap, les cheveux mal arrangés dépassant un chapeau de paille brodé de pensées avec un nœud de velours noir, de vingt ans plus jeune (les femmes ayant généralement l'air d'autant plus vieux que les photographies sont plus anciennes) elle avait l'air d'une petite bonne qui aurait eu vingt ans de plus. Peut-être aussi avait-il plaisir à me vanter ce que je ne connaissais pas, à me montrer qu'il avait goûté des plaisirs que je ne pourrais pas avoir ? Il y réussissait du reste, car rien qu'en citant les noms de deux ou trois personnes qui n'existaient plus et à chacune desquelles il donnait quelque chose de mystérieux par sa manière d'en parler, de ces intimités délicieuses, je me demandais ce qu'il avait pu être ; je sentais que tout ce qu'on m'avait raconté des Verdurin était beaucoup trop grossier ; et même Swann que j'avais connu, je me reprochais de ne pas avoir fait assez attention à lui, de n'y avoir pas fait attention avec assez de désintéressement, de de pas l'avoir bien écouté quand il me recevait en attendant que sa femme rentrât déjeuner et qu'il me montrait de belles choses, maintenant que je savais qu'il était comparable à l'un des plus beaux causeurs d'autrefois. Au moment d'arriver chez Mme Verdurin, j'aperçus M. de Charlus naviguant vers nous de tout son corps énorme, traînant sans le vouloir à sa suite un de ces apaches ou mendigots, que son passage faisait maintenant infailliblement surgir même des coins en apparence les plus déserts, et dont ce monstre puissant était bien malgré lui toujours escorté quoique à quelque distance, comme le requin par son pilote, enfin contrastant tellement avec l'étranger hautain de la première année de Balbec, à l'aspect sévère, à l'affectation de virilité, qu'il me sembla découvrir, accompagné de son satellite, un astre à une tout autre période de sa révolution et qu'on commence à voir dans son plein, ou un malade envahi maintenant par le mal qui n'était il y a quelques années qu'un léger bouton qu'il dissimulait aisément et dont on ne soupçonnait pas la gravité. Bien que l'opération qu'avait subie Brichot lui eût rendu un tout petit peu de cette vue qu'il avait cru perdre pour jamais, je ne sais s'il avait aperçu le voyou attaché aux pas du baron.

LA PRISONNIÈRE

Il importait peu du reste, car, depuis la Raspelière, et malgré l'amitié que l'universitaire avait pour lui, la présence de M. de Charlus lui causait un certain malaise. Sans doute pour chaque homme la vie de tout autre prolonge dans l'obscurité des sentiers qu'on ne soupçonne pas. Le mensonge pourtant, si souvent trompeur, et dont toutes les conversations sont faites, cache moins parfaitement un sentiment d'inimitié, ou d'intérêt, ou une visite qu'on veut avoir l'air de ne pas avoir faite, ou une escapade avec une maîtresse d'un jour et qu'on veut cacher à sa femme, qu'une bonne réputation ne recouvre, — à ne pas les laisser deviner —, des mœurs mauvaises. Elles peuvent être ignorées toute la vie ; le hasard d'une rencontre sur une jetée, le soir, les révèle ; encore ce hasard est-il souvent mal compris et il faut qu'un tiers averti vous fournisse l'introuvable mot que chacun ignore. Mais sues, elles effrayent parce qu'on y sent affleurer la folie, bien plus que par l'immoralité. Mme de Surgis n'avait pas un sentiment moral le moins du monde développé, et elle eût admis de ses fils n'importe quoi qu'eût avili et expliqué l'intérêt, qui est compréhensible à tous les hommes ! Mais elle leur défendit de continuer à fréquenter M. de Charlus quand elle apprit que, par une sorte d'horlogerie à répétition, il était comme fatalement amené, à chaque visite, à leur pincer le menton et à leur faire pincer l'un à l'autre. Elle éprouva ce sentiment inquiet du mystère physique qui fait se demander si le voisin avec qui on avait de bons rapports n'est pas atteint d'anthropophagie, et aux questions répétées du baron : « Est-ce que je ne verrai pas bientôt les jeunes gens ? » elle répondit, sachant les foudres qu'elle accumulait sur elle, qu'ils étaient très pris par leurs cours, les préparatifs d'un voyage, etc. L'irresponsabilité aggrave les fautes et même les crimes, quoiqu'on en dise. Landru (à supposer qu'il ait réellement tué ses femmes) s'il l'a fait par intérêt, à quoi l'on peut résister, peut être grâcié, mais non si ce fut par un sadisme irrésistible.

ACHEVÉ D'IMPRIMER
LE 14 NOVEMBRE 1923
PAR F. PAILLART A
ABBEVILLE (SOMME)

EDITIONS DE LA NOUVELLE REVUE FRANÇAISE

DERNIÈRES PUBLICATIONS

JEAN COCTEAU ... ... THOMAS L'IMPOSTEUR

UN VOLUME... ... ... 6 FR. 75

JOSEPH CONRAD ... ... UNE VICTOIRE

TRADUCTION DE Mme IS RIVIÈRE ET PH. NEEL

DEUX VOLUMES... ... ... 14 FR.

HENRI DEBERLY... ... ... L'IMPUDENTE

UN VOLUME... ... ... 6 FR. 75

LUCIEN FABRE RABEVEL ou LE MAL DES ARDENTS

I. LA JEUNESSE DE RABEVEL

II. LE FINANCIER RABEVEL

III. LA FIN DE RABEVEL

TROIS VOLUMES A 6 FR. 75. 20 F. 25

GEORGES GABORY ... ... LES ENFANTS PERDUS

UN VOLUME... ... ... 6 FR. 75

J. KESSEL ... ... L'ÉQUIPAGE

UN VOLUME... ... ... 6 FR. 75

JULES SUPERVIELLE ... L'HOMME DE LA PAMPA

UN VOL ME... ... ... 6 FR. 75